Jaci Burton vit dans l'Oklahoma. Lorsqu'elle n'est pas en plein rush pour rendre à temps son prochain roman, elle tente de convaincre son mari de refaire la décoration de leur maison en suivant scrupuleusement les conseils d'une émission de télévision qu'elle adore. C'est également une inconditionnelle des histoires à l'eau de rose, et surtout des happy ends, que vous trouverez dans tous ses romans. Elle a déjà publié plus d'une soixantaine de titres, figurant régulièrement dans la liste des best-sellers du *New York Times* et de *USA Today*.

Du même auteur, chez Milady :

Les Idoles du stade :
1. *La Courbe parfaite*
2. *Le Coup sûr*
3. *Les Règles de l'engagement*
4. *La Ligne de touche*
5. *La Surface de contact*
6. *Le Tour de chauffe*
7. *La Zone d'attaque*

Jaci Burton

La Zone d'attaque

Les Idoles du stade – 7

Traduit de l'anglais (États-Unis) par Clara Bonneval

Milady Romance

Milady est un label des éditions Bragelonne

Titre original : *Melting the Ice*

Suivi d'un extrait de : *Straddling the Line*

Originellement publié par Berkley Publishing Group.

ISBN : 978-2-8112-1692-4

Bragelonne – Milady
60-62, rue d'Hauteville – 75010 Paris

E-mail : info@milady.fr
Site Internet : www.milady.fr

Pour tous ceux qui ont trouvé l'amour dans les lieux les plus inattendus, alors même que tout les opposait tant sur le plan de leurs professions que de leurs centres d'intérêt et de leurs croyances, parce qu'ils ont compris que l'on peut vivre heureux ensemble si l'on sait trouver ses points communs.

Chapitre premier

Carolina Preston laissa glisser son stylo tel un patineur olympique décrivant une arabesque. Ses coups de crayon, légers et fluides, ne laissaient rien deviner des efforts qu'elle déployait pour donner corps à son art, car tout se passait dans sa tête. Mais, très vite, des lignes élégantes apparurent, des formes prirent vie sur la surface blanche alors qu'elle transposait son idée d'un haut en soie, sans manches, sur une minijupe pailletée. Elle ajouta une veste courte en cuir pour marier la force à la douceur, compléta la tenue de chaussures aux talons vertigineux, puis s'interrompit pour examiner son travail, tellement à bout de souffle que son cœur battait la chamade.

Pas mal. Pas encore parfait, mais… Tout en avalant une gorgée de thé chaï, elle pencha la tête et apporta quelques corrections au dessin, transportée par le projet de créer sa propre collection de vêtements.

Il avait fallu travailler plusieurs années pour un autre, se sentir prisonnière, sans pouvoir déployer ses ailes. Mais cette saison, enfin, elle allait prendre son envol.

Elle esquissa un nouveau modèle, et la silhouette se fit masculine. Grand, mince, les mains glissées dans les poches, il présentait un pantalon habillé et une chemise très cintrée. Inutile d'ajouter une veste, cette tenue suffisait à exprimer l'essence d'un corps.

Elle adorait les collections pour hommes, et cela ferait partie de sa signature. Elle imaginait déjà cet ensemble sur la piste d'un défilé, porté par un mannequin au corps ciselé, aux cheveux noir corbeau, avec un regard gris acier et…

Non, pas question de s'aventurer sur ce terrain. Elle se leva, s'étira et regarda par la fenêtre de son appartement, en plein Manhattan. Pour un mois de novembre, le temps n'était pas mauvais. Elle devrait profiter de cette douceur inaccoutumée pour aller se promener.

Son portable sonna, et elle sourit en voyant le nom de son frère s'afficher.

— Salut, Gray !

— Salut ! On est en ville. Tu es occupée ?

— Débordée. Je suis contente que tu appelles. Viens, ça me ferait plaisir de te voir avec Evelyn.

Il lui fallut une heure pour remettre de l'ordre dans l'appartement dévasté. Des esquisses étaient jetées en tous sens dans son bureau, et elle en ramassa autant qu'elle put avant de fermer la porte pour se concentrer sur le séjour. Quand la sonnette retentit, elle ouvrit la porte.

Elle prit son frère dans ses bras pour le serrer contre elle.

— Tu as l'air en forme, lui dit-elle avant d'embrasser sa fiancée, Evelyn. Avez-vous fêté ta victoire au championnat ?

Son frère ne fit aucun effort pour cacher son sourire satisfait.

— Plus que célébré, je dirais.

— Quel revirement depuis la fin de la saison dernière, intervint Evelyn en s'installant dans le salon. J'étais vraiment très fière de lui.

— Elle est seulement soulagée que je ne me sois pas écrasé contre un mur.

— Ou que tu ne te sois pas envolé dans le décor comme l'an dernier !

Carolina hocha la tête.

— C'est vrai, je crois que j'ai pris cinq ans d'un coup quand tu as eu cet accident.

— Pas de blessure cette année. On a enchaîné les courses parfaites et collectionné les victoires, y compris celle du championnat. Cerise sur le gâteau : ajouter Alex à l'équipe cette année a été la meilleure des décisions stratégiques. Donny et lui ont terminé parmi les douze premiers. Je n'en demandais pas tant !

La fierté se devinait dans sa voix. Gray avait fait la gloire de l'écurie Preston Racing.

— Tout te réussit, commenta Carolina, tu dois être surexcité !

— Je n'aurais jamais imaginé le tour que prendraient les choses. Quand je me suis lancé, je voulais juste participer aux courses.

— Je n'en suis pas certaine. Tu as toujours été ambitieux. Et maintenant tu as Evelyn à tes côtés, qui est, elle aussi, ambitieuse ! Peut-être même plus que toi…

— C'est faux, protesta Evelyn en riant.

— Et toi, reprit Carolina, toujours débordée à aider mon père ?

La jeune femme sourit.

— C'est incroyable. Je vis un rêve, et ton père aussi. Il fait un travail extraordinaire en tant que vice-président des États-Unis, comme je m'en doutais.

Carolina appréciait la dévotion d'Evelyn à assister leur père, et son amour dévorant pour son frère.

— Comment est-ce que vous gérez d'être séparés ?

Evelyn glissa un regard vers Gray.

— Finalement, beaucoup mieux que ce que je craignais. On prend du temps l'un pour l'autre, même si c'est parfois compliqué.

— Ça aide quand papa nous laisse utiliser le jet privé ! fit remarquer Gray avec un sourire.

— Je suis contente que vous vous soyez réconciliés.

— Moi aussi, reconnut son frère. À ce propos, viendras-tu à Washington pour Thanksgiving cette semaine ?

Carolina poussa un profond soupir en songeant à tout ce qui lui restait à terminer avant la Fashion Week de février. C'était l'occasion rêvée pour tout styliste de montrer ses créations, et Carolina avait passé l'année à se préparer pour cet événement.

— Je ne sais pas. J'ai tellement à faire depuis que je me suis plongée dans le lancement de cette collection. Il ne me reste pas beaucoup de temps pour finir avant la Fashion Week. C'est assez vertigineux.

— Je suis tellement heureuse pour toi, déclara Evelyn. Je veux être au courant de tout et voir tout ce que tu as prévu.

— Il n'y a pas grand-chose à voir pour le moment, je le crains. J'ai quelques projets en cours, mais j'essaie encore de décider ce que je garde pour la collection tout en sélectionnant des mannequins.

— As-tu déjà un thème principal ? demanda Evelyn.

— Pour le moment, je me concentre surtout sur des modèles de tous les jours, pour hommes et pour femmes. Je pense que ce sera ma marque de fabrique. Les chichis ne me valent rien, et je crois que la plupart des gens préfèrent la simplicité. Je veux pouvoir habiller des hommes et des femmes dans la vie quotidienne. Je tiens compte des mouvements, du confort, de la manière dont les personnes se voient et se sentent dans les vêtements.

Elle regarda par la fenêtre tandis que toutes les possibilités tourbillonnaient dans sa tête.

— Pour ce qui est des hommes, leur corps m'a toujours intriguée. (Elle regarda son frère.) Toi qui as joué au base-ball et qui pilotes des voitures, je t'observe depuis des années. Ça m'a permis de comprendre avec plus de finesse le mouvement.

Gray rit.

— Alors j'ai été ton sujet d'étude pour la mode masculine.

— En quelque sorte, admit-elle en esquissant un sourire. J'ai observé toutes sortes d'hommes dans divers domaines. Parfois, je sors m'asseoir sur un banc du parc pour les regarder passer. Mais je reviens toujours au côté sportif. Étonnamment, je regarde beaucoup de sports à la télé.

— Pourquoi serait-ce étonnant ? demanda Evelyn.

Carolina haussa les épaules.

— Je ne sais pas, peut-être que je me surprends moi-même. Au début, je voulais étudier les angles.

Chaque sport est unique, mais un homme bouge toujours de la même manière. Je trouve le corps d'un homme foncièrement sexy et je veux que ma collection mette cela en avant, notamment dans le contexte du sport, car je crois que cette approche attirerait beaucoup d'hommes.

— Je trouve que c'est une super idée, déclara Gray. Où en es-tu dans le choix des mannequins ?

Elle le regarda.

— Eh bien…, je pourrais t'embaucher, ce serait clairement un plus !

Il rit.

— Tu veux que je défile pour toi ?

— Bien sûr. Tu serais parfait. Tu es populaire, et cela attirerait les regards.

Gray fit une grimace.

Evelyn se laissa aller contre le dossier du canapé.

— Oh, j'ai hâte de voir ça !

— J'ai déjà quelques mannequins femmes qui sont disponibles, mais je manque d'hommes, et je voudrais mettre l'accent sur le côté sportif.

— D'accord, je peux toujours faire un essai.

Carolina sourit.

— Super ! Tu veux vraiment le faire ?

— Je défilerai sur un podium pour toi, mais uniquement si c'est la première et la dernière fois !

— Promis.

Gray hocha la tête.

— Tu pourrais aussi demander à Drew.

La simple évocation de ce nom fit battre le cœur de Carolina. Et c'est exactement pour cette raison, en plus d'une bonne centaine d'autres, qu'elle répondit, un peu trop brusquement :

— Non.

— Pourquoi pas ? Il joue à New York, c'est une icône du sport, il est parfait pour ta collection. Tu pourras le joindre facilement, et tu le connais déjà.

— Gray a raison, renchérit Evelyn, Drew serait parfait. Il est bel homme, sexy et extrêmement populaire. Il a des tonnes de fans. Je n'aurais pas trouvé meilleure idée pour lancer ta marque.

Le problème était que Carolina n'en trouvait pas non plus.

— Je ne crois pas que ce soit une bonne idée.

Mais Gray avait déjà empoigné son téléphone. Elle chercha fébrilement des raisons de l'interrompre, mais Drew avait déjà répondu.

— Eh, devine d'où je t'appelle ! lança Gray en riant. Non, pas un club de striptease.

Evelyn secoua la tête.

— Je suis dans l'appartement de Carolina, à Manhattan. (Il leva les yeux vers sa sœur.) Non, elle ne dit pas de mal de toi. Pas encore, en tout cas. Non, on parlait de sa nouvelle marque de couture, et ton nom est arrivé dans la conversation. Elle se demandait si tu accepterais de lui servir de mannequin.

Non, elle ne voulait pas de lui comme mannequin. N'importe qui sauf lui. C'était la dernière personne à laquelle elle voulait penser, la dernière qu'elle voulait voir devant elle. Il risquait de la distraire, de toutes les manières possibles.

— Ça t'intéresse ? Super. Pourquoi ne pas passer ? (Gray jeta à sa sœur un sourire innocent avant de donner son adresse.) À tout de suite, mec.

Il raccrocha.

— Il a ri et dit qu'il acceptait, à condition que tu promettes qu'il ne défilerait pas nu.

Elle leva les yeux au ciel en tentant de ne pas penser à Drew dans le plus simple appareil.

— Vous buvez quelque chose ?

Elle se dirigea vers le bar et prépara des cocktails pour chacun. Elle, en tout cas, en avait bien besoin. Lorsqu'elle posa les verres sur la table, la sonnette d'interphone retentit, et elle ouvrit la porte d'immeuble à Drew.

Il frappa, et elle l'accueillit en se demandant si sa coiffure était bien en ordre quand elle avait mis du maquillage pour la dernière fois.

Elle se sentit aussitôt ridicule de se poser ces questions. Que lui importait ?

Et soudain il se dressait devant elle, détendu et à l'aise dans un jean délavé qui soulignait ses jambes musclées, sa veste légère couvrant un torse qu'elle savait être sculptural.

— Salut, Drew !

Il lui sourit.

— Salut, ma belle !

Il l'embrassa sur la joue avant qu'elle puisse s'écarter de lui.

— Tu es aussi éblouissante que d'habitude.

Elle déglutit, et son cœur s'emballa à un rythme frénétique qu'il était vain de vouloir apaiser.

— Merci. Entre donc.

— Hé ! le salua Gray quand il entra dans le vestibule. Je suis content qu'on ait trouvé le temps de se voir avant que je quitte la ville avec Evelyn.

Ils se serrèrent la main.

— Moi aussi, reprit Drew. Félicitations pour le championnat. Tu as assuré comme un chef, surtout à la dernière course.

— Merci.

Drew s'assit.

— Tu veux boire quelque chose, Drew ?

Il sourit à Carolina.

— Une bière, ce serait génial, si tu en as.

Elle retourna vers le bar, prit une bière au réfrigérateur et la lui donna.

— Merci. Alors, dis-moi tout sur tes projets. Où en es-tu ?

Elle s'assit face à lui.

— J'ai quitté le styliste pour qui je travaillais et je lance ma propre collection.

Il haussa les sourcils.

— Grande décision !

— Oui, mais il m'a semblé que si je ne me décidais pas maintenant, alors que j'étais vraiment inspirée, je ne franchirais jamais le pas.

Il ne la quitta pas des yeux un instant.

— Vraiment ? Et qu'est-ce qui t'inspire, Lina ?

Le surnom qu'il lui donnait lui faisait toujours un nœud dans l'estomac. D'émotion ou de fureur, car il avait murmuré ce même surnom lors de la nuit qu'ils avaient passée ensemble. Une seule et unique nuit, avant qu'il sorte de sa vie comme si elle n'avait jamais existé. Comme si ce qu'ils avaient partagé n'avait eu aucun sens.

C'était le cas…, pour Drew en tout cas.

Mais c'était il y a longtemps, et elle avait mûri depuis. Elle lui résuma son projet, en répétant ce qu'elle avait déjà expliqué à Gray et à Evelyn.

— Donc… des vêtements. Ça a l'air marrant. Et tu voudrais que je te serve de mannequin ?

— Oui, en quelque sorte. Mais tu n'es pas obligé. Je suis certaine que tu es débordé avec la saison de hockey qui se prépare. Je trouverai quelqu'un d'autre.

Un sourire dansa sur ses lèvres, et Carolina sentit son cœur s'emballer.

— Tu essaies de te débarrasser de moi avant même qu'on ait commencé ?

— Non, je t'offre une porte de sortie au cas où tu en chercherais une. Peu de sportifs aiment jouer les mannequins. Il faudra faire des photos publicitaires et défiler sur le podium.

Il avala une longue gorgée de bière et haussa les épaules.

— J'en suis. J'ai une dette envers toi.

— Tu ne me dois rien, Drew.

— Alors pour m'amuser. Et puis, si ton truc de mode marche bien, ça attirera l'attention sur moi et sur l'équipe. C'est une bonne pub pour le hockey, non ?

— J'avais aussi pensé à cet avantage, renchérit Gray.

— En parlant communication, intervint Evelyn en se levant, le vice-président a une réunion à laquelle je dois assister. Il faut qu'on y aille.

Carolina se mit à rire.

— Embrassez papa pour moi et dites-lui que je le verrai bientôt.

Elle accompagna Gray et Evelyn à la porte.

— Merci d'être venus. Désolée qu'on n'ait pas pu passer plus de temps ensemble.

— On te verra à Noël, de toute manière, assura Gray en lui signifiant d'un regard qu'il n'était pas question de refuser. D'accord ?

— Bien sûr. D'ici là, j'aurai énormément travaillé et j'aurai besoin d'une pause. Je vous promets de ne pas manquer Noël.

Elle les serra dans ses bras, puis ferma la porte et revint dans le salon.

— Eh bien, merci d'avoir accepté de m'aider.

Elle espéra qu'il comprendrait à son ton que l'entretien était fini.

Il se leva.

— As-tu déjà mangé ?

— Non, j'ai eu une journée chargée.

— Alors permets-moi de t'inviter quelque part.

— J'ai une nuit encore plus chargée qui m'attend. Il reste beaucoup à faire pour préparer la collection, et les jours ne comptent pas assez d'heures pour tout finir.

— Alors on va commander une pizza, ou des plats chinois. Je suis affamé.

De toute évidence, il n'avait pas compris qu'elle voulait se débarrasser de lui.

— D'accord. On mange quelque chose. Mais ensuite il faudra que tu partes.

— Bien sûr !

Elle allait certainement compter chaque seconde qu'il passerait encore chez elle, car l'avoir ainsi dans son appartement était très déstabilisant.

Elle ignorait pourquoi elle avait accepté qu'il vienne, alors qu'il était le dernier homme qu'elle voulait voir ou fréquenter. Pourtant, il était là, confortablement installé dans son canapé, son grand corps mince détonnant étrangement avec le petit sofa blanc de créateur.

Elle prit une profonde inspiration et saisit son téléphone.

— Chinois ou pizza ?

— Les deux me vont. J'ai faim, c'est tout.

Elle composa le numéro de son traiteur chinois préféré et passa commande. Il livrait plus vite que la pizzeria, et Drew serait plus vite parti.

Elle revint dans le salon et s'aperçut que son invité était sorti sur le balcon. Elle se resservit un verre de vin et le rejoignit. Il faisait frais, mais c'était loin d'être désagréable. Il regardait vers Central Park.

— Joli appartement, Lina.

Elle grimaça en entendant le diminutif et s'approcha de lui.

— Oui, j'adore cet endroit.

— Je comprends pourquoi.

— Où habites-tu ?

— J'ai une chambre dans l'Upper West Side.

Elle se tourna vers lui.

— Je ne savais pas que tu vivais là.

Il lui sourit.

— Je joue ici, n'oublie pas.

C'était vrai, mais elle faisait de son mieux pour ne pas y penser.

— Bien sûr.

— Je ne vis ici que pour la saison. Sinon, je rentre en Oklahoma.

— Sympa. Tes parents y vivent toujours ?

— Oui, mais je ne vis plus avec eux. Je suis un grand garçon, maintenant, ma belle.

Encore ces mots doux…

— Je ne suis pas ta « belle », je ne l'ai jamais été.

Il posa sa bière sur la table et la regarda.

— Tu m'en veux toujours pour cette nuit, Lina ?

— Je m'appelle Carolina. Et non, je ne suis pas fâchée du tout. Je n'y ai d'ailleurs jamais repensé.

— J'en suis certain. Sinon, ça voudrait dire que ce qui s'est passé entre nous était important. Et on sait tous les deux que ce n'est pas le cas. Non ?

Il s'avança d'un pas, de façon à se rapprocher d'elle.

— Ou peut-être que si ? reprit-il d'une voix plus basse et douce en lui glissant une boucle rebelle derrière l'oreille d'un geste tendre.

Elle frissonna, comme toujours quand elle se perdait dans le gris orageux de ses yeux.

Il lui avait toujours fait cet effet-là, lui faisant oublier ses résolutions, la transformant en une étudiante naïve – qui appartenait désormais au passé.

La sonnette retentit, et Drew recula d'un pas. Carolina se retourna et se dirigea vers la porte. Drew la surprit en la suivant.

— Je m'en occupe, dit-il.

Il avait déjà ouvert son portefeuille et il paya la commande, sans oublier le pourboire pour le livreur.

— J'aurais pu m'en charger, protesta-t-elle en le suivant lorsqu'il eut refermé derrière lui.

— Je sais, mais c'est moi qui ai insisté pour dîner alors il m'a semblé que c'était à moi de payer.

— Bien. Mangeons.

Elle dressa mentalement un rapide compte. Quinze minutes pour le repas en faisant la conversation, puis encore un quart d'heure de discussion, et il serait parti.

Elle sortit des assiettes et posa les plats livrés sur la table. Drew était allé récupérer sa bière sur le balcon.

— Tu bois quelque chose ? demanda-t-il, visiblement assez à l'aise pour ouvrir ses placards et prendre un verre.

— Un peu d'eau, c'est tout.

Il apporta deux verres.

— Je m'en occupe.

Elle ne voulait pas qu'il soit aimable. Elle refusait d'oublier comment il était à l'époque, comme cette nuit à l'université, où il avait couché avec elle avant de la quitter dès le lendemain, détruisant intégralement tous les rêves puérils qu'elle nourrissait pour lui.

Mais c'était le passé. Elle était adulte maintenant, et bien des années étaient passées.

Elle ne ressentait plus rien pour lui, plus rien du tout. Pas vrai ?

Mais il était encore plus canon qu'à l'époque. Il était plus musclé par endroits, plus fin à d'autres. Il avait toujours des cheveux un peu longs et ébouriffés, qu'elle trouvait absolument irrésistibles. Il avait les joues mieux dessinées, la mâchoire carrée, et cela mettait en valeur ses yeux extraordinairement sexy, qui l'avaient toujours attirée. Des yeux qui étaient d'ailleurs concentrés sur elle comme ceux d'un faucon sur sa proie.

Ouais. N'y pense même pas.

Elle se servit du poulet teriyaki et des nouilles au sésame, puis se focalisa sur son assiette sans porter attention à Drew.

— Alors, qu'est-ce qui t'a décidée à lancer ta propre collection ? demanda-t-il en portant une fourchette de riz à sa bouche.

Évidemment, elle leva la tête à l'instant où il refermait la bouche sur la nourriture, attirant irrésistiblement son regard sur ses lèvres, très charnues. Malgré les années passées depuis… depuis leur moment d'intimité, elle se rappelait encore la sensation de sa bouche contre son cou, la saveur de sa peau, et sa tendresse parce que c'était sa première fois.

Elle s'était perdue dans cette nuit, cette unique nuit avec lui, et il lui avait fallu une éternité pour enfin venir à bout de ses fichus sentiments pour lui.

— Carolina ?

Elle leva brusquement la tête.

— Quoi ?

Il lui sourit.

— Qu'est-ce qui t'a décidée à lancer ta propre collection maintenant ?

— Oh !

Ah oui, il avait posé cette question, et elle s'était absentée, irrésistiblement happée par le passé, comme chaque fois qu'il était près d'elle.

— Je ne supportais plus de travailler pour David Faber.

— Qu'est-ce qui te déplaisait chez lui ?

Elle déglutit, but une gorgée d'eau et posa sa fourchette.

— Par quoi commencer ? Il est exigeant, mais je peux gérer ça, la plupart des stylistes le sont. Mais David est toujours très nerveux, et tout l'atelier souffre de la même tension. Il est d'une jalousie maladive, il traite ses créateurs comme des esclaves et refuse leur moindre contribution. C'est étouffant de travailler pour lui, et cela m'a poussée à lancer ma propre collection. S'il avait accepté ne serait-ce que l'une de mes suggestions au lieu de me traiter comme la dernière des couturières, je serais peut-être restée, parce qu'il est vraiment très doué. Mais il est si névrosé et obsédé par la crainte qu'on ne lui vole ses créations qu'il est impossible de travailler avec lui.

Drew la scruta.

— Pas facile de bosser dans un cadre où tes contributions ne sont pas appréciées.

Et voilà ! Il avait tout bon, alors qu'elle pensait qu'il hocherait juste la tête avec un marmonnement quelconque.

— Non, en effet. Je ne voulais pas prendre sa place ou quoi que ce soit, mais j'avais de bonnes idées, bon sang ! Mes suggestions auraient profité à sa collection. Ce n'était même pas pour moi, mais pour lui.

— Je comprends. Tant pis pour lui, non ? Maintenant, tu vas créer ta propre collection et lui donner une bonne leçon !

Elle dut admettre que ce compliment spontané la surprenait.

— Je n'en suis pas si sûre. Mais décider de partir m'a libérée comme je ne l'aurais jamais cru possible. Du moins au début.

— Et maintenant tu es nerveuse parce que tu es livrée à toi-même sans savoir si tu vas réussir.

Il savait mettre le doigt là où ça faisait mal avec une justesse horripilante.

— Peut-être.

— Ne t'en fais pas. Tu vas être géniale.

Elle repoussa son assiette encore à moitié pleine.

— Comment peux-tu en être aussi sûr, alors que tu ne sais rien de moi ?

— Facile.

Il se leva et alla dans le séjour, où elle avait entassé des esquisses sur l'une des tables basses. Il en saisit quelques-unes.

— Celui-ci. Et celui-là. Ils sont excellents, Lina.

Elle prit une profonde inspiration, et leurs regards se croisèrent, puis s'affrontèrent.

— Tu ne connais rien à la mode, Drew.

— Peut-être pas. Mais je sais ce qui va à une femme. Tu es toujours bien habillée. Je crois que tu as le coup d'œil pour deviner ce qui va donner confiance en elle à une femme. Et je suis sûr que tu as le même talent pour les hommes. Tu as toujours été sûre de toi. (Il lui adressa un sourire malicieux.) N'oublie pas que tu t'es carrément jetée sur moi à la fac.

Argh! Elle n'arrivait pas à croire qu'il évoque ça.

— Ne m'en parle pas.

Il la rejoignit dans la cuisine.

— Tu as conscience du courage que ça demande ? Ça m'a vraiment excité, et ça m'a prouvé que tu en avais. Et à l'époque tu étais une gamine. Tu es devenue une femme. Je crois que rien ne peut t'empêcher d'obtenir ce que tu désires.

Du dos de la main il lui caressa la joue, l'obligeant à croiser de nouveau son regard.

Elle leva les yeux vers lui, si proche que la chaleur qu'il semblait toujours dégager l'enveloppa comme une brume de désir impatient, qu'elle n'avait jamais pu oublier.

— C'est gentil de dire ça.

Il était toujours gentil avec elle… quand il voulait quelque chose. Elle se demanda ce qu'il cherchait à obtenir maintenant.

Elle l'étudia, en femme qu'elle était devenue, beaucoup moins naïve que la jeune fille qu'elle était naguère.

— Qu'est-ce que tu veux exactement, Drew ? Une redite de l'université ?

Elle repoussa ses cheveux et se leva, s'éloignant de lui.

— Si c'est le cas, je peux t'assurer que ça n'arrivera plus.

Elle plongea fermement le regard dans le sien, pour qu'il comprenne bien qu'elle était résolue.

— Plus jamais. Jamais.

Chapitre 2

Drew réprima un sourire face au regard que lui lança Carolina. Bon sang, elle était drôlement déterminée à cacher qu'elle ressentait quelque chose pour lui ! Mais son corps et ses yeux la trahissaient, comme avant à la fac. S'il y avait une chose qu'il savait faire et bien faire, c'était de lire le langage corporel d'une femme, et Carolina n'était que tension et nervosité… Comme toujours quand elle était près de lui.

Il s'était comporté comme le dernier des enfoirés à l'époque, profitant d'une jeune fille visiblement folle de lui. Il avait profité de l'occasion puis l'avait rejetée comme le jeune con qu'il était. Il se sentait minable quand il y repensait, malgré tout le temps écoulé.

— Je ne suis pas venu pour te séduire, Lina, dit-il.

Pourtant, quand il avait passé sa porte et s'était trouvé devant elle, elle avait encore réussi, sans rien faire, à lui tordre les tripes d'émotion. Elle était encore plus belle maintenant qu'à la fac. Ses cheveux châtain clair étaient coupés aux épaules et encadraient élégamment son visage, et ses yeux d'un bleu saisissant avaient toujours raison de lui.

— Je n'arrive pas à croire que tu aies accepté de défiler pour moi. Cela ne ressemble à rien qui pourrait même vaguement t'intéresser.

Il nota une pointe de colère dans sa voix.

— Et comment saurais-tu ce qui m'intéresse ? Peut-être que j'adore la mode.

— J'en doute fort. Tu es plutôt du genre à traîner dans les bars pour engloutir des bières en regardant du sport, dans un sweat orné d'un logo.

— Hmmm, j'ai été reconnu coupable de toutes ces accusations. Mais j'aime aussi bien m'habiller. Tu vois, tu ne me connais pas du tout, Lina.

Elle détourna le regard.

— Arrête de m'appeler ainsi.

— Pourquoi ?

— Parce que ce n'est pas mon nom.

Il se rapprocha, respirant la senteur discrète de son parfum.

— Parce que ça te rappelle notre nuit.

Elle s'écarta.

— Pas du tout.

Elle leva la tête et lui adressa un regard où il lut toute sa souffrance.

— Tu essaies juste de me contrarier.

Cette fois, ce fut lui qui recula.

— Non. Pas du tout. Je veux juste qu'on soit amis.

Elle rit.

— On ne peut pas être amis, Drew.

Peut-être qu'elle le détestait pour ce qu'il avait fait. Pourtant, il avait toujours réussi à rester en bons termes avec ses conquêtes. Il était gentil et ne leur mentait jamais. Il ne faisait aucune promesse qu'il ne comptait pas tenir. Il ne faisait jamais de promesse, voilà tout ! Il n'avait jamais rien promis à Carolina, cette nuit-là. Mais peut-être avait-elle entendu quelque chose qu'il n'avait pas dit. À moins qu'il n'ait dit quelque chose qu'il avait oublié ensuite.

— Ce n'est pas une bonne idée, reprit-elle.

Elle referma les barquettes vides. Il l'interrompit en posant une main sur les siennes pour qu'elle le regarde.

— Qu'est-ce qui n'est pas une bonne idée ?

— Ceci. Toi et moi.

— Travaillant ensemble ?

— N'importe quoi, ensemble.

— Allons, Li… Carolina. Tu as besoin de moi pour ton travail, non ?

Elle haussa les épaules.

— Je peux trouver d'autres mannequins.

— Oh, mais tu as vraiment besoin de moi ! Je suis une sacrée bombe.

Elle lui jeta un regard.

— Toujours aussi modeste à ce que je vois.

— Ah, tu me connais !

— Oui, je te connais très bien.

Il pensait qu'en plaisantant avec elle, en la taquinant comme il en avait coutume, elle sortirait de cette phase triste et pensive. Il pouvait gérer une Carolina fâchée. Mais une Carolina en peine, ça le dépassait.

— Allez, ce sera comme au bon vieux temps. Mais cette fois tu me diras ce que je dois faire. Tu pourras même être méchante. Ce sera ta vengeance. Imagine comme tu vas t'amuser à me donner des ordres.

Elle se redressa et leva un sourcil.

— Pourquoi veux-tu m'aider ? Tu as certainement mieux à faire. Jouer au hockey, draguer les filles…

— Pas vraiment. C'est agaçant, mais tu as toujours été ma cible favorite.

— Oui, je m'en souviens très bien.

— Vois ça comme un voyage nostalgique dans tes souvenirs. Et puis je ne coûte pas cher. Je ne te demanderai rien pour le temps passé avec toi, ça me fera de la publicité gratuite.

— Quelle générosité !

— Tu as vu ça un peu ?

Elle prit une profonde inspiration et expira doucement.

— D'accord. On va essayer.

— Super !

— Peux-tu m'avoir des tickets pour quelques-uns de tes matchs ?

À son tour, il lui adressa un regard dubitatif.

— Je ne savais pas que tu aimais le hockey.

— Ah, qui ne connaît pas l'autre, finalement ? Il se trouve que j'aime ce sport. Et je veux étudier ta silhouette pendant que tu patines.

— Oh, d'accord, pas de souci ! Il y a un match de pré-saison demain soir, contre Denver. Tu veux y assister ?

— Demain soir ? Attends, je vérifie mon agenda.

Elle alla à son bureau, prit son téléphone et déroula un menu du pouce.

— À quelle heure ?

— À 19 h 30.

— Oui, je peux y être. Je devrais avoir fini.

— D'accord. Je te ferai mettre un ticket de côté. Tu viendras avec quelqu'un ?

Elle leva la tête.

— Non, juste moi.

— Tu pourras retirer ta place au guichet, en donnant simplement ton nom.

— Merci. Ça m'aidera beaucoup pour mes croquis.

— À ton service.

Elle regarda ailleurs. Il détestait l'admettre, mais sa gêne l'amusait. Si elle était mal à l'aise, cela signifiait qu'elle ressentait quelque chose. Et il cherchait précisément à éveiller ses émotions. Envers lui, bien sûr.

— Alors… tu voudrais que je m'en aille.

Elle le regarda.

— Je n'ai pas dit ça, mais j'ai du travail.

Il s'avança, se rapprochant volontairement d'elle.

— Tu devrais dire ce que tu penses, Carolina.

Elle resta silencieuse, mais ses yeux étaient éloquents. Il y lisait sa confusion, ce léger agacement qui le faisait toujours sourire, puis une nuance plus sombre, un éclair de désir qu'elle voulut cacher avant de s'éloigner.

Mais il l'avait vu et se raidit.

Il prit une profonde inspiration.

— Bon, pas besoin de le dire deux fois.

Il prit sa veste et l'enfila.

— Merci d'être venu, dit-elle en le raccompagnant à la porte.

— Je te verrai demain soir au match

— Oui.

Elle tint la porte et lui adressa un sourire crispé.

— Bonne nuit, Drew.

— Bonne nuit, Carolina.

Avant qu'elle referme la porte, il lui effleura les lèvres d'un baiser rapide et tendre, et elle étouffa un hoquet de surprise.

— Ne travaille pas trop.

Il tourna les talons, s'éloigna, et elle referma la porte.

Il sourit en pressant le bouton de l'ascenseur.

Oui, il ne la laissait pas indifférente. Et, étonnamment, elle le touchait aussi. Il avait toujours aimé la taquiner. Après tout, elle était la petite sœur de Gray… Jusqu'à ce qu'elle devienne bien davantage en une nuit qui l'avait bouleversé.

Elle pensait qu'il l'avait abandonnée comme si elle ne signifiait rien pour lui. Mais elle l'avait chamboulé bien plus qu'elle ne pouvait imaginer. Et cela l'avait terrifié. Il n'avait pas été prêt à affronter les sentiments que cette nuit avec elle avait éveillés. Il avait une carrière à préparer, et sa vie entière allait changer. Il n'aurait pas pu gérer d'être amoureux à cette époque.

Maintenant ? C'était une autre histoire. Il s'était posé, il avait un bon métier, et sa vie était plus stable que naguère.

Mais Carolina lui refusait une seconde chance. Et il entendait bien que ça change…

Chapitre 3

Carolina se rendit en taxi au Madison Square Garden, récupéra la réservation au guichet et gagna sa place, surprise de la trouver au centre et tout près de la patinoire.

Une très bonne place. Elle verrait parfaitement toutes les actions des joueurs. Elle sortit son calepin et se tint prête pour le match.

Lorsque les joueurs apparurent, juste à côté d'elle, elle se tourna sur son siège pour les observer alors qu'ils pénétraient sur la patinoire.

C'était comme elle l'avait imaginé, en mieux encore maintenant qu'elle les voyait de ses propres yeux. Ils étaient couverts par des uniformes massifs et des rembourrages protecteurs, mais ils glissaient avec aisance sur la glace, aussi captivants que des patineurs artistiques au costume léger. Carolina se cala à sa place et contempla les hommes qui s'échauffaient, notant la grâce et la fluidité des mouvements qu'ils décrivaient pour pousser le palet d'avant en arrière avec une grâce incroyable.

Le jeu commença quand l'arbitre laissa tomber le palet entre deux joueurs adverses, et elle se pencha en avant, le regard concentré sur Drew, l'un des attaquants. Ses coéquipiers et lui jouaient vite et avec puissance, saisissant le palet de leurs crosses pour le faire glisser vers le but de Denver.

Drew était vif comme l'éclair. En un battement de paupières à peine il traversa la patinoire et tenta un tir. Il le rata, mais son équipier récupéra le palet derrière le filet et l'envoya vers un autre joueur des Travelers.

Les interactions étaient fascinantes. Elle avait regardé de nombreux matchs à la télévision, mais ce n'était pas comparable à ce qu'elle voyait devant elle. L'action était rapide, et elle se pencha encore, le crayon serré entre les doigts. Lorsque Denver récupéra le palet pour le pousser de l'autre côté de la patinoire, elle prit conscience qu'elle n'avait encore rien dessiné, trop absorbée par le jeu.

Il fallait s'y mettre ! Elle se concentra sur Drew et sa manière de bouger quand il patinait. Bien sûr, elle ne ferait pas un dessin parfait de son corps, mais elle esquissa des lignes nerveuses pour rendre l'impression de mouvement.

— Hé, qu'est-ce que vous faites ?

Carolina regarda l'homme assis près d'elle. Il avait une bonne quarantaine d'années, arborait le maillot des Travelers et serrait une canette de bière dans la main.

— Je dessine.

— Vous êtes journaliste ?

Elle sourit.

— Non.

— Alors pourquoi vous dessinez ?

Elle n'avait pas vraiment envie d'entrer dans le détail.

— J'aime ça. C'est… ma manière de donner vie au jeu.

— Oh, je vois ! C'est mieux qu'une photo toute bête, hein ?

— Oui, quelque chose comme ça.

Il lui donna une tape vigoureuse dans le dos.

— Vous avez raison, la belle !

Elle grimaça et se concentra de nouveau sur le match, tournant la page de son carnet pour croquer quelques tirs organisés entre plusieurs joueurs en saisissant la vitesse des patins, la cohésion entre les hommes, le palet qui sembla disparaître quand tous les joueurs se précipitèrent autour.

Les hommes au meilleur de leur forme. C'était la spécialité de Drew, et elle se concentra sur lui, esquissant son visage, heureuse qu'il lui ait trouvé une place si près de la glace. Elle chercha à rendre la férocité de ses traits concentrés pour regagner le palet. Et lorsqu'il s'abattit contre la bande, juste devant elle, elle aperçut la pointe de ses cheveux perçant sous le casque. Les mèches étaient trempées de sueur malgré la fraîcheur ambiante dans Madison Square Garden. Pas étonnant, pour lui qui bougeait depuis la seconde où son patin avait touché la glace.

Le mouvement. Les hommes étaient toujours en mouvement, et il fallait conjuguer pour eux mobilité et confort. Elle voulait que ses tenues pour hommes soient flatteuses, mais elle savait que beaucoup donnaient la priorité à des vêtements confortables, dans lesquels ils pouvaient bouger. Carolina inscrivit quelques notes sur les feuillets, saisie de vertige devant toutes les possibilités de création. Elle écrivait plus vite qu'elle ne dessinait, et elle avait déjà couché sur le papier cinq ou six idées qu'elle avait hâte d'esquisser ensuite, y compris pour des sous-vêtements.

Elle eut un sourire malicieux en se demandant si Drew accepterait de poser quasi nu, mais elle écarta très vite cette idée. Elle ne serait pas capable de rester professionnelle s'il fallait lui faire essayer des sous-vêtements.

Pourtant, il serait magnifique sur une publicité. Elle voyait déjà l'image, l'angle de son corps, la mise en scène de la photo.

C'était parfait. Elle devrait s'armer de courage pour lui demander cela…

Le corps entier de Drew se noua sous la tension quand Boyd Litman lui passa le palet. Il s'élança en avant et lutta contre un défenseur de Denver, se dégageant sans pitié pour se précipiter vers le but.

Égalité au troisième tiers-temps : la dernière chose dont ils avaient besoin était un match nul. La partie avait déjà été épuisante, et il savait que tous ses coéquipiers étaient éreintés. Il restait deux minutes de temps réglementaire. Il fallait en finir vite.

Il passa le palet à Ray Sayers et dépassa le défenseur, se mettant en position près du gardien, luttant pour garder son poste pendant que Sayers et Litman faisaient de leur mieux pour conserver le palet.

Lorsqu'il glissa vers lui, il s'empoigna avec Marquette, de l'équipe de Denver, l'un des défenseurs les plus rudes. Il tira et loupa.

Merde ! Un coup d'œil à la pendule lui apprit qu'ils entamaient la dernière minute. Avec une détermination renouvelée, il combattit de nouveau pour le palet et gagna, puis il simula une passe vers Litman, posté tout près du but.

Son coéquipier saisit l'opportunité et fit glisser le palet dans le but.

Drew n'avait jamais rien vu de plus doux que la lumière rouge qui s'illumina pour valider son but. Il leva sa crosse et glissa vers ses coéquipiers pendant que les fans hurlaient de joie dans les gradins.

C'était une belle victoire, durement gagnée, car Denver était une équipe difficile à battre.

Tandis que les joueurs des deux équipes se serraient la main, Drew observa la foule et repéra Carolina, debout, qui applaudissait avec les autres.

Il aimait la voir sourire ainsi. Il se dirigea vers la bande et lui fit signe de descendre. Elle s'approcha de lui.

— Tu as vraiment bien joué, j'ai eu peur que vous ne finissiez pas dans le temps réglementaire.

— Moi aussi. Tu peux m'attendre ?

Elle parut hésiter.

— J'ai du travail.

— Tu as mangé ?

— Eh bien, non !

Il secoua la tête et lui sourit.

— Dîne avec moi.

— Oui, je pourrais…

— Super. Je ne serai pas long. Attends-moi là.

— D'accord.

Il prit le temps de signer quelques autographes pour les fans puis regagna les vestiaires pour prendre une douche. Il s'éclipsa avant d'être coincé par les journalistes, ce qui ne manquerait pas d'agacer son entraîneur, mais il n'était pas d'humeur pour cela.

Pas quand il avait convaincu Carolina d'aller dîner avec lui.

Elle attendait au même endroit, les genoux relevés, son calepin sur les cuisses. Elle ne l'avait pas vu, et il en profita pour l'observer. Elle était tellement plongée dans son travail que rien ne pouvait la distraire.

Elle avait rejeté ses cheveux en arrière et se mordillait la lèvre inférieure, ce qui attira l'attention de Drew sur sa bouche. Leur nuit torride dans sa chambre universitaire remontait à huit ans, mais il se souvenait encore de sa saveur de douce innocence et de l'audace avec laquelle elle s'était abandonnée sensuellement entre ses bras.

Elle était vierge et ne savait rien du sexe, mais elle avait voulu coucher avec lui, pressée de se débarrasser de ce qu'elle avait elle-même qualifié de « joug pesant de la virginité ».

Il avait été surpris qu'à vingt ans elle n'ait connu personne. Adolescente, elle était un peu ronde, mais elle avait toujours été belle, avec ses cheveux sombres et ses incroyables yeux bleus. Quelle mouche piquait les garçons pour passer à côté d'une occasion de sortir avec elle ?

Mais aussi qu'est-ce qui lui avait pris de l'ignorer pendant les deux années passées ensemble à la fac ? Il était tellement pris par le sport, ses amis, si occupé à sauter sur la moindre fille qui était d'accord qu'il ne l'avait pas remarquée. Ou peut-être que si, mais c'était la petite sœur de Gray, et on ne couche pas avec la sœur de son meilleur pote. C'était l'une des règles.

Du moins jusqu'à la nuit de la remise des diplômes : il avait beaucoup trop bu, et Carolina avait trouvé le courage de lui demander de partager son lit.

Il avait piétiné la règle. Mais il ne l'avait jamais regretté !

Lorsqu'elle finit par lever les yeux et le vit, elle rangea son carnet dans son sac et descendit vers lui.

— Tu as pris le temps ! dit-elle en étudiant ses cheveux et son visage. Tu as mis du gel ? Fait un brushing ?

Il aimait bien qu'elle se moque de lui.

— Ouais. J'ai eu une nuit difficile. Et puis je voulais me faire beau pour toi. Qu'est-ce que ça donne ?

Elle le regarda un instant.

— Je n'irai pas jusqu'à te mettre un sac sur la tête, alors ça ira.

Il rit et lui prit la main.

— Allez, je dois avoir brûlé mille calories en un seul match. J'ai besoin d'un énorme steak !

Il la guida vers la sortie, où il avait fait en sorte qu'une voiture l'attende.

— Ooh, chauffeur privé, rien que ça !

Il se mit à rire, lui ouvrit la porte et monta après elle.

— Hé, j'ai quand même quelques avantages, tu sais !

Ils roulèrent jusqu'à *Sparks*, l'un de ses restaurants grills préférés.

— J'adore la nourriture qu'ils servent, déclara Carolina tandis que Drew l'aidait à sortir.

Ils obtinrent une table sans attendre, et le serveur leur donna la carte du sommelier.

— Du vin ? demanda-t-il.

— Je ne devrais pas, j'ai des tonnes de travail.

— Mais réfléchis, tu seras tellement détendue et productive après un bon repas arrosé d'un bon verre.

Elle leva un sourcil.

— Tu racontes n'importe quoi. L'estomac chargé de nourriture et de vin, je serai juste bonne à m'effondrer dans mon lit et à dormir toute la nuit.

— Alors tu seras tellement productive après tout ce repos !

Elle rit.

— Là, tu as peut-être raison. Je travaille sans dormir depuis des mois.

— Alors tu as besoin de prendre une soirée pour toi. Trop de travail engourdit les neurones, et on ne pense plus clairement.

— J'ai esquissé quelques dessins pendant le match.

— Ah ? Je peux les voir ?

Il lut l'hésitation sur son visage.

— Hum, je ne sais pas.

— Ce sont des dessins secrets ?

— Pas vraiment. Mais ils sont difficiles à expliquer.

Il lui adressa un regard de reproche.

— Tu me crois trop bête ?

— Je n'ai pas dit ça.

Il tendit la main.

— Alors laisse-moi voir.

— D'accord.

Elle sortit son calepin, l'ouvrit à une page et le lui confia.

Il regarda les esquisses, ébloui par son talent à chaque page où elle l'avait croqué avec les autres joueurs. Elle avait saisi l'essence même du match et des joueurs. La vitesse, l'intensité de leurs expressions. Il sentait l'action et l'émotion qui vibraient dans ces traits. Il leva les yeux vers elle.

— Oh, Carolina, ils sont exceptionnels ! Je ne pensais pas que tu avais autant de talent.

Il surprit la rougeur sur ses joues lorsqu'il lui rendit son carnet.

— J'ai dû les tracer vite. Ce sont juste des gribouillis.

— Non, ils sont… superbes. Tu as su capter le rythme soutenu, la passion du hockey, comme je n'avais jamais vu faire auparavant.

— Je voulais surtout montrer comment vous vous déplaciez.

— Et tu as parfaitement réussi.

Le serveur s'approcha. Carolina hésita, et Drew commanda une bouteille de vin.

— À quoi vont te servir ces dessins ? Je me doute que tu ne comptes pas créer des uniformes de hockey.

Elle répondit d'un petit rire.

— Ah non ! Mais je pense aux sports quand je crée pour les hommes. Je prends le mouvement en considération. J'insiste sur le côté pratique de tous les jours. Les hommes n'aiment pas se sentir engoncés ou alourdis par leurs vêtements. Ils cherchent le confort, même pour les… (Elle regarda autour d'eux et se pencha vers lui.) sous-vêtements.

— Alors tu vas créer une collection de sous-vêtements pour hommes ?

— Oui. (Elle esquissa un sourire en coin.) Tu te sens de servir de mannequin pour ça ?

Il haussa les épaules.

— Ça ne me pose pas de problème. Mais comment sais-tu que j'ai ce qu'il faut ? Tu préfères peut-être un mec dont c'est le métier.

— Oui, tu as raison. Il faudrait que je… j'examine de nouveau ton corps.

Il sourit.

— Là, on tient quelque chose.

Elle leva les yeux au ciel.

— Écoute, il va falloir te montrer plus professionnel si on doit travailler ensemble.

— Eh, je peux me déshabiller et ne pas penser à coucher avec toi. Peut-être.

— Vraiment ?

— Je n'ai plus douze ans, ma belle.

— Ni vingt-deux après avoir trop bu pour te rappeler mon nom ?

Il lui adressa un regard mécontent.

— Je savais très bien avec qui je couchais, cette nuit-là.

— Peut-être. C'est le lendemain que tu as oublié qui j'étais.

— Ouais, j'ai vraiment merdé cette nuit-là et le lendemain. Je pourrais te demander pardon toute ma vie, mais ça ne changera rien à ce qui s'est passé et au fait que je t'ai mal traitée par la suite. Mais je vais quand même le dire, et je le répéterai autant de fois que tu auras besoin de l'entendre : je te demande pardon, Carolina.

Chapitre 4

Le serveur apporta le vin et prit leur commande, ce qui ne laissa pas à Carolina le temps de répondre. C'était sans doute mieux, car elle ne savait pas quoi lui dire.

Elle avait attendu ce moment pendant des années, elle avait répété encore et encore dans sa tête ce qu'elle lui répondrait s'il demandait pardon un jour.

Elle avait prévu de lui renvoyer ses excuses. Elle comptait lui dire qu'elle avait pleuré sans cesse pendant des mois après qu'il l'avait quittée sans jamais la rappeler. Elle s'était sentie comme une moins que rien, utilisée, amoureuse de quelqu'un qui ne ressentait visiblement rien pour elle.

Mais c'était Carolina à vingt ans, et son cœur brisé, qui pensait ainsi.

Drew ne lui avait rien promis cette nuit-là, et les sentiments qu'elle ressentait n'étaient rien de plus que ceux d'une toute jeune fille qui avait rassemblé tous ses espoirs et ses rêves en un seul fantasme. Ce n'était pas la faute du jeune homme. Elle savait qu'il devait quitter le campus, qu'il avait une carrière prometteuse qui l'attendait dans une équipe de hockey. Mais elle s'était imaginé toute une histoire d'amour qui n'avait rien à voir avec la réalité.

Et, là encore, ce n'était pas sa faute. Il lui avait fallu longtemps pour l'admettre. Mais elle avait tourné la page, terminé ses études et était devenue une adulte. Elle avait fréquenté d'autres hommes et classé Drew dans un tiroir du passé.

Parfois, l'amour enseigne des leçons bien douloureuses, mais elle avait décrété de longue date qu'elle n'était pas faite pour toutes ces complications.

— J'accepte tes excuses. Je suis désolée d'avoir évoqué le sujet… encore.

Il lui prit la main.

— Tu as le droit d'aborder le sujet autant de fois que tu voudras. J'ai agi comme un con cette nuit-là. Et, avant, je l'ai beaucoup fait aussi. Je ne t'ai pas remarquée quand j'aurais dû le faire.

Il ne lui facilitait pas la tâche.

— Tu n'étais pas censé être un autre que toi-même. C'est moi qui me suis jetée sur toi.

Il sourit.

— C'est vrai. Merci. C'était très bon pour mon ego.

— Comme si ton ego avait besoin d'être encore flatté. Il y avait une file d'attente d'étudiantes impatientes de partager ton lit pendant toutes tes années de fac. D'après ce que je me rappelle, tu étais le canon avec qui toutes les filles voulaient sortir. Mais tu n'en voyais pas beaucoup, tu les triais en choisissant les plus jolies, et en écartant les moins séduisantes.

— Ouille ! J'étais vraiment si minable ?

— Oui, tu étais vraiment nul. Et rien ne dit que tu as changé.

— Crois-moi, maintenant, je ne m'occupe que du hockey.

— Hum, hum ! Je ne sais pas pourquoi, ça paraît difficile à croire. Un léopard ne change pas de terrain de chasse, Drew. Et je doute que tu sois brusquement devenu un moine.

— D'accord, peut-être pas. Mais je suis un adulte, je ne cours plus après les femmes comme s'il n'y avait pas de lendemain, ce n'est plus ma priorité.

Elle n'était pas certaine de croire à son discours de mauvais garçon rentré dans le rang, mais, pendant le repas, elle remarqua qu'il ne regardait qu'elle, malgré plusieurs très belles femmes qui tentaient d'attirer son attention. D'accord, un point pour lui. Elle était sortie avec plus d'un homme qui avait les yeux baladeurs, et qui semblait penser qu'il avait été déposé sur terre pour être servi par les femmes.

En général, il n'y avait pas d'autre rendez-vous avec ce genre-là. Un homme incapable de se concentrer sur elle pendant une soirée ne la méritait pas, et elle avait aussi compris au fil des ans qu'elle avait le droit de sortir avec un homme qui la désirait, elle.

Elle devait sans doute remercier Drew pour cela, puisqu'elle avait souffert à cause de lui et avait beaucoup mûri pendant les mois passés à pleurer et à faire le deuil de ses rêves, de son amour, de ses belles histoires qui finissaient bien.

— Tu es drôlement silencieuse.

Elle leva le regard vers lui et s'aperçut qu'il la dévisageait.

— Je profite du repas.

— Ton steak est bon ?

— Tu ne m'aurais pas invitée ici si ce n'était pas le cas, n'est-ce pas ?

Le serveur vint débarrasser, et Drew se laissa aller contre son dossier.

— Bien. Tu as bu un peu de vin, tu as bien mangé. Tu ne te sens pas mieux maintenant ?

— J'allais très bien.

— Pas du tout. Tu voulais courir chez toi travailler sur ces dessins que tu as faits pendant le match.

— Peut-être.

— Tu as repris des couleurs et tu sembles moins… frénétique.

— Oh, tu connais de grands mots !

Il sourit, et elle contempla ses lèvres tandis qu'il vidait son verre de vin.

— Ouais. Je suis allé à la fac, tu sais. J'ai eu un diplôme et tout.

— Il paraît, oui. Qu'est-ce que tu as fait de ce diplôme de commerce ? Il a été utile ?

— Nan, j'ai gaspillé mon argent en alcool et en filles faciles.

Elle ne le croyait pas, mais, là encore, que savait-elle de ce que Drew avait fait de sa vie depuis les années à l'université ?

— Tu es sérieux ?

Il esquissa un sourire en coin.

— Bien sûr. Je suis célibataire et insouciant. Que veux-tu que je fasse de mon argent ?

— Je ne sais pas. L'investir. En faire don à la communauté, aux moins chanceux que toi.

— Tu parles comme ton père.

— Est-ce un problème ? Qu'est-ce que tu reproches à mon père ?

— Rien. C'est un mec bien. Intelligent. Il a réussi. Vice-président des États-Unis et tout. Et il aime le hockey. Qu'est-ce que je pourrais lui reprocher ?

— Tu n'as pas parlé de ses idées politiques.

— Je prends garde à ne jamais parler politique.

— Pourquoi ? Tu as peur de ne pas tenir un débat ?

Il se pencha vers elle.

— Est-ce un défi, mademoiselle Preston ?

— Pas du tout. Je suis curieuse des sujets de conversation que tu affectionnes.

— C'est facile : le hockey, le sexe.

Là, elle retrouvait le Drew dont elle se souvenait, celui qui la taquinait et faisait tout son possible pour l'agacer.

Et il y parvenait.

Elle leva les yeux au ciel.

— Magnifique ! Deux des sujets qui m'intéressent le moins.

— Je sais que tu mens concernant le hockey. J'ai vu que tu étais tout excitée pendant le match. Alors, tu n'aimes pas le sexe ?

— Je n'ai pas dit ça.

— Je crois que si.

Elle aurait dû rentrer chez elle sitôt le match terminé. Malgré ses excuses, Drew ne cherchait qu'à mettre sa patience à rude épreuve. Il n'avait pas tellement changé depuis la fac, malgré les années.

— Il est temps que j'y aille.

Il se mit à rire.

— Tu n'as jamais su tenir un débat un peu vif, Carolina. En tant que fille d'un homme politique, je pensais que tu serais plus longue à renoncer.

Il fit signe au serveur qui demanda s'ils souhaitaient un café ou un dessert. Drew regarda Carolina, et elle lui lança un regard assassin.

— Je pense que non, Daniel. L'addition, c'est tout.

Il se cala contre son dossier et finit son vin, puis il paya tandis que Carolina fulminait.

Elle l'avait laissé l'énerver, alors qu'elle pensait qu'il n'en serait plus capable. Elle ne savait même pas qui l'agaçait le plus : lui ou elle-même. Ils se levèrent et sortirent, et elle fut presque tentée de prendre un taxi plutôt que de partager sa voiture.

Mais cela aurait été mesquin et puéril, et elle n'avait plus l'âge de tels enfantillages. Elle pouvait supporter une course de dix minutes jusque chez elle.

— Tu es fâchée, dit-il après quelques minutes.

— Non, pas du tout. Je suis simplement fatiguée et j'ai beaucoup de travail à faire ce soir.

— Tu as des dates à respecter ?

— Oui, et les délais sont très courts.

— Tu aurais peut-être dû refuser quand je t'ai invitée à dîner.

Elle le fusilla du regard, puis comprit qu'elle ne pouvait rien lui reprocher. Il avait raison. Elle était adulte, capable de prendre ses propres décisions. Il ne l'avait pas enlevée ni forcée à accepter son invitation. C'était sa faiblesse face à lui qui la rendait furieuse.

— Peut-être. La prochaine fois, je déclinerai l'invitation.

— Qu'est-ce qui te fait croire que je t'inviterai de nouveau ?

Elle refusa de mordre à l'hameçon et resta silencieuse pendant le trajet. Quand ils furent arrivés, elle tendit la main vers la poignée, mais Drew l'interrompit.

— Je t'accompagne.

Elle ricana.

— Je ne crois pas, non.

Il l'ignora et, quand le chauffeur ouvrit la portière, il descendit après elle et la rattrapa de ses longues enjambées.

— Je ne veux pas que tu montes avec moi.

— Je vais te raccompagner à ta porte. J'ai été élevé comme ça.

Elle s'arrêta.

— Oh !… Alors te voilà devenu un parfait gentleman ?

Visiblement, il évita lui aussi de mordre à l'hameçon, car il se contenta d'un sourire et lui tint la porte pendant qu'elle entrait et se dirigeait vers l'ascenseur. De toute évidence, elle ne se débarrasserait pas de lui, elle se résigna donc à monter à son étage avec lui pour aller jusqu'à sa porte. Elle tourna la clé dans la serrure, ouvrit et le regarda.

— Merci pour le repas.

— Tu ne m'invites pas pour un dernier verre ?

— Je ne suis pas un génie, Drew, mais je ne suis pas totalement idiote non plus.

— Je ne suis pas sûr de comprendre. Je peux utiliser tes toilettes ?

Elle leva les yeux au ciel devant la manœuvre grossière.

— Non.

— Allez, Carolina ! C'est assez urgent. J'ai bu pas mal et j'habite loin d'ici.

— D'accord.

Elle entra et referma tandis qu'il traversait le couloir. Elle suspendit son manteau et alla dans la cuisine préparer une bouilloire pour faire du thé.

— Qu'est-ce que tu fais ?

Elle sursauta, perdue dans ses pensées sur son travail à faire et la préparation du thé. Elle se retourna vers Drew.

— Je prépare du thé.

Il fit une grimace.

— Pas de café ?

— J'en ai.

— Super ! J'en prendrai une tasse.

Il retira son manteau.

Drew était le pire invité qui soit. Elle le suivit dans le salon.

— La voiture ne t'attend pas ?

— Si.

— Ne devrais-tu pas descendre et monter dedans ?

Il souffla dans ses mains.

— Non, le chauffeur m'attendra. Tu veux que je prépare le café ?

Elle poussa un soupir frustré. Soit il était vraiment lent à comprendre, soit il faisait exprès de l'agacer. Il n'était pas idiot, c'était sans doute la seconde option. Il devait savoir qu'elle avait du travail et voulait qu'il parte. Elle aurait dû lui dire clairement de s'en aller. Maudite bonne éducation ! Sa mère lui ferait un scandale si elle apprenait qu'elle avait mis dehors un invité, même s'il s'agissait de Drew. Les Preston accueillaient toujours leurs hôtes avec un sourire. Ils étaient toujours polis.

Pouah ! Elle aurait voulu le jeter dehors d'un coup de pied aux fesses.

— Non, je m'en charge.

Elle mit de l'eau dans la cafetière, plaça une tasse dessous et pressa le bouton pour chauffer le breuvage en cherchant une autre tasse.

— De la crème et du sucre ?

— Je le prends noir.

Elle prépara son thé puis son café.

— Pourquoi ne pas aller nous asseoir au salon ?

— D'accord.

Elle prit le temps de desserrer les mâchoires, qui s'étaient crispées quand Drew s'était invité sans rien demander. Elle songea à tous les dessins et notes qu'elle devait préparer, mais relâcha les épaules et essaya de se détendre.

Toujours être une bonne hôtesse. Les Preston étaient ainsi. Après tout, il n'allait pas rester toute la nuit.

N'est-ce pas ?

Elle regarda sa montre. Il était 23 h 30.

La nuit allait être longue.

Drew aurait dû être fair-play et laisser Carolina à sa porte, mais quelque chose chez cette femme avait raison de lui.

Il ne pouvait pas abandonner la laisser lui échapper.

Et puis elle était si incroyablement polie. Elle aurait dû l'arrêter en bas des marches, ou à la porte. Elle aurait dû être sèche avec lui et lui dire de dégager.

Mais elle était restée agréable et lui avait permis d'entrer quand il avait avancé l'excuse minable de devoir aller aux toilettes. Puis elle lui avait même fait du café, quand toute autre femme l'aurait mis dehors d'un bon coup de pied.

C'était typique des bonnes manières des Preston. Il l'avait vu plus d'une fois chez les parents de Gray, surtout de la part de sa mère. Mais son ami était loin de suivre son éducation. Il savait remettre à sa place quelqu'un qui en avait besoin tout en maîtrisant les rudiments de l'étiquette… du moins mieux que la plupart des hommes.

Mais Carolina…, c'était le niveau supérieur. Il avait tout fait pour l'exaspérer, et elle restait fidèle à l'expression imperturbable et à la politesse typiques des Preston.

Il aurait voulu la secouer un peu, faire resurgir la passion cachée sous la surface. Il l'avait déjà connue brûlante, quand la reine de glace était devenue un volcan bouillonnant de lave et de sensualité. Et il avait surpris certains de ses regards dans la soirée, quand elle pensait qu'il ne la voyait pas. Sa manière de le regarder, son corps montrant tous les signes qu'elle était attirée par lui. C'était comme si elle le désirait mais refrénait son envie.

Il voulait retrouver cette femme, qui s'était transformée en volcan enflammé, pas cette représentante de la haute société, bien élevée, froide et réservée.

Il s'assit sur son canapé, conscient que cela l'irritait. Elle voulait qu'il parte. Il voulait lui parler.

— Tu iras à Washington passer Thanksgiving avec ta famille ?

— Je ne pense pas. J'ai trop de travail. Et toi, vas-tu aller chez tes parents ?

— Non. J'ai un match juste après, alors je vais rester dans le coin. Avec quelques potes, on va aller servir des repas de fête aux sans-abri.

Elle se cala contre son dossier.

— C'est… très généreux de ta part.

Il haussa les épaules.

— C'est toujours mieux que de traîner chez moi en jouant aux jeux vidéo.

— Je dois admettre que je suis surprise.

— Pourquoi ?

— Je ne sais pas, c'est comme ça.

— J'ai un cœur, Carolina, malgré ce que tu sembles penser de moi.

Elle but une gorgée de thé.

— Je ne pense rien de toi.

— Vraiment ? insista-t-il en souriant.

— Vraiment.

— Pourquoi ne pas passer Thanksgiving avec mes amis et moi ?

Il savoura sa manière d'écarquiller les yeux, son air d'animal pris au piège et cherchant désespérément une échappatoire.

— Oh non ! Comme je l'ai déjà dit, j'ai beaucoup de travail.

— C'est Thanksgiving, pas question de bosser ce jour-là.

— Si je ne rentre pas chez mes parents, c'est précisément pour être productive.

— Tu dois exprimer ta gratitude pour tout ce que tu as, à cette occasion. Tu dois montrer aux autres que tu apprécies ce que tu as à sa juste valeur. Viens travailler au foyer avec mes potes et moi.

Il l'avait piégée, et elle le savait.

— D'accord, d'accord. J'aiderai quelques heures puis je rentrerai travailler.

— Génial ! dit-il en reposant sa tasse de café. En parlant de travail, je suis sûr que tu aimerais t'y mettre, alors je vais filer.

Elle se leva si vivement qu'il sentit une légère brise.

— Je t'accompagne à la porte, dit-elle.

Quand elle ouvrit, Drew se pencha et lui déposa un baiser léger sur la joue.

— Merci d'être venue au match et de m'avoir tenu compagnie au dîner.

Elle afficha de nouveau un air surpris, et il s'en réjouit. Il aimait la déstabiliser.

— Merci de m'avoir invitée au match. Ça m'aidera pour ma collection.

Il sourit.

— À ton service, ma belle ! J'ai hâte qu'on s'attaque aux sous-vêtements.

Chapitre 5

Carolina avait prévu de s'immerger dans son travail pour Thanksgiving, pas de plonger le bras jusqu'au coude dans la sauce de viande. Et pourtant elle se retrouvait au foyer, entourée de six hommes qui la dépassaient d'une bonne trentaine de centimètres, tandis qu'une foule compacte attendait de recevoir une ration à manger.

C'était incroyable. Le bâtiment était plein, et au lieu d'être esseulée chez elle elle contemplait des sourires, entendait des rires rauques, à l'avant et à l'arrière du plan de travail où elle servait des repas à base de dinde.

En un sens, elle était reconnaissante à Drew de l'avoir sortie de son appartement. Elle aurait sans doute mangé une salade et passé la journée à regarder la parade en se morfondant de ne pas voir sa famille. Au lieu de cela, il était venu la chercher à 7 heures et l'avait présentée à quatre de ses coéquipiers, qui l'avaient immédiatement prise dans leurs bras et intronisée membre des Travelers. Drew lui avait même offert un maillot de l'équipe, évidemment beaucoup trop grand pour elle. Colin Kozlow, l'un de ses amis, lui avait tout de même dit qu'elle était mignonne dedans.

« Mignonne » ! *Génial !* Avery Mangino, le gardien de but, lui avait demandé si elle était la petite amie de Drew puisque le maillot était à son nom, avec son numéro. Elle avait nié avec véhémence, et il avait affiché un sourire satisfait pendant que ses amis se moquaient gentiment de lui.

Elle avait apprécié qu'il soit un peu chahuté, et tant qu'ils n'essayaient pas de la séduire, ce dont ils s'abstinrent, elle apprécia l'ambiance.

C'était finalement un groupe sympathique, simplement des hommes à qui leurs proches manquaient autant qu'à elle. La plupart étaient restés en ville pour Thanksgiving parce que leurs familles vivaient trop loin pour qu'ils leur rendent visite.

— On va manquer de sauce, dit-elle à Lakeesha Divant, la responsable du foyer.

— Je m'en occupe.

Cette femme était un véritable général, qui criait ses ordres aux membres de l'équipe.

Carolina était émerveillée depuis qu'elle était arrivée le matin. Tout était prêt et installé, la nourriture avait été préparée la nuit précédente, et il ne restait plus qu'à servir, à l'ouverture des portes. Elle s'était toutefois attristée de voir que, dès sept heures et demie, une longue file attendait déjà.

Les personnes qui venaient étaient sans logis et avaient faim, et elles savaient que c'était un bon jour pour prendre un repas chaud et copieux. Bien sûr, le foyer proposait un repas chaud quotidiennement, mais il y avait une foule plus dense pour Thanksgiving, et les habitués voulaient être sûrs d'avoir leur part.

— Et voilà la sauce, annonça un colosse qui tenait un large récipient.

— Merci, Jim.

Elle avait fait connaissance avec l'équipe le matin, et elle avait mis un point d'honneur à connaître tout le monde. Certains étaient d'anciens sans-abri, et ils étaient ravis de travailler à leur tour pour le foyer. Lakeesha s'assurait qu'ils travaillent dur, mais ils étaient reconnaissants de mériter leur place.

— Ça ouvre l'appétit pour le bon repas qu'on mangera tout à l'heure !

Carolina sourit.

— J'ai déjà l'estomac qui gargouille !

Elle servit encore pendant quelques heures, puis la foule se fit moins dense vers 13 h 30.

— Tu ne t'es pas plainte une seule fois, se réjouit Drew en arrivant derrière elle.

Il avait passé la majeure partie du temps en cuisine, et elle ne l'avait guère vu que lorsqu'il aidait Jim à apporter les plats.

Elle céda la place à un autre membre de l'équipe.

— Pourquoi me serais-je plainte ? demanda-t-elle en retirant son tablier et en chassant une mèche de ses yeux.

— Tu as travaillé dur.

— Ça en valait la peine. Regarde comme tout le monde est content.

— Oui, pour certains ce sera leur seul repas de la journée.

Cette pensée était insupportable.

— J'ai faim ! Tu veux manger ? reprit-il.

Elle acquiesça.

— Je sens ce délicieux repas depuis des heures. Je suis prête à remplir ma propre assiette.

Ils se servirent et allèrent s'asseoir près de Lakeesha et d'un groupe d'hommes plus âgés qui leur firent une place à leur table.

— Ce sont des vétérans, expliqua Lakeesha en leur présentant Ronald, Oscar, Lewis et Bailey.

— Ravie de vous rencontrer, déclara Carolina. Merci d'avoir tant fait pour le pays.

— M'dame, salua Ronald. Merci d'avoir servi le repas aujourd'hui. C'est diablement bon.

— Remerciez plutôt Lakeesha et son équipe qui ont tout préparé. Je me suis contentée de remplir les assiettes.

— Mais sans vous tous qui avez sacrifié votre Thanksgiving nous n'aurions pas pu tout faire, la corrigea Lakeesha avec un sourire. Nos protégés auraient dû attendre encore plus longtemps dans les files, alors merci.

Carolina observa les hommes, incapable d'imaginer ce qu'ils avaient vécu.

— Je n'aurais pas pu rêver une meilleure compagnie pour passer Thanksgiving.

— Moi non plus, renchérit Drew avant de leur demander où ils avaient servi.

Les convives se lancèrent dans une discussion sur leur passé militaire et, pendant que Carolina mangeait, elle se laissa happer par leurs récits de guerre, au Vietnam et dans le Golfe. Elle remarqua qu'ils évitaient les sujets douloureux et se concentraient sur des anecdotes positives et amusantes sur l'amitié entre soldats et les bons moments vécus ensemble.

Elle ne le leur reprochait pas. Elle savait qu'il y avait trop de souvenirs douloureux avec lesquels ils devaient vivre chaque jour. Sinon, ils ne seraient pas à la rue. Mais, en ce jour, on échangeait sa joie et les bons souvenirs, et elle se réjouissait de partager ce moment.

Plus tard, les vétérans et Lakeesha se dispersèrent, et Carolina resta seule avec Drew.

— Où sont les autres ? demanda-t-elle en cherchant ses coéquipiers du regard.

— Ils sont partis. Ils ont mangé plus tôt pour aller chez Avery et regarder du football américain.

Elle leva un sourcil.

— Et tu n'es pas allé avec eux ? Je pensais que c'était un truc d'hommes, un rituel de Thanksgiving.

— Je t'ai amenée ici et je te raccompagnerai.

Encore son numéro de gentleman. Elle ne savait pas quoi en penser.

— Tu n'étais pas obligé. Je peux rentrer chez moi toute seule.

— Je ne t'abandonnerai jamais ainsi, Carolina. (Elle lui lança un regard.) Pas cette fois, précisa-t-il.

— Non, vraiment. Tu peux me laisser. Ça ne me gêne pas.

Il lui adressa un regard puis un sourire empli de malice.

— Jamais de la vie.

— Tu sais que j'ai du travail à faire aujourd'hui.

— Je pensais qu'on pourrait passer un peu de temps ensemble.

Il était vraiment incorrigible.

— Je t'ai dit que je viendrai aider, mais maintenant je dois rentrer travailler.

— Mais c'est une fête, pour se reposer et s'amuser.

Elle leva les yeux au ciel et s'écarta de lui. Il lui avait déjà pris toute une soirée dans la semaine, et elle était en retard dans son emploi du temps. Elle avait renoncé à voir sa famille pendant ce congé pour pouvoir se rattraper. Pas question qu'il monopolise encore une journée entière.

Si elle ne pouvait pas voir sa famille, c'était pour travailler, pas pour s'amuser avec Drew.

Elle dit au revoir à Lakeesha et à son équipe, puis sortit. Drew était de nouveau venu la chercher le matin même dans une voiture privée, prétendant qu'il serait impossible de trouver un taxi libre un jour de Thanksgiving. Le véhicule les attendait toujours.

— Je n'arrive pas à croire que tu aies fait attendre le chauffeur, dit-elle en montant.

— Je ne l'ai pas fait attendre. Il est entré manger de la dinde. Tu ne l'as pas vu ?

Non, mais elle n'avait pas eu une seconde de répit pendant la matinée.

Elle se pencha en avant, fatiguée, consciente qu'elle avait besoin d'une sieste. Elle n'était plus aussi certaine de tenir tout un après-midi de travail.

Ses paupières commençaient à se fermer toutes seules quand la voiture s'arrêta brusquement. Elle rouvrit d'un coup les yeux et s'aperçut qu'ils n'étaient pas dans son quartier.

— C'est le Rockefeller Center, fit-elle remarquer en découvrant l'immense centre commercial et complexe de loisirs.

— Oui. Je me suis dit qu'on pourrait s'amuser un peu avant que je te dépose. Tu as beaucoup travaillé ce matin.

— Et ce n'est pas fini.

Le chauffeur ouvrit la portière, et Drew descendit en levant une main apaisante.

— Tu as largement le temps.

— Va t'amuser ; moi, je rentre travailler.

— Allez, Carolina, juste une heure. Ensuite, je te ramène chez toi.

— Hors de question ! J'ai trop à faire.

— Mais c'est Thanksgiving.

— Je m'en moque, tu pourrais bien m'annoncer l'apocalypse, ce serait pareil. J'ai un emploi du temps à respecter.

Il secoua la tête.

— Tu as vraiment besoin de revoir l'ordre de tes priorités et d'apprendre à te reposer.

— Au revoir, Drew, répliqua-t-elle en s'apprêtant à refermer la portière.

Il s'accroupit devant elle, mettant en valeur ses cuisses remarquables soulignées par son jean. Puissantes et musclées, à l'image de son corps sculptural.

— Est-ce que ça aiderait si j'avouais que ce détour m'a été suggéré par ta mère ?

Elle s'interrompit.

— Comment ?

— J'ai parlé avec Gray au téléphone hier soir, et, quand il a appris que je ne rentrerai pas pour Thanksgiving et que tu allais servir des repas aux sans-abri avec moi, il a dit qu'il était heureux que tu ne restes pas seule pour les vacances. Ta mère ne devait pas être loin parce qu'elle a pris le combiné pour me parler ensuite.

Jusque-là, Carolina le croyait.

— Qu'a-t-elle dit ?

— Elle m'a demandé si j'accepterais de t'obliger à sortir pour t'amuser aujourd'hui, au lieu, je la cite, de « la laisser s'enfermer dans son appartement comme une prisonnière pendant les vacances ».

C'était le genre de choses que sa mère pouvait dire, en effet.

— Elle s'inquiète trop, j'adore mon travail.

— Je n'en doute pas. Mais voilà : je lui ai promis de le faire. Tu sais combien ta mère peut être impressionnante. Tu ne voudrais pas que j'aie à avouer que je n'ai pas tenu ma promesse, si ?

Carolina fronça les sourcils.

— Tout cela ressemble fort à du chantage, Drew.

— Ouais, je trouve aussi. On y va ?

Il lui prit la main et la fit descendre de voiture. Sur le chemin, elle l'observa.

— C'est pour ça que tu n'es pas allé regarder les matchs avec tes amis.

— Hein ?

— Parce que tu penses devoir quelque chose à mon frère et à ma mère.

— Oh non, ce n'est pas ça !

— Je t'assure que tu n'as pas à te sentir obligé, Drew. Je mentirai s'il le faut.

Il s'arrêta pour la regarder.

— Tu mentirais à ta propre mère ?

— Pour tenir mes délais ? Oui. Allons, retournons à la voiture, tu peux avoir la conscience tranquille. Va t'amuser avec tes amis, et je pourrai aller travailler.

Elle tourna les talons, mais il la retint par le bras.

— Pas si vite.

Elle aurait voulu hurler d'agacement.

— Quoi encore ? Tu n'as tout de même pas eu un soudain retour de ton sens de l'honneur de boy-scout, si ?

— Non, mais j'ai promis à ta mère. Et puis elle a raison. Gray et elle m'ont dit tous les deux que tu te tues à la tâche depuis que tu as décidé de te lancer, il y a deux ans, avant même d'avoir quitté je ne sais qui le couturier.

— David Faber.

— Ouais, voilà. C'est vrai ?

Elle s'interrompit et savoura un rayon de soleil sur son visage malgré le froid de la journée.

— En gros, oui.

— Ça explique sûrement que tu sois aussi grincheuse.

Elle resta bouche bée.

— Moi, je suis grincheuse ?

— Et comment ! Parce que tu travailles tout le temps, au point d'oublier comment sortir et t'amuser un peu.

Elle lui aurait bien ruiné l'entrejambe d'un coup de pied !

— Je sais très bien comment m'amuser. Je m'amuse constamment.

Il la tira jusqu'en haut des marches.

— Ah oui ? Quelle est la dernière chose sympa que tu aies faite ?

— Je… (Elle s'arrêta pour réfléchir.) J'ai fait les boutiques… de tissus.

Il secoua la tête.

— C'est en rapport avec ton travail. Je parle de quelque chose qui n'a aucun lien. Quand es-tu allée pour la dernière fois en boîte, au ciné, à une fête entre amis ? Quand es-tu sortie avec un homme pour la dernière fois ?

Elle ouvrit la bouche pour lui adresser une réponse cinglante, mais rien ne lui vint à l'esprit. D'accord, elle s'était concentrée exclusivement sur son travail. Mais c'était son choix, elle était prête à faire quelques sacrifices si c'était la condition pour lancer sa propre collection.

— Je ne m'en souviens plus.

— Ah, je l'aurais parié ! C'est pour ça que tu es grincheuse. Tu n'as pas dû t'envoyer en l'air depuis au moins un an.

Elle n'arrivait pas à croire qu'elle parlait de cela avec lui. Honnêtement, il était plutôt question d'un an et demi, mais elle n'avouerait jamais cela, surtout à Drew, l'étalon de service qui devait passer au moins quatre nuits torrides par semaine.

— C'est totalement faux.

Il lui adressa un petit sourire qui laissait entendre qu'il ne la croyait pas.

Bon sang !

Elle pensait qu'ils s'arrêteraient dans un bistrot pour boire un café et discuter, mais, quand il la guida jusqu'à une patinoire, elle s'arrêta et libéra sa main.

— Oh non, pas question !

— Pourquoi ? On va bien rire.

— Toi, tu vas rire. Patiner, c'est ton travail. Je ne suis pas allée sur la glace depuis une éternité.

— Allez, c'est comme le vélo, ça ne s'oublie pas.

— On parie ?

— Dégonflée !

— C'est surtout que je n'ai plus douze ans. Ce genre de provocation ne marche plus sur moi.

— D'accord, reste là pendant que je patine.

Oh, bien sûr ! Il allait être assailli par la foule de jolies filles qui occupaient déjà la patinoire, et elle aurait le sentiment de revivre ses années d'université.

Pas de ça !

— C'est bon, je viens. Mais je t'interdis de rire si je tombe.

— Je ne compte pas te laisser tomber.

Elle accepta de le suivre, et ils louèrent des patins. L'adolescent qui tenait le comptoir reconnut immédiatement Drew.

— Vous êtes Drew Hogan, des Travelers !

Le joueur lui adressa un large sourire.

— C'est bien moi !

Il regarda le badge du jeune garçon.

— Et vous êtes Justin.

Le garçon sourit.

— C'est trop cool ! Vous venez patiner ici ?

— Eh oui !

Drew paya, et Justin lui remit religieusement les patins comme un trophée convoité.

Carolina leva les yeux au ciel.

Ils allèrent dans les vestiaires, et la jeune femme retira ses bottes, heureuse d'avoir opté pour un jean. Cela amortirait un peu sa chute.

Elle n'eut pas de problème à traverser l'espace moquetté, mais elle n'avait pas menti en disant qu'elle n'avait pas patiné depuis très longtemps.

Drew lui prit la main et la mena à l'entrée de la patinoire.

— Alors, depuis combien de temps n'as-tu pas chaussé de patins ?

Elle tenta de se rappeler. Elle avait fait un tour avec un groupe d'amis dans un parc.

— Trois ans, peut-être.

— Ce n'est pas si loin.

Elle lui lança un regard de reproche.

— C'est une éternité.

Il rit.

— On va commencer doucement.

Il s'engagea le premier sur la glace puis se retourna vers elle pour lui tendre les mains.

Elle hésita.

— Je te promets de ne pas te laisser tomber, Carolina, insista-t-il.

Elle avait conscience d'être ridicule. Elle observa la foule dense de patineurs et en vit plusieurs glisser, tomber, éclater de rire puis se relever et essayer de nouveau.

Pourquoi agissait-elle comme une enfant alors que ce n'était rien ?

Peut-être parce qu'elle s'était déjà humiliée devant Drew une fois, en se soûlant et en se jetant dans ses bras…

La glace était son univers. Il y était plus à l'aise que n'importe où ailleurs. Elle ne voulait pas passer pour une débutante devant lui.

C'était pourtant le cas…

Elle aurait dû rester dans cette fichue voiture !

Elle se décida pourtant à lui prendre la main et à s'engager prudemment sur la glace. Ses chevilles vacillèrent, et elle lutta pour rester debout. Mais Drew était là et il l'enveloppa de ses bras pour l'aider à retrouver son équilibre.

— Prends une profonde inspiration et détends-toi. Je suis là. Tu ne tomberas pas. Écoute juste le son de ma voix.

Sans la lâcher, il avança devant elle et l'obligea à redresser le menton.

— Ne regarde pas tes patins. Tu vas te déséquilibrer. Regarde devant toi. Et n'oublie pas que tu ne peux pas tomber tant que je te tiens, alors profite de l'instant. D'accord ?

Il conclut d'un sourire confiant, et elle hocha la tête.

— D'accord.

— Alors allons-y !

Son assurance l'aida à rester concentrée. Il se déplaçait à ses côtés, un bras rassurant passé autour d'elle, et il avançait lentement tandis qu'elle tâchait de se rappeler comment patiner au lieu de marcher.

Au début, Drew l'entraîna avec lui, mais elle comprit qu'elle n'arriverait à rien si elle n'essayait pas. Elle avança les patins, et les automatismes commencèrent à lui revenir. Le soutien ferme de Drew aidait beaucoup.

Il avait raison. Il la tenait si bien qu'elle ne pouvait pas tomber, et elle s'enhardit un peu. Ses muscles retrouvèrent la mémoire, et elle glissa sur la patinoire.

— Tu l'as, continue.

Il était très patient, il n'essayait pas d'accélérer. Lorsqu'elle vacilla, il resserra son étreinte et ralentit le rythme.

Après une vingtaine de minutes, il lui sembla qu'elle pouvait s'en sortir seule. Elle le repoussa, ne le tenant que par la main, et s'écarta de lui.

— Tu es sûre ?

— Oui, mais ne me lâche pas.

Leurs regards se croisèrent.

— Non, je te le promets.

Ils firent le tour de la patinoire, et, tandis qu'elle commençait à se détendre, elle prit le temps de regarder les autres personnes. Leur duo avait attiré un attroupement de curieux, sur la glace et autour.

Du moins, Drew les avait attirés. Elle n'était pas surprise qu'on l'ait reconnu, surtout dans ce lieu.

Lorsqu'un garçon d'environ huit ans patina vers eux, il se rapprocha d'elle et s'arrêta.

— Salut ! Tu es Drew Hogan, l'attaquant des Travelers.

— C'est ça, répondit-il d'un sourire. Et toi, tu t'appelles comment ?

Le gamin révéla une dent manquante d'un air réjoui.

— Je suis Henry. J'habite à Long Island, mais je suis venu voir mes grands-parents. Ils ont un appartement ici, et on a regardé la parade, mangé de la dinde et des légumes et des canneberges et tout ça.

Carolina leva la tête et vit un couple, sans doute les parents de l'enfant, debout derrière lui, arborant de larges sourires. Drew les remarqua aussi et leur adressa un clin d'œil.

— Ça a dû être une super journée, Henry. Alors, tu aimes le hockey ?

— Ouais, beaucoup. Les Travelers, c'est mon équipe préférée, et c'est toi, le joueur que j'aime le plus.

— Merci.

— Hé, tu signerais mon maillot ? Je le porte sous mon manteau.

— C'est vrai ? Montre-moi ça !

Henry déboutonna sa doudoune pour révéler les couleurs de l'équipe, le vert et le blanc, sur un maillot marqué du numéro de Drew, le vingt-deux.

— Excellent. Et j'ai justement un feutre sur moi !

Il ouvrit son manteau pour prendre un marqueur indélébile qu'il avait déjà utilisé pour des autographes. Il apposa sa signature sur le maillot du garçon qui ouvrit de grands yeux.

— Waouh, trop fort ! J'ai hâte de montrer ça aux copains. Ils ne me croiront pas !

— Si tes parents ont un appareil, on peut prendre une photo.

— C'est vrai ? s'émerveilla le gamin.

— J'ai ce qu'il faut, déclara sa mère en sortant son téléphone.

Drew s'agenouilla près de Henry et prit la pose. Carolina songea qu'elle n'avait jamais vu d'enfant aussi radieux.

Après le départ de la famille, une nuée de fans s'approcha. Carolina s'éloigna un peu. Drew lui adressa un regard, et elle lui répondit d'un signe de tête et de la main pendant qu'il prenait le temps de saluer ses admirateurs, de signer des autographes et de poser pour des photos. Elle se doutait que les fans auraient aimé qu'il patine avec eux, mais il finit par s'excuser et revint vers elle.

— Désolé.

— Pas de problème. C'est gentil de prendre du temps pour tes admirateurs.

— J'avais oublié que c'était Thanksgiving. Je n'aurais jamais pensé qu'il y ait autant de monde sur la patinoire ni qu'on me reconnaîtrait.

— Je t'en prie ! Toi, sur la glace ? C'était évident.

Il rit.

— Peut-être bien. Faisons encore quelques tours avant de partir.

Il passa un bras autour d'elle et l'entraîna sur la glace. Les gens prirent des photos d'eux, et plusieurs gamins vinrent patiner autour du couple. La plupart des athlètes séduisants étaient des aimants à jolies filles. C'était le cas de Drew, mais il attirait visiblement tout autant les enfants, ce qui ne le gênait absolument pas. Il prit garde de ne pas aller trop vite et tint même la main d'une fillette qui passa près de lui, lui adressa un grand sourire et vacilla maladroitement en faisant le tour de la patinoire près du duo pendant que ses parents patinaient devant et prenaient des photos en rafale. Drew discuta avec elle tout le temps. Cela ne fit pas craquer Carolina.

Pas tant que ça…

Lorsque la cloche sonna pour signaler une pause, la jeune femme fut soulagée de quitter la glace.

— Que dirais-tu d'un bon chocolat chaud ? proposa Drew.

— Ça me paraît fabuleux ! J'ai les orteils gelés et les jambes flageolantes.

Il éclata de rire.

— Il va falloir travailler ton endurance sur glace.

Ils retirèrent leurs patins et montèrent à l'étage.

— Il est peu probable que je patine régulièrement, alors je ne pense pas qu'il soit très important de se soucier de mon endurance.

Drew commanda deux chocolats.

— Oh, on ne sait jamais ! Tu pourrais te mettre à aimer ça.

— J'en doute.

— Et si je t'offre des tickets pour toute la saison de hockey ?

Elle esquissa un sourire.

— Tout d'abord, merci de la proposition. J'aime effectivement le hockey. Malheureusement, je n'ai pas le temps d'aller à tous les matchs, parce que je suis un peu débordée en ce moment. Et puis pourquoi ferais-tu ça ?

— J'aime avoir quelqu'un que je connais dans les gradins.

Elle secoua la tête.

— Il te faut une petite amie.

— Oui, je trouve aussi. Tu te portes volontaire ?

Elle n'aurait su dire si ce n'était que de la taquinerie.

— Hum, non merci ! Tout ça, c'est passé et bien passé.

— Vraiment ?

Sa manière de la regarder fit fondre le peu de froid qui lui mordait encore les orteils. Il était tellement direct, sûr de lui, comme cette nuit, à l'époque. Elle était soûle et avait bu suffisamment de verres de vin pour avoir l'audace de l'inviter dans sa chambre après la fête. Mais il était resté près d'elle pendant toute la soirée, et toute la nuit. Il avait dansé avec elle, l'avait serrée contre lui, lui avait murmuré à l'oreille qu'elle était magnifique, qu'il se demandait pourquoi ils ne s'étaient jamais rapprochés avant.

Puis il l'avait accompagnée dans son dortoir silencieux alors que tous les autres célébraient la fin de l'année universitaire…

— Carolina ?

Elle s'extirpa de ses souvenirs et rencontra son regard.

— Oui ?

— Tu étais partie dans le brouillard.

— Je pensais à mon travail.

— Il est temps que tu y ailles ?

— Oui, je pense.

Oui, avant de faire une bêtise, avant de remonter si loin dans ses sentiments d'avant qu'elle finirait par basculer de nouveau dans le terrier du lapin blanc…

Avant qu'elle tombe encore… aux côtés de Drew.

Ce serait vraiment une terrible erreur.

Chapitre 6

Drew observa les émotions qui se bousculaient sur les traits de Carolina tandis qu'elle montait dans la voiture. Il aimait bien des choses chez elle : elle était intelligente, et elle recélait bien plus de trésors qu'elle ne le laissait paraître. À l'université, il l'avait croisée plus d'une fois dans la cour, occupée à dessiner ou plongée dans un livre.

Les belles filles, il en récoltait treize à la douzaine. Elles se bousculaient derrière lui à la fac. Mais essayer d'entamer une conversation enrichissante avec l'une d'elles était comme parler à un mur. Beaucoup ne pensaient qu'à le déshabiller, et, jeune et fougueux, il les avait volontiers laissées faire. Mais, sorti du lit, il aimait pouvoir discuter d'autre chose que de la prochaine fête du campus.

Une femme belle et intelligente ? C'était un diamant rare.

Il avait toujours gardé ses distances avec Carolina parce qu'elle était la petite sœur de Gray et qu'il fallait respecter les règles.

Jusqu'à cette nuit de remise des diplômes, quand il avait un peu bu… Oh, d'accord, il avait beaucoup trop bu ! Carolina lui avait proposé une invitation trop difficile à refuser. Il avait oublié qu'elle était la sœur de son meilleur ami.

Il ne savait pas encore qu'elle n'avait jamais été avec un garçon. Il avait pensé qu'une fille aussi séduisante et fine avait déjà eu un petit ami ou deux.

C'était stupide de sa part, mais il ne pouvait pas dire qu'il regrettait d'avoir été le premier. Ce qu'il regrettait vraiment, c'était de lui avoir tourné le dos et d'avoir fui ensuite. C'était l'un de ses actes les plus lâches.

Maintenant que leurs chemins se croisaient de nouveau, il avait une chance de tout recommencer, en agissant correctement cette fois.

Ils s'arrêtèrent devant son appartement, et elle se tourna vers lui.

— Merci de m'avoir raccompagnée.

— De rien. Merci d'être venue aider aujourd'hui.

— Que fais-tu ? demanda-t-elle alors qu'il lui emboîtait le pas.

— Je t'escorte à ta porte.

— Encore une fois, ce n'est pas nécessaire.

— Faut-il avoir de nouveau cette conversation ? Je te raccompagne à ta porte, et tu sais pourquoi.

Il devinait qu'elle était contrariée qu'il la ramène jusque chez elle. Il devait admettre qu'il aimait la taquiner et voir ses joues se colorer.

Elle sortit ses clés de son sac et se tourna vers lui.

— Merci de m'avoir emmenée patiner.

— De rien.

Elle protégeait la porte de son corps comme une louve veillant sur son petit. En clair, elle ne comptait pas le laisser entrer.

Heureusement qu'il aimait les défis, car il avait promis à Gray et à sa mère de ne pas la laisser travailler ce jour-là.

— Et si tu me montrais sur quoi tu travailles ?

— Et si tu me laissais travailler sur quelque chose ?

— Je voudrais voir ce que tu prépares pour moi.

Elle haussa un sourcil.

— Pourquoi ?

Il se mit à rire.

— Comment ça : « Pourquoi ? » Parce que si je dois être impliqué dans cette collection je voudrais savoir de quoi il retourne.

— Tu as déjà vu des croquis.

— Pas tous. Montre-moi ce que tu as en tête.

Elle poussa un soupir résigné, se retourna et ouvrit la porte.

— Si je te montre la collection, tu me laisseras tranquille ? demanda-t-elle en entrant.

Il la suivit.

— Absolument !

... *pas*.

— D'accord.

— Ai-je déjà dit combien j'aimais ton appartement ? reprit-il en retirant son manteau.

— Non, et merci. Je l'aime aussi. C'est heureux, avec tout le temps que je passe ici.

— Ah, tu es une ermite !

Elle répondit en riant.

— En quelque sorte. Les stylistes ne sortent pas beaucoup.

— Je vais veiller à changer ça.

— Hum, non, pas question ! Pas si je veux avoir quelque chose à montrer pour la Fashion Week.

Elle alla dans la cuisine brancher la bouilloire et, sans même y penser, ajouta de l'eau dans la cafetière et la mit en route.

Il sourit. Cela signifiait qu'elle pensait à lui, et cela lui plaisait.

Elle lui tendit une tasse et prit la sienne.

— Viens dans le bureau.

C'était un appartement en duplex, et elle le guida à l'étage, un espace ouvert avec une immense baie vitrée du sol au plafond. Il y avait beaucoup de blanc, du bureau qui occupait un pan de mur à la table de dessin en passant par le tableau d'affichage qui occupait aussi tout un côté. Des esquisses y étaient punaisées. Il y en avait de toutes sortes, pour hommes et pour femmes, des tenues habillées ou décontractées. Il y avait d'autres dessins sur le bureau, mais ils semblaient plus ordonnés.

— Tu fais tout sur papier ?

— Je commence ainsi. Mon esprit fonctionne mieux quand il s'exprime par ma main. Ensuite, je transfère les croquis sur une tablette graphique pour ajouter des couleurs et affiner les silhouettes.

— Montre-moi comment tu fais.

Elle s'assit à la table.

— Par exemple, quand je suis allée au match l'autre soir, j'ai dessiné ceci.

Elle tira l'une de ses esquisses le représentant en train de patiner.

— J'aime le mouvement et la fluidité qui s'en dégagent. Cela me permet de prendre conscience du corps masculin. Sa façon de bouger.

Elle prit sa tablette et fit défiler plusieurs projets. Il vit passer un costume, un pantalon de ville avec une chemise à manches longues, une tenue plus détendue. Les couleurs, les lignes, les styles variaient, tous plus impressionnants les uns que les autres.

— Tu as fait tout cela à partir du match de hockey ?

Elle le regarda.

— L'inspiration peut surgir des expériences les plus inattendues.

— Tu as déjà montré ces dessins à quelqu'un ?

— Seulement à mes assistants, qui m'aident à créer la collection.

Il esquissa un sourire, et elle fronça les sourcils.

— Alors pourquoi me les montrer ? demanda-t-il.

— Je… ne sais pas. Sans doute parce que tu as demandé.

— Merci. Ta technique me fascine.

Elle se leva, et il se redressa. Il alla regarder les dessins, Carolina à ses côtés, tandis qu'il les observait soigneusement.

Il la regarda alors qu'il tendait la main vers un feuillet.

— Je peux toucher ?

— Oui.

Il prit le papier et l'étudia : une esquisse au crayon d'un homme en tenue décontractée. Un pantalon de sport, un sous-pull, des baskets. Il semblait détendu, avec un ensemble que Drew aurait pu porter un week-end.

Il inclina la tête pour observer la jeune femme.

— Ça me plaît.

— Vraiment ?

Elle se mordilla la lèvre inférieure, et Drew laissa dériver le regard sur sa bouche.

— Oui. Je le porterais.

— Tu dis ça pour me faire plaisir ?

Il reposa le dessin.

— Je ne dis jamais des choses que je ne pense pas vraiment. Si je l'ai pris, c'est parce qu'il a attiré mon attention. Je pourrais m'habiller ainsi pour le week-end.

Il lut la joie sur son visage.

— Merci. Je n'ai montré mon travail à personne hormis à mes assistants, évidemment. Et comme je les paie… C'est utile d'avoir un avis extérieur.

Drew feuilleta les autres croquis. Les tenues pour femmes, évidemment, ne lui parlaient pas autant. Mais les vêtements pour hommes retenaient son attention. Les idées étaient toujours bien vues. Il n'y avait rien de guindé ou d'inconfortable. Tout semblait décontracté.

— Je les aime tous. Je pourrais porter tout ça.

Elle posa la main sur son bras.

— Tu es sérieux ? Ce n'est pas juste par politesse ?

— Je suis sérieux. Je pense que tu as l'œil pour savoir dans quoi un homme se sentira à l'aise tout en étant mis en valeur. Peut-être qu'à la fac je me moquais de m'habiller n'importe comment, mais maintenant, quand je sors, j'aime ressembler à quelque chose. (Il désigna les esquisses.) Avec ces tenues, je serais à l'aise et à la mode. C'est un super mariage des deux.

Elle lui sauta au cou.

— C'est exactement ce que je cherche. Tu ne peux pas savoir comme je suis soulagée de t'entendre dire ça.

Elle s'écarta en arborant un sourire surexcité.

— Et tu n'es même pas un critique de mode. Tu ne connais absolument rien à tout ça.

— Oh, merci beaucoup !

— Ce n'est pas ce que je voulais dire, tu le sais bien. Tu as un regard dénué de préjugés. C'est pour ça que c'est fabuleux. Tu as éclairé ma journée.

— Génial, ça se fête !

— Oui, c'est ce que je vais faire en me mettant au travail.

— Ou… on pourrait aller manger une part de tarte. Je n'ai pas mangé de tarte à la citrouille tout à l'heure.

Elle leva les yeux au ciel.

— La faute à qui ?

— À moi. Mais tu n'en as pas mangé non plus.

— J'ai bu un chocolat chaud. Et j'ai avalé une assiette largement garnie au foyer. J'ai englouti assez de calories pour la journée.

Il l'observa.

— Mais il faudra bien dîner.

— Rien n'est ouvert.

Il rit.

— Il y a des tas d'endroits ouverts aujourd'hui. Je connais le restaurant idéal. Et ils servent des tartes. Allons-y.

— Drew, je dois travailler.

— Pas aujourd'hui. C'est Thanksgiving. Et j'ai promis à ta mère.

— Tu es sérieux ?

— Allez ! Juste un sandwich et une part de tarte. Quand on rentrera, il sera tard, la journée sera finie, et tu pourras encore bosser un peu si tu en sens le besoin. Je ne le dirai même pas à ta mère.

Elle le fusilla du regard, comme si ce simple coup d'œil pouvait le faire changer d'avis.

Peu probable…

— Je n'arrive pas à croire que j'accepte ça.

— C'est parce que tu as faim.

— Non. C'est pour ma mère. Elle était déçue que je ne vienne pas dans la famille pour Thanksgiving et elle s'inquiète que je travaille trop.

Il se laissa aller contre son bureau et croisa les bras.

— Sans doute parce que c'est vrai ?

— Non, pas du tout. J'ai un emploi du temps serré. J'aurais dû travailler aujourd'hui.

Elle caressa les dessins d'un coup d'œil.

— Une seule journée ne changera pas grand-chose, si ?

Elle adressa un dernier regard de regret à ses esquisses puis leva la tête vers Drew.

— Je suppose que non. Allons manger.

Chapitre 7

La journée ne s'était pas déroulée comme Carolina l'avait prévu. Mais elle aurait dû se douter qu'il faudrait composer avec l'obstination de Drew.

Tout comme avec celle de sa mère. Même loin d'elle, Loretta Preston savait s'imposer. Elle n'était pas surprise qu'elle ait obtenu la coopération de Drew pour lui faire prendre un congé. Quitte à ne rien faire, elle aurait aussi bien pu aller à Washington profiter du repas de Thanksgiving en famille. Elle serait repartie le lendemain et aurait encore eu tout le week-end de congé pour se plonger dans son travail. Elle aurait au moins passé un peu de temps avec les siens au lieu de consacrer une journée à Drew.

Elle devait cependant admettre qu'elle avait passé une bonne journée au lieu de se retrouver seule à son bureau. Elle avait pris plaisir à distribuer des repas au foyer, et la patinoire avait été amusante. Elle se demandait tout de même ce qu'il faudrait faire pour se débarrasser de Drew qui ne semblait pas accepter de refus.

Sa mère serait fière de lui.

Ils se retrouvèrent devant le grill-bar *Gotham*, ce qui la surprit.

— On n'entrera jamais. Tu es conscient que pour manger dans un restaurant le jour de Thanksgiving il faut réserver à l'avance.

Il lui adressa un sourire en descendant de voiture.

— Ne t'en fais pas. Je connais des gens.

Elle aussi connaissait des gens, mais, les jours de fête, les relations ne suffisaient pas. On n'entrait pas.

Il passa devant la façade et se glissa par une porte de côté donnant sur la cuisine. Il adressa un signe aux employés, qui lui rendirent son salut comme s'il s'agissait d'une habitude.

— J'imagine que tu manges souvent ici.

— Tu sais, il y a des tas de fans de hockey à New York.

Elle leva les yeux au ciel lorsque les serveurs les saluèrent à leur tour.

— Hé, Drew ! Tu viens manger ? demanda l'un d'eux, avec un badge au nom de « Heath », en serrant la main du joueur.

— Oui. Je sais que vous êtes débordés, mais on veut juste un sandwich et de la tarte, alors on ne gardera pas la table longtemps.

— Pas de souci ! On va te trouver une place.

Ils suivirent Heath qui leur trouva une petite table ronde dans un coin, qu'un couple venait de quitter. Le serveur nettoya le plateau, et ils s'assirent.

Drew regarda Carolina.

— Qu'en penses-tu ? Sandwich à la dinde et tarte à la citrouille ?

— Ce sera parfait, dit-elle.

Elle ne voulait pas déranger le personnel ni les habitués qui avaient réservé. Visiblement, Drew non plus.

— Parfait, déclara Heath. Qu'est-ce que vous voulez boire ?

— Un thé glacé pour moi, demanda Carolina.

Drew opta pour un café.

— Pas de bière ? demanda-t-elle quand Heath fut parti.

— Non, j'ai un match demain ! Au programme, échauffement et entraînement tôt le matin. Je dois garder la tête claire.

— Alors je peux venir perturber ta journée de demain ?

— Bien sûr, dit-il avec un sourire. Viens, ma belle. Et tu es également la bienvenue au match.

— Impossible. Je serai plongée dans les tissus demain.

— Mais tu regarderas le match, non ?

— Oh, bien sûr, je ne veux pas rater ça !

Il rit.

— Tu n'avais pas prévu de regarder. Je le vois bien. Mais la prochaine fois qu'on se verra je te poserai des questions pour m'assurer que tu as suivi.

« La prochaine fois » ? Avait-il prévu que de telles rencontres soient régulières ? Ils ne sortaient pas ensemble. Il… n'y avait rien du tout. Elle n'avait pas de temps à consacrer à un homme, surtout pas maintenant. Elle serait plongée jusqu'au cou dans les esquisses et les étoffes, occupée aux dernières retouches, jusqu'à ce que la Fashion Week soit passée.

Elle n'avait pas un instant pour Drew. Quoique… Elle l'avait laissé entrer dans sa vie en lui demandant de défiler pour elle, non ?

Ou, plutôt, c'était la décision de son frère. *Maudit Gray !* Elle aurait pu choisir quelqu'un d'autre. Elle aurait pu passer la journée seule. Elle imaginait déjà tout le travail qu'elle aurait pu accomplir.

Puis elle se pencha et observa Drew, son visage anguleux, son corps d'athlète… qui mettrait mieux en valeur ses tenues ? Elle l'imaginait déjà dans l'un de ses ensembles. Il avait le corps parfait pour ses vêtements. Cela valait bien de sacrifier une journée de travail.

— Tu me dévisages, fit-il remarquer.

— Oui, je t'imaginais dans mes tenues.

Il esquissa un sourire, juste une ombre sexy qui lui fit frissonner l'entrejambe.

— Je n'aurais l'air de rien en soutien-gorge et culotte de dentelle. Mais si c'est toi qui les portes, ça m'intéresse.

Elle se mit à rire.

— Pas ma garde-robe personnelle, les vêtements que je crée, pour hommes.

— Ah, ça ! Tu as quelque chose à me faire essayer ?

Une pensée lui traversa l'esprit. Elle n'avait encore passé aucun vêtement sur ses mannequins, elle n'avait donné vie à aucun de ses projets. Cette nouvelle étape ne pourrait que stimuler sa créativité…

— Il se trouve que oui. Pourras-tu passer chez moi après manger, avant de rentrer ?

— Bien sûr.

— J'ai deux ou trois choses à te faire essayer. Ce n'est pas vraiment fini, mais, si je pouvais prendre tes mesures pour les ajuster, ça m'aiderait à avancer.

— Toujours ravi de te rendre service.

— Génial !

Heath apporta leurs sandwichs, et ils les entamèrent. Carolina se sentait soudain pressée et elle ne se retint pas d'engloutir le sien. D'une part, elle n'avait pas pris conscience du temps passé depuis son repas de midi ; d'autre part, avec cette nouvelle source d'inspiration qui se profilait, elle avait hâte de faire essayer ses créations à Drew.

Malheureusement, il avait décidé de savourer chaque bouchée de son sandwich. Ensuite, Heath servit la tarte, et Drew prit un malin plaisir à la goûter bouchée par bouchée alors qu'elle tapait du pied en observant la salle.

— On devrait se presser, pour que Heath puisse donner cette table aux gens qui ont réservé.

— Tu es juste pressée de partir pour rentrer chez toi et me retirer mes vêtements.

Bouche bée de stupeur, elle regarda les tables alentour pour s'assurer que personne n'avait entendu. Heureusement, les convives étaient occupés en famille et n'écoutaient pas leurs voisins.

— Tu es conscient qu'on est dans un restaurant bondé ?

— Et alors ? J'ai dit quelque chose de faux ?

— Oui.

— Quoi ? Est-ce que tu ne vas pas me déshabiller une fois chez toi ?

— Je ne ferai rien. C'est toi qui enlèveras tes vêtements.

Il but une gorgée de café et lui adressa un sourire en coin.

— Ah, tu préfères un striptease, hein ?

Elle leva les yeux au ciel.

— Tu es vraiment ridicule.

— Tu crois ? Peut-être s'agit-il d'un plan machiavélique de ta part pour me voir nu.

— Tu es sûr que ce café est sans alcool ?

— Pourquoi ? Tu crois que j'ai besoin d'être ivre pour te taquiner ?

Il s'essuya la bouche et fit signe à Heath.

— L'addition.

— Laisse-moi payer.

Il lui adressa un regard.

— Pourquoi ferais-je ça alors que je t'ai invitée ?

— Tu paies chaque fois qu'on sort.

— Et ?

Et… rien, mais il payait tout, et elle avait l'impression de sortir avec lui. Ce qui n'était pas le cas. Du tout. Et ne serait jamais le cas. Pour elle, Drew n'était qu'un mannequin.

Un mannequin canon, extrêmement sexy et plein de vie.

Heath apporta l'addition, Drew paya, et ils sortirent, par la porte normale cette fois. La voiture vint à leur rencontre, et ils montèrent.

— Ce pauvre chauffeur a obéi à tes caprices toute la journée. Tu parles d'un Thanksgiving !

— Jason a été très bien payé pour ça. Pas vrai, Jason ?

— Oui, monsieur. Vous garnissez toute ma cagnotte de Noël en une journée, monsieur Hogan.

Drew éclata de rire et se laissa aller contre son siège.

Une fois dans son appartement, Carolina retira son manteau et observa Drew en se demandant ce qu'elle voudrait qu'il porte.

— J'imagine que la première chose à faire est de prendre tes mesures.

Ses yeux brillèrent, et elle devina toutes les pensées salaces qui lui passèrent par la tête, comme si elles étaient directement transmises à son esprit.

— Non, pas ce genre de mesure. Je l'ai déjà vu.

— Oui, mais tu ne l'as pas vu longtemps. Et est-ce que tu l'as vraiment mesuré ?

Il haussa les sourcils.

Quel comportement… de mec !

— Ce n'est pas nécessaire. Mais tu peux te déshabiller.

— Là, ça commence à me plaire.

Il défit sa ceinture et chercha la fermeture Éclair.

S'il croyait qu'elle allait se dérober, il serait surpris. Dans l'univers de la mode, elle se trouvait régulièrement en présence de mannequins des deux sexes, nus.

— Je vais chercher mon mètre ruban.

Elle monta prendre son matériel. Alors qu'elle descendait, elle vit Drew retirer ses bottes et son jean.

Elle s'arrêta, saisie par une vision de leur nuit d'ivresse dans sa chambre de fac.

Elle, sur le lit, contemplant Drew qui retirait ses vêtements, tandis qu'elle se promettait de se souvenir de cet instant toute sa vie, savourant chaque parcelle de peau qu'il découvrait.

Tout comme en cet instant, alors qu'il retirait son tee-shirt et laissait paraître un corps qu'elle avait observé pendant des heures, et dont elle s'était souvenue pendant des années.

Mais, maintenant qu'il était en sous-vêtements, elle s'aperçut qu'il avait beaucoup changé depuis la dernière fois. À l'époque, il était très beau, un jeune homme sur le point d'accomplir sa destinée.

Maintenant, il était devenu l'homme qu'elle avait toujours imaginé. Son corps avait gagné en maturité, plus fin par endroits, plus musclé à d'autres. Elle se força à descendre l'escalier et à s'approcher. Elle découvrit des cicatrices qu'il n'avait pas. Elle connaissait son corps par cœur, car, tant d'années auparavant, elle avait touché chaque parcelle de peau, enregistrant ainsi chaque détail dans sa mémoire.

Les cicatrices le rendaient plus attirant encore, plus adulte, plus viril.

Il arborait aussi un tatouage, à l'intérieur du biceps droit. Deux crosses de hockey croisées, un palet entre elle, et des flammes jaillissant des côtés. Il ne l'avait pas naguère. Cela donnait un air de dur à un corps déjà sculptural.

Elle ne put retenir un soupir de pur assentiment féminin. Elle glissa le ruban autour de ses doigts et s'aperçut qu'elle brûlait d'envie de les poser sur lui.

Ses mains frémirent, et elle fit l'effort de détendre les doigts en rajustant le mètre de couturière.

Elle avait été trop naïve de croire qu'elle pourrait l'habiller, que Drew serait comme n'importe quel autre mannequin avec lequel elle avait travaillé, comme n'importe quel homme qu'elle avait reçu chez elle, et qu'elle pourrait rester de marbre face à son corps alors qu'elle le touchait et le tournait de toutes les façons possibles pour prendre ses mesures.

Elle aurait pu lui dire de venir quand l'un de ses assistants était disponible pour le mesurer à sa place au lieu de faire cela maintenant, ce nuit, alors qu'ils étaient seuls dans son appartement et qu'il la couvait de ce regard étincelant de prédateur qu'elle ne connaissait que trop bien.

Mais il était là, en sous-vêtements, et il ne lui restait qu'à se reprendre et à faire ce qu'elle avait à faire.

Elle fit glisser le mètre contre ses épaules. Pour quelqu'un avec un corps si… ferme, sa peau était douce sous ses doigts, qui pressaient le ruban d'une extrémité à l'autre. Elle se rappelait cette nuit, où ils avaient été seuls dans une chambre, ensemble, nus, et le moment où ses bras l'avaient entourée pour l'attirer contre lui.

Le ruban lui glissa des mains.

— Tout va bien ? demanda-t-il.

Elle se ressaisit.

— Oui, très bien.

Mais rien n'allait. C'était un brusque retour de tous les souvenirs qu'elle s'était efforcée d'effacer, sauf qu'elle ne pouvait pas aller plus loin et presser les seins contre son torse. Il ne laisserait pas glisser les lèvres sur son cou jusqu'à sa gorge. Il ne lui caresserait pas la poitrine et n'éveillerait pas sa sexualité en un torrent indomptable.

Elle n'avait au demeurant aucun problème de stimulation sexuelle à cet instant… Elle avait le souffle court et pesant, et elle luttait pour ne pas laisser échapper encore le mètre ruban, troublée dans une tâche qui n'aurait pas dû lui prendre si longtemps.

Mieux valait en finir le plus vite possible, pour que Drew remette ses vêtements. Ensuite, tout redeviendrait normal.

Elle prit la mesure des bras et nota la longueur, ignorant le tatouage qu'elle brûlait pourtant d'observer en détail. Elle aurait voulu lui demander quand il l'avait fait, et pourquoi. Mais c'était une question personnelle, et elle tenait à ce que tout reste professionnel. Surtout maintenant. Et pour toujours.

— Écarte un peu les bras que je puisse mesurer ta poitrine.

Il resta parfaitement immobile, dans la pièce si silencieuse que Carolina entendait son souffle, et elle sentit les mouvements de sa respiration quand elle l'entoura du ruban.

Elle se rapprocha et savoura son odeur. Elle se souvenait de ce parfum, sans doute son savon. C'était une senteur vive et propre qui lui rappelait les plantes et la campagne. Elle aurait voulu s'attarder, effleurer de sa bouche ce point sensible de son cou qui lui avait donné la chair de poule cette nuit-là. Elle avait glissé la langue pour goûter sa peau et elle avait senti son sexe frémir.

Maintenant c'était elle qui avait la chair de poule. Les pointes de ses seins se durcirent, et son entrejambe frissonna en se souvenant de son élan passionné vers elle quand elle lui avait timidement entouré le sexe des mains pour le caresser. Il lui avait dit quoi faire, lui avait soupiré combien il aimait quand elle le touchait et posait les lèvres sur lui.

Cette nuit-là, il avait fait son éducation sexuelle.

Et l'avait menée à sa perte.

Drew se racla la gorge.

— Tout va bien, Carolina ?

Non. C'était un désastre. Elle relâcha le ruban qui tomba sur sa poitrine.

— Oui, oui.

Elle nota les dimensions.

— Et ensuite ?

Un shot de whisky sec, peut-être ? Et deux shots de regret ensuite ?

— Il faut que tu écartes les jambes pour que je prenne leur longueur et la mesure intérieure.

— D'accord.

Elle ne pouvait pas le regarder. Il devait deviner son malaise. Non, « malaise » n'était pas le mot correct.

Perdue dans le passé, elle était horriblement prête à se jeter sur lui pour reproduire la même erreur que naguère.

Elle posa le ruban en haut de ses hanches et le fit glisser le long de la jambe, puis elle se redressa rapidement pour noter la taille avant de s'occuper de l'autre jambe.

Presque fini. Il ne restait que la couture intérieure. Cette fois, elle commença par le bas et fit remonter le mètre contre sa cuisse.

— Je vais devoir…

Elle leva les yeux vers lui, et il sourit.

— On a déjà pris mes mesures, Carolina. Je sais ce que tu vas faire.

Il était tellement nonchalant ! Pourquoi faisait-il subitement si chaud dans l'appartement ?

Parce qu'elle dut effleurer ses testicules et son sexe en mesurant. Et parce qu'il portait un boxer moulant qui laissa clairement voir un volume grossir à son contact.

Elle décida d'ignorer ce constat, nota les dimensions et s'occupa de l'autre jambe.

Elle pouvait le faire. Encore une mesure, et ce serait fini. Ils en auraient fini. Il pourrait se rhabiller et partir.

Ensuite, elle se servirait un plein verre de brandy pour apaiser ses nerfs à vif.

Elle posa le mètre à ses pieds et le fit lentement glisser vers le haut, consciente que le volume de son boxer n'avait pas diminué. À dire vrai, il avait même augmenté. Et lorsqu'elle atteignit l'entrejambe, l'effleurant encore des articulations, elle lui lança un regard de reproche.

Il lui répondit avec un sourire malin.

— Quoi ? Tu voudrais que je m'excuse de bander ? Tu me touches le sexe !

— De manière tout à fait impersonnelle.

— Poupée, dès que tu m'effleures, ça devient personnel.

Elle retira le mètre ruban d'un geste sec, compléta ses notes et recula d'un pas.

— C'est fini.

— Tu as mis le temps ! Tu étais nerveuse ?

— Bien sûr que non

Il croisa les bras et sourit

— Tu en es vraiment sûre ? J'aurais juré que tes mains tremblaient.

Quelle délicatesse de le faire remarquer ! Elle lança un regard noir vers son pénis.

— Est-ce que ça va retomber ? C'est difficile de discuter avec toi… dans cet état.

Il rit.

— Oui, ça va passer… Après un moment. Mais quand je te vois tout excitée, les joues rouges avec les seins qui pointent sous ton pull, ça ne m'aide pas !

Elle croisa les bras devant sa poitrine.

— Je te déteste. Tout est ta faute.

— Comment ça ? Tu m'as dit de me déshabiller, je me suis déshabillé. Tu as dit de ne pas bouger, je n'ai pas bougé.

— Je n'ai jamais demandé d'érection. Alors fais le nécessaire.

— Oh, très bien !

Il avança de deux pas et l'attira entre ses bras. Elle ouvrit la bouche pour protester, mais ses lèvres couvrirent les siennes, et sa langue rencontra la sienne.

Comme animés d'une volonté propre, leurs bras s'entrelacèrent, il descendit la main vers ses fesses, et tous les fantasmes qu'elle avait eus sur lui ces dernières années affluèrent dans son esprit.

Chapitre 8

Drew n'avait pas prévu cet événement, mais lorsqu'il sentit Carolina s'abandonner, quand elle lui rendit son baiser, son sexe durcit encore, son cœur battit plus vite, et il se laissa envelopper par son désir. Il l'entoura d'un bras, et ses doigts glissèrent vers un point sensible à l'ébauche de ses fesses. Il ne voulait pas l'effrayer, mais la sensation de la tenir contre lui était diablement délicieuse après tout ce temps.

Sa saveur était aussi délicieuse que dans son souvenir, et ses lèvres douces sur les siennes lui rappelaient qu'il y avait trop longtemps qu'il l'avait tenue contre lui et embrassée. Mais cette fois c'était différent. Ils étaient adultes, et il comptait bien ne pas gâcher cette nouvelle chance. Elle s'était montrée réticente, mais sa manière de l'embrasser prouvait qu'elle avait envie de lui autant qu'il la désirait.

Un désir bien réel. Ses mains glissant sur lui pendant les mesures, le contact doux de ses doigts sur sa peau, cela avait été une torture. Il avait voulu être un bon garçon, conscient qu'elle faisait simplement son travail, mais son sexe semblait avoir d'autres projets.

Il avait voulu ignorer ses réactions, mais, apparemment, Carolina n'avait pu rester indifférente.

Quand elle lui avait demandé de faire le nécessaire, la seule idée qui lui était spontanément venue à l'esprit avait été de l'embrasser et de voir ce qui se passerait.

Il sentit son cœur battre follement contre sa poitrine quand il souleva le dos de son pull pour sentir sa peau. Elle était aussi douce que dans son souvenir, et il en voulait davantage.

Elle gémit contre sa bouche et lui mordilla les lèvres. Il grogna et enfouit les doigts dans ses cheveux avant de l'entraîner vers le canapé, où ils tombèrent tous les deux. Il la tint fermement contre lui, gardant l'équilibre alors qu'elle atterrissait sur lui.

Elle se redressa, ses yeux semblables à deux lacs gelés d'un bleu profond.

Il vit un éclair d'indécision dans son regard.

— Ne pense pas aux raisons de ne pas le faire. Songe simplement combien on se sent bien ensemble, Carolina.

Mais il savait qu'il l'avait déjà perdue, car la chaleur torride de l'instant d'auparavant avait cédé le pas à son regard de glace.

Elle posa la paume sur son torse et se redressa.

— Je crois qu'on a eu cette conversation il y a huit ans. Ça ne s'était pas très bien terminé pour moi, à l'époque. Et je n'ai pas besoin d'une distraction de plus.

Elle se leva du divan.

Il bascula les jambes et s'assit, puis se passa la main dans les cheveux.

Tout se passait si bien… Elle s'était libérée l'espace d'un instant, puis elle avait laissé sa raison s'interposer.

Il se leva et reprit ses vêtements. Il enfila son pantalon et ses bottes.

— Désolée, dit-elle en se détournant pour aller dans la cuisine. Mais ça ne marchera pas.

Il remit son tee-shirt et la suivit pour la tourner face à lui.

— Tu sais, il n'y a aucune raison logique qui nous empêche d'être ensemble.

— Tu es sérieux ? Moi, j'en vois plusieurs. Par exemple, j'ai une quantité démentielle de travail à faire et je n'ai pas de place pour une relation amoureuse dans ma vie.

Il posa les mains sur ses bras et sentit combien elle était tendue.

— Je ne pense pas qu'une vraie relation soit nécessaire. Le sexe est super pour évacuer les tensions.

Elle se dégagea et prit un sachet de thé.

— C'est le prétexte le plus vieux du monde, un cliché de mec pour convaincre une fille de coucher avec lui. Tu devrais renouveler ton répertoire.

— Écoute, Carolina, on se connaît depuis longtemps. Ça marche entre nous. Je suis un mec raisonnable et je comprends tes délais pour le boulot. Moi aussi, je travaille. Mais tout ce travail fait de toi un tas de nerfs sans exutoire. Je resterai à l'écart quand tu auras besoin de te concentrer, et tout ce que j'attendrai de nous, c'est qu'on s'amuse et qu'on couche ensemble. Je suis exactement l'homme qu'il te faut en ce moment.

Carolina le regarda fixement, incapable de parler. Elle avait voulu refroidir ses ardeurs après avoir manqué de se jeter sur lui inconsidérément et de répéter son erreur de fac. Heureusement, les aberrations de Drew l'avaient refroidie très efficacement.

— Tu ne comprends rien à rien, pas vrai ?

— Comment ça ?

— Voilà, c'est le problème. Tu n'as jamais rien compris.

Elle alla chercher son manteau et le lui lança, puis elle le poussa vers la porte.

— Merci pour cette bonne journée, mais franchement, Drew, il est temps que tu partes.

— J'ai dit quelque chose qui t'a contrariée ?

— Tu crois ? Toi ? Ça me paraît difficile à croire. (Elle ouvrit la porte.) Bonne nuit, Drew.

Il la regarda comme s'il ne comprenait vraiment pas.

— Ce n'est pas fini, Carolina.

Elle lui claqua la porte au nez, honteuse d'avoir failli finir au lit avec lui.

Encore.

Qu'y avait-il chez cet homme qui éveillait ce désir incontrôlable d'arracher ses vêtements et de lui faire l'amour ? Qu'est-ce qui lui faisait oublier sa promesse de le détester pour ce qu'il lui avait fait à l'époque ? Il l'avait humiliée, et elle était encore ardemment attirée par lui. Ce jour-là, il lui avait fait oublier tous ses projets d'avenir, des projets qui impliquaient qu'elle soit concentrée à l'extrême et ne quitte pas un instant la route à suivre.

Il n'y avait qu'une chose d'importance dans sa vie pour le moment, et ce n'était ni le sexe ni une relation compliquée avec un homme qui, malgré ses protestations et sa détermination, avait encore une place dans son cœur et dans son corps après toutes ces années.

Même après son départ, elle sentait son parfum sur elle, et, quand elle prit une profonde inspiration, le désir l'embrasa, et elle regretta de l'avoir mis dehors. Elle aurait aimé s'abandonner là, maintenant, en une étreinte brûlante et passionnée.

Il avait raison sur un point : elle était tendue et elle avait besoin d'évacuer cette tension. Son corps lui-même le réclamait, alors qu'elle avait été si près de se donner à lui, de sentir ses mains et sa bouche sur elle.

Aurait-ce vraiment été une si mauvaise décision ?

Elle se passa les doigts dans les cheveux. *Bon sang, oui, évidemment !*

Il affaiblissait sa résolution. Il l'affaiblissait, en tout point. Elle avait beau savoir qu'elle était forte, elle n'était plus qu'une masse frémissante… d'hormones féminines quand il était près d'elle.

C'était inacceptable.

Elle devait rester à l'écart de Drew Hogan, non pas pendant les prochains mois mais pour toujours.

Chapitre 9

Après qu'elle eut jeté Drew hors de son appartement – mais non hors de sa tête –, le calme des vacances avait permis à Carolina d'avancer sérieusement dans sa collection. Elle s'était plongée dans le travail, parce que c'était nécessaire mais aussi parce qu'elle voulait oublier l'erreur qu'elle avait failli commettre.

Encore une fois.

Il la perturbait avec une telle facilité, franchissant ses défenses comme s'il ne l'avait jamais fait souffrir. C'était sa blessure, pas celle de Drew, et elle devait cesser de lui reprocher ses propres sentiments.

Tout était si simple et léger pour lui, mais elle ne pouvait pas lui en vouloir pour cela. Il la désirait, et elle aurait sans doute dû se sentir flattée et non insultée.

Elle bougea la tête pour se dénouer les cervicales et fit rouler ses épaules. Drew avait raison sur un point. Elle était tendue, elle sentait chacun de ses muscles tandis qu'elle entamait la dixième heure de travail d'une journée commencée trop tôt et qui durerait sans doute jusqu'à ce qu'elle ne distingue plus les fils ou que ses yeux soient si fatigués que les trames des étoffes commenceraient à se fondre ensemble.

Elle passait la journée dans son studio professionnel, un grand espace qu'elle louait pour que ses assistants et elle aient la place de coudre et de reprendre les tenues sur les mannequins. Elle avait la chance d'avoir bien gagné sa vie comme créatrice chez David Faber et d'avoir été aidée financièrement par sa famille aisée pour lancer son affaire. Mais la fortune des Preston ne contribuait qu'à cela. Elle se lançait, seule, et voulait réussir, ou échouer, sans l'aide de personne. Elle ne voulait pas que ses parents financent d'année en année ce que d'autres ne verraient que comme une lubie d'enfant gâtée. Cette idée lui mettait une pression supplémentaire.

Sa collection devait être un succès.

Au moins, elle voyait que les choses avançaient, et cela la détendait un peu.

— Les choses prennent forme, Carolina.

Elle adressa un hochement de tête à Edward, l'un de ses assistants, un créateur de talent. Elle l'avait employé dès qu'elle avait décidé de se lancer. C'était un atout précieux, il avait un regard acéré et critique sur ce qui allait bien aux hommes et une habileté de couturier sans pareil.

— Oui, c'est vrai. Au moins, des vêtements finis commencent à s'aligner sur les portants.

Il passa un bras autour d'elle pour la serrer contre lui.

— Et ce sont des tenues superbes. Une chose à la fois, comme vous me le rappelez toujours.

Elle lui sourit.

— Je sais, je sais. Mais j'aimerais que tout soit déjà terminé.

— Mais c'est impossible, alors il faut être patiente. Respirez et tirez le meilleur de chaque jour. Vous serez récompensée à la fin, ma chérie.

Elle rit.

— Arrêtez de me resservir mes propres platitudes et remettez-vous au travail.

Edward s'éloigna, et Carolina se tourna vers un portant. Elle compara les tenues finies avec les modèles de sa tablette pour savoir ce qui était terminé et ce qui restait à faire.

Trop de modèles à achever et pas assez de temps pour tout faire.

Elle passa les doigts sur une robe, une robe fourreau très simple en coton qu'elle avait passé des heures à créer. Elle caressa les bords festonnés. Le soupçon de dentelle était une touche finale parfaite. La teinte beige était douce. Elle aimait cette simplicité et espérait que le public partagerait sa satisfaction.

Mais peut-être était-ce trop simple. Peut-être pourrait-elle rehausser la couleur ou ajouter un imprimé…

— Vous vous remettez encore en question, boss. Elle est parfaite comme elle est.

Elle regarda son autre assistante, Tierra, une beauté aux cheveux de jais et la plus accomplie des couturières dont un créateur puisse rêver.

— C'est vrai, cette robe est parfaite.

— Elle l'est, renchérit Tierra. Alors laissez-la tranquille et venez plutôt me dire comment coudre ce chemisier. Les motifs ne s'alignent pas comme ils devraient.

Les deux heures suivantes passèrent dans un vertige d'agitation. Lorsqu'ils terminèrent leur journée, il était près de 20 heures, et Carolina rentra chez elle, épuisée mentalement et physiquement.

Elle enfila un pantalon confortable et passa un sweat par-dessus sa chemise à manches longues, puis elle réchauffa un plat chinois au micro-ondes et s'installa sur le canapé, jambes croisées. Elle prit la télécommande et se mit en quête d'une émission reposante pour se détendre après sa journée de travail intense.

Elle zappa, sans rien trouver qui lui convienne. Lorsqu'elle découvrit le match de hockey du soir, elle s'arrêta, posa la commande sur l'accoudoir et regarda en mangeant.

Les Travelers étaient à égalité avec l'équipe de Nashville, un partout, et le deuxième tiers-temps commençait.

Après sa performance discutable sur la patinoire le jour de Thanksgiving, Carolina s'émerveilla de l'aisance des joueurs qui parcouraient le terrain à vive allure, leurs crosses en main. Elle ne put s'empêcher de se concentrer sur Drew qui luttait contre un joueur de Nashville pour le contrôle du palet, impressionnée comme toujours par son habileté en patins. Il s'était montré si calme et patient avec elle à la patinoire, alors qu'il aurait pu la laisser en plan et aller faire l'étalage de ses prouesses de patineur. Au lieu de cela, il avait passé le bras autour d'elle pour l'aider à entrer lentement sur la glace à sa suite.

D'accord, ce n'était plus le connard de la fac, du moins pas ce jour-là. Mais il s'évertuait toujours ouvertement à coucher avec elle.

Mais, là encore, ce n'est pas comme si elle avait multiplié les signaux d'alerte pour lui intimer de se tenir loin d'elle.

Elle réfléchit à cette idée en suivant le match. Elle n'avait plus de nouvelles de Drew depuis qu'elle lui avait demandé de quitter son appartement... et qu'il avait répondu que ce n'était pas fini.

Mais il ne l'avait pas rappelée, n'était pas revenu.

Elle leva les yeux au ciel et alla rincer son bol dans l'évier avant de le mettre au lave-vaisselle.

Est-ce qu'elle espérait qu'il continue à la pourchasser comme il l'avait promis ?

C'est quoi, ton problème ? Tu ne veux pas de lui, tu n'as pas besoin de lui dans ta vie, sauf pour te servir de mannequin à la Fashion Week.

Elle revint dans le salon, bien décidée à changer de chaîne, mais son téléphone sonna, et elle répondit en souriant devant le nom qui s'affichait.

— Stella ! Comment ça va ?

— Je suis en bas. Tu es occupée ?

— Pas du tout. Je suis rentrée et je me suis mise à l'aise. Dure journée.

— Je monte, ouvre-moi.

Stella était la meilleure amie de Carolina et elle n'acceptait pas de refus. De plus, Carolina avait besoin de bonnes ondes, et Stella était une boule d'énergie. Elle n'aurait pas pu mieux tomber. Elle ouvrit la porte de l'immeuble, et Stella monta.

— Salut, ma chérie, lança Stella en entrant et en retirant sa courte veste de cuir.

— Ton style me tue chaque fois, Stell, déclara Carolina.

Stella regarda sa tenue.

— Et qu'est-ce qui ne va pas avec ce que je porte, madame la pro de la mode ?

— Rien de rien, tu es aussi stupéfiante que d'habitude.

Elle étudia son amie en s'émerveillant de son sens de la mode. Stella était grande, et ses leggings noirs soulignaient avantageusement ses magnifiques jambes de danseuse. Elle portait un top diaphane qui lui frôlait les hanches et avait parachevé son look avec des boots militaires usées. Avec ses cheveux blonds courts méchés et ses yeux bleus sexy et ravageurs, elle attirait les hommes sans effort.

Elle secoua la main.

— « Stupéfiante », mon cul ! Et toi, t'as l'air de rien. Tu as dormi, cette année ?

— Et dire que j'avais envie de te voir pour que tu égaies ma journée.

— Non, tu voulais me voir parce que tu savais que je te claquerais la gueule à coups de vérités ! Tu travailles trop. Et j'ai apporté de la bière.

Carolina fit une grimace.

— Depuis quand j'aurais envie de bière ? Et tu sais bien que je suis obligée de travailler dur en ce moment.

— Ouais, si tu le dis. Je mets ma bière au frigo. Et puis oui, je sais que tu n'aimes pas ça, alors j'ai aussi pris du vin. Et du bon, pas de la piquette.

Carolina se mit à rire.

— Que c'est gentil de penser à moi ! Alors, buvons.

Stella prit une bière et alla chercher un tire-bouchon dans un tiroir au contenu hétéroclite. Elle déboucha la bouteille de vin pendant que Carolina sortait un verre.

— Tu as pris un cabernet. Tu n'as pas oublié !

Stella donna un petit coup de hanche à Carolina en agitant le tire-bouchon.

— Bien sûr que je n'ai pas oublié. On est meilleures amies depuis près de six ans.

— Je sais. Mais tu serais surprise du nombre de personnes que je connais et qui ne prêtent pas attention aux autres.

Stella donna son verre à son amie et leva sa bière pour qu'elles trinquent.

— Chérie, je bosse dans la danse. Je sais ce qu'« égocentrisme » veut dire.

Carolina l'escorta dans le salon, et elles s'assirent sur le canapé. Stella regarda l'écran et leva un sourcil.

— Du hockey ? Tu regardes du hockey ?

Carolina savait qu'elle aurait dû éteindre avant d'aller ouvrir…

— C'est pour mes… recherches.

— Je vois ça. Des beaux mecs, de la glisse rapide, de l'adrénaline à bloc. Miam !

Elle cala les pieds sur la table basse et avala une gorgée de bière.

— Lequel est ton préféré ?

Carolina aurait dû esquiver en inventant un nom.

— Eh bien, je suis allée dans la même fac que Drew Hogan. Il va servir de mannequin pour ma nouvelle collection.

Stella regarda la télévision puis se pencha en avant.

— Sans déconner ? Tu le connais aussi bien que ça ?

— Tu te rappelles ce mec dont je t'ai parlé, celui avec lequel j'ai eu mon… interlude un soir d'ivresse à l'université ?

Stella s'arracha au match pour observer son amie.

— Le type de ton dépucelage ?

— Oui.

— C'était Drew ?

— Oui.

Stella remit les pieds par terre et posa sa bière.

— Tu te fous de moi ! Et tu lui parles encore ?

— C'était il y a longtemps, Stella.

— Ouais, et il s'est comporté comme une tête de nœud cette nuit-là. Correction : il t'a filé son nœud et dès le lendemain il s'est comporté comme un con.

Carolina secoua la tête.

— On était ivres, tous les deux.

— Et il a profité de toi, avant de te larguer. Gros connard !

Carolina aimait ce côté férocement protecteur de son amie.

— Ce n'était pas tout à fait ça. Est-ce que je l'ai raconté ainsi ?

— Pas besoin de le raconter comme ci ou comme ça. C'est ce qu'il a fait, non ?

Elle haussa les épaules.

— Pas vraiment. Enfin oui, j'étais vierge, mais, bon sang, je lui ai couru après. Je l'ai désiré. Il m'a donné ce que je voulais, ce que j'ai demandé. Ce n'est pas sa faute s'il ne pouvait… s'il ne m'aimait pas comme je l'aurais souhaité.

Stella soupira.

— Et tu lui parles encore. Tu pardonnes plus facilement que moi.

— C'est vrai, tu es une harpie cruelle. Qui t'a brisé le cœur pour que tu en arrives là ?

— Personne, parce que je ne laisse l'occasion à aucun type. J'ai vu trop de copines ravagées par des histoires de mecs. Ce sont des briseurs de cœur vicieux. Mieux vaut ne pas tomber amoureuse, pour être sûre de ne pas souffrir.

Carolina se replaça sur le canapé.

— Vraiment ? Mais tu fréquentes beaucoup de garçons. Tu es même constamment avec des hommes.

— Exactement. Toujours des mecs différents. Ils sont drôles et ils ont un pénis. Pour peu qu'ils sachent s'en servir, ils peuvent traîner un peu avec moi. Mais les garder sur le long terme ? Pas question. Dès que je sens que je pourrais développer des sentiments, je fous le mec à la porte.

Après tant d'années à fréquenter Stella, Carolina n'avait jamais su que son amie pensait cela des hommes. Elle pouvait le nier, mais il était évident qu'elle avait eu le cœur brisé. Sinon, pourquoi se protéger si férocement ?

Elle était vraiment magnifique. Grande et agile, avec une silhouette de rêve et une approche de la sexualité et des rapports qui semblait dictée par un mec. Elle incarnait sans doute le rêve de tout homme.

— Alors, qui t'a brisé le cœur, Stella ? Sérieusement ?

Stella prit sa bouteille de bière et avala une longue gorgée.

— Je préfère qu'on parle de ce joueur de hockey chaud bouillant qui se ramène dans ta vie. Tu devrais le chauffer un max et le larguer sec et net.

Carolina se mit à rire.

— Tu as des tendances sadiques.

Stella répondit d'un sourire féroce.

— Je sais. Mais je suis comme ça. Allez, raconte… Oh, putain, il a marqué ! Merde, il est bon !

Carolina se tourna vers l'écran et vit la rediffusion du tir de Drew. Il était passé devant un défenseur pour récupérer une passe d'un équipier et avait tiré vers le but, poussant le palet droit dans le filet.

C'était un tir magnifique, tellement empli de puissance qu'elle en sentit la vibration traverser l'écran.

— Eh ! Tu te tapes un orgasme en matant le match ?

Carolina leva les yeux au ciel en réponse à ce commentaire.

— Ce n'est pas drôle. Mais c'était un beau lancer.

— Alors, tu sors souvent avec ce Drew Hogan ?

— On ne sort pas ensemble. On a passé Thanksgiving ensemble, seulement parce que j'étais restée pour travailler et que ma mère et mon frère lui ont fait jurer de me sortir de chez moi. Alors j'ai servi des repas dans un foyer de sans-abri avec lui, puis on est allés patiner. Ensuite, on est allés manger un morceau ensemble le soir.

— Donc, tu as passé la journée entière avec lui. Tu l'as déshabillé ? Il t'a arraché tes vêtements ?

— Non, pas ce jour-là.

Stella éclata de rire.

— Alors un autre jour ?

— Je devais prendre ses mesures.

— Ooh, alors tu l'as mis à poil !

— Non, il est resté en boxer.

Stella jeta un coup d'œil à la télévision puis regarda son amie.

— Je parie qu'il a un corps à tomber.

— Il est bien fait, c'est sûr. Bien plus qu'à l'époque de l'université.

— Et tu veux te le taper encore un coup ?

— Franchement, Stella ! Tu es si… crue.

— Et alors ? Les femmes ne peuvent pas aimer le sexe ? Quand est-ce que tu as couché pour la dernière fois ?

Elle marquait un point.

— Il y a trop longtemps.

— Eh bien, voilà ! Tape-toi ce canon, puis lourde-le bien méchamment. Ça te détendra un bon coup avec en prime une bonne vengeance. Mais attends… Avant, on devrait aller à un match. J'adore le hockey. Tu pourrais me présenter des joueurs ?

— Pourquoi ? Tu veux en détruire un ou deux en les laissant comblés mais en pleurs dans ton sillage ?

Stella répondit en riant :

— Peut-être.

— Je verrai ce que je peux faire.

— Super. Puisque l'équipe joue à domicile, envoie un SMS à l'étalon. On pourrait aller se marrer avec les joueurs après le match.

— Euh…, c'est un peu tard, non ?

— On est vendredi soir. Qu'est-ce que tu avais prévu d'autre ?

— Je voulais travailler demain.

— Tu commenceras un peu plus tard. Ce soir, on s'amuse.

Carolina plissa les yeux.

— Tu as une influence déplorable sur moi.

Son amie se mit à rire

— Non, ma belle, je suis ta meilleure amie. Celle qui t'empêche de devenir une vieille en sweat, folle de chats et propriétaire d'un rocking-chair. Envoie un texto. C'est le troisième tiers-temps, ils mènent de deux buts, et je parie que ton chouchou aura envie de se lâcher après le match.

Carolina n'arrivait pas à croire ce qu'elle faisait, mais elle prit son téléphone et envoya un SMS.

— Je vais le regretter.

— Pas de regret, que du fun !

Carolina n'était pas certaine, concernant le fun. Mais le message était parti…, et elle regrettait déjà de l'avoir envoyé.

Chapitre 10

Après un jeu éreintant, gagné trois à un, Drew avait besoin de se défouler, tout comme quelques autres joueurs. Il fut stupéfait quand, une fois douché et habillé, il trouva sur son téléphone un message de Carolina.

Mon amie Stella et moi aimerions vous retrouver après le match pour boire un verre. Tu vas quelque part avec tes amis?

Euh...

Il se demanda qui était Stella. Une fan, peut-être. De toute façon, il était heureux que Carolina reprenne contact. Il lui envoya le nom et l'adresse d'un bar où allaient quelques joueurs, et lui demanda de les retrouver là-bas.

Le bar *McGill's* était sombre et surpeuplé, un repère habituel pour les fans avant, pendant et après les matchs. Drew se sentait à l'aise dans l'établissement, car les admirateurs étaient respectueux et ne les ennuyaient pas. Ils pouvaient traîner, boire quelques bières, jouer au billard et se détendre. Un grand écran diffusait des matchs, ce qui n'était pas mal. C'était un bar surtout masculin, et il n'avait pas à gérer de groupies attirées par les hockeyeurs.

Lorsque Carolina entra, décontractée et sexy dans une veste en cuir marron et un jean sombre qui dessinait ses jambes fines, tous les clients la suivirent du regard ainsi que la grande blonde ravissante. Drew, au fond du bar, vint à leur rencontre.

— Salut, dit-il en entourant Carolina d'un bras. Content que tu sois venue.

— Drew, voici Stella Slovinski. Stella, Drew Hogan.

Il lui serra la main.

— Ravi de te rencontrer, Stella.

— Pareil. Bon match ce soir !

— Tu es fan ?

— J'aime le hockey. Carolina et moi, on a regardé le match, chez elle.

Il glissa un regard vers Carolina.

— Tu as regardé ?

Elle haussa les épaules.

— C'était à la télévision pendant que je mangeais. Et puis Stella est passée, et elle aime le hockey.

Drew sourit.

— J'adore les fans de hockey. Venez par ici. On fait un billard.

Il les guida vers le fond, où ses coéquipiers faisaient une partie. Il les présenta aux six hommes qui l'avaient accompagné au bar.

— Jolis arrêts ce soir, déclara Stella en s'adressant au gardien, Avery.

— Merci.

— Mais je n'arrive pas à croire que tu aies laissé passer celui du troisième tiers-temps. Tu faisais la sieste ou quoi ?

— Oh, une critique sans pitié ! déclara Trick, un autre attaquant, avec un large sourire.

Il fit signe à la serveuse.

— Une bière, Stella ?

— Carrément. Et tu peux parler, Trick ! Tu as loupé une passe cadeau de Drew alors que tu étais devant le nez du gardien.

Il éclata de rire.

— Elle me plaît ! Elle en a une paire !

— Alors non, mais j'ai rien contre l'idée de te casser un peu les tiennes.

Drew se mit à rire puis se tourna vers Carolina.

— Qu'est-ce que tu bois ?

Elle prit une chaise.

— Un verre de vin. Du rouge, s'ils ont.

— Tout de suite.

Il alla au bar commander un verre de cabernet et, en attendant, regarda Stella plaisanter avec les joueurs. Plongée dans une grande conversation, elle semblait parfaitement à l'aise alors que Carolina se contentait d'observer.

Son regard glissa même vers lui, au bar. Mais, dès qu'elle s'aperçut qu'il la regardait aussi, elle se leva et alla se joindre à Stella dans la conversation.

Bien, il aimait qu'elle ne veuille pas être surprise à le regarder.

Il lui plaisait. Il le savait, mais il comprenait pourquoi elle se montrait distante.

C'était sa faute, vraiment, mais il comptait bien réparer le mal.

Il lui apporta son verre de vin.

— Je disais à ton pote Trick qu'il allait falloir se bouger le cul s'il voulait que ses stats soient aussi bonnes que les tiennes avant le début de saison, déclara Stella.

— Oh, une statisticienne parmi nous !

— Ouais, mais je pense qu'elle compte mal, parce que j'ai mis trois buts de plus que toi.

— Je ne me trompe jamais dans mes calculs, Trick. Demande à Carolina.

— Je crains qu'elle ne dise vrai.

— Ah oui ? Comment le sais-tu ?

— C'est une vraie fondue de hockey, et elle suit chaque joueur des Travelers. Elle connaît certainement tes statistiques mieux que toi-même.

Trick se recula pour dévisager Stella.

— Sans déconner ! Tu es une espèce de mathématicienne ?

Elle se mit à rire.

— Non, je suis danseuse. Mais je suis douée en maths.

— Alors tu es intelligente et belle. Deux points pour toi, Stella.

Avery s'installa près de Carolina.

— Et toi, tu es une sorte de… créatrice, c'est ça ?

Carolina lui sourit, surprise qu'il se rappelle d'elle après leur brève rencontre de Thanksgiving.

— C'est ça.

— Quel genre de création ?

— Des vêtements.

— Oh, alors tu es dans la mode et tout ça.

Elle sourit.

— Oui, on peut le dire ainsi.

— Et tu es copine avec une geekette des stats de hockey.

— Eh ! protesta Stella en le fusillant du regard.

Il rit.

— Susceptible, à ce que je vois ! Désolé ! Un génie des statistiques, mais ravissante et qui danse.

Stella hocha la tête.

— C'est mieux. Mais tu me dois une bière pour l'insulte.

— C'est comme si c'était fait. Qu'est-ce que tu vaux au billard ?

Stella se laissa glisser de son tabouret.

— Je te botterai le cul au billard. Surtout après cette histoire de geekette.

Carolina secoua la tête et regarda Avery rassembler les boules. Stella retira sa veste d'un haussement d'épaules, sous le regard admiratif des hommes.

— Ramène-toi, Carolina, dit-elle. Tu vas jouer aussi, hein ?

— Je n'ai pas joué au billard depuis la fac.

Drew s'approcha d'elle.

— Et alors ? Tu as peur de perdre ?

— Aucun risque.

Elle retira sa veste à son tour et alla chercher une queue.

— Stella, on va montrer à ces messieurs comment on joue vraiment.

Deux heures plus tard, elle avait gagné deux parties et en avait perdu deux autres. Pas si mal au final. Bien sûr, Stella explosait les records, sans surprise puisqu'elle jouait au billard comme personne.

— Ta copine a la cote avec mes amis, déclara Drew pendant qu'ils regardaient Stella ajuster un tir.

Carolina sourit.

— Les hommes sont fous d'elle. Elle est si naturelle avec eux, toujours à l'aise.

— Pas toi ?

Elle haussa les épaules.

— Les hommes ne sont pas instinctivement attirés vers moi.

Il rit.

— Tu dois être aveugle, ma belle, parce que tous les mecs de ce bar te dévorent des yeux depuis que tu es entrée.

Elle regarda autour d'elle et surprit plusieurs coups d'œil qui se dérobèrent rapidement.

Oh !...

— Sans compter mes coéquipiers. Il a fallu les calmer d'un regard éloquent pour qu'ils se tiennent à l'écart de toi.

Elle se tourna vers lui.

— Et pourquoi donc ?

Il se pencha.

— Je pense que tu le sais.

Elle sentit la chaleur l'envahir sous son regard, direct, intense, si évident.

— Je ne prête pas vraiment attention aux hommes.

— Peut-être que tu devrais. Parce qu'eux font très attention à toi. Moi, en tout cas, je fais diablement attention à toi.

La température monta brusquement, et elle se perdit dans la contemplation de son visage, envahie par le fait de sentir son épaule contre la sienne. Elle avait le sentiment qu'ils étaient seuls dans le bar malgré les exclamations de ses amis et le rire rauque de Stella.

— Pourquoi m'as-tu envoyé un SMS ce soir ?

— Parce que Stella voulait venir rencontrer tes amis.

— Est-ce la seule raison ?

— Oui, bien sûr.

— Tu ne voulais pas me voir ?

— Pourquoi le voudrais-je ?

Il lui remit une mèche derrière l'oreille.

— Parce que je te manquais.

Elle soutint son regard. Elle aurait dû s'écarter et aller retrouver Stella, mais quelque chose en lui, dans sa façon de la regarder, l'en empêchait.

— Tu ne me manquais pas. Je travaillais.

— Et tu ne pensais pas à moi, pas du tout ?

— Non, pas du tout.

Il se pencha vers elle en l'enveloppant d'un bras pour l'attirer contre lui.

— Moi, je pense à toi, Carolina. Souvent.

— Arrête !

— Que j'arrête quoi ? Que j'arrête de te serrer contre moi ou que j'arrête de penser à toi ?

Elle ne savait pas quoi répondre. Elle ne savait plus quoi penser, parce que le corps ferme de Drew était pressé contre le sien. Elle posa une main sur sa poitrine.

— Arrête…

— Eh, vous deux, vous allez vous regarder dans le blanc des yeux toute la soirée ou jouer au billard ?

Merci, Stella ! Drew s'écarta, et Carolina prit une profonde inspiration.

— Le billard, sans hésitation, déclara-t-elle en prenant une queue avant de rejoindre la table.

Elle joua et s'approcha de son amie.

— Qu'est-ce que vous fichiez là-bas ?

— On parlait.

— Comment ça, en vous léchant la glotte ?

Carolina se mit à rire.

— Rien de ce genre.

— Je n'en suis pas certaine. Je sentais l'électricité entre vous jusqu'ici. Il se passe un truc entre vous, et c'est chaud.

— Il ne se passe rien.

— Mais il en a envie.

Carolina leva les yeux au ciel.

— Franchement, Stella, je crois que c'est toi qui as besoin d'un homme dans ton lit.

Stella observa les fesses de Trick lorsqu'il se pencha sur la table de billard pour jouer.

— Là, tu as raison. Mais ça n'a rien à voir avec Drew et toi.

Elle but une longue gorgée de bière et regarda son amie.

— N'hésite pas, ma belle. Prends ce qu'il t'offre. Le sexe, c'est fun, tu sais.

Elle le savait. Le sexe était fun, en effet.

Mais aussi tellement compliqué…

Peut-être pas forcément. Après tout, Drew lui avait proposé un marché sans engagement. Pourquoi ne pas accepter, et apaiser la tension qui lui raidissait les muscles ? Elle savait déjà à quel point ça pouvait être bon entre eux. Cette fois, elle ne serait pas timide et sans expérience. Elle serait détendue et pourrait en profiter pleinement.

Elle n'avait pas de temps à consacrer à une relation naissante. En fait, elle ne voulait rien de compliqué.

Avec Drew, elle savait parfaitement où elle allait, ou plutôt où elle ne risquait pas d'aller. Il était facile à vivre et ne cherchait pas de petite amie. Il la désirait. Et elle prendrait sans aucun doute plaisir à coucher encore avec lui. Puis elle pourrait reprendre son travail, bien plus détendue.

Elle observa la pièce et le repéra au bar, où il parlait à l'un de ses coéquipiers. Comme si une connexion psychique s'opérait, il leva la tête vers elle et lui sourit, comme s'il savait à quoi elle pensait.

Elle prit une profonde inspiration et lui rendit son sourire.

Mise au jeu !

Chapitre 11

Le groupe commença à diminuer à mesure que la nuit avançait. Il était tard, et certains des joueurs partirent.

Bientôt, il ne resta que Drew, Carolina, Stella et Trick. Il était clair que Trick appréciait Stella, et Drew avait le sentiment qu'il ne laissait pas Stella indifférente car ils étaient restés ensemble depuis le début de la soirée. Mais, en vérité, il n'avait pas fait très attention, car il n'avait d'yeux que pour Carolina.

Stella et Trick étaient maintenant blottis l'un contre l'autre au bar, leurs fronts se touchant presque, tandis qu'ils parlaient et riaient. Carolina et Drew étaient donc tous les deux, puisque la jeune femme ne comptait visiblement pas partir sans son amie.

Mais, connaissant Trick, Drew doutait que Stella reparte avec Carolina.

— Un autre verre de vin ? demanda-t-il.

Elle secoua la tête.

— Non, je suis déjà dans les vapes et je vais avoir un mal de crâne terrible demain pendant que je travaillerai. J'aurais déjà dû m'arrêter il y a… deux verres.

Elle n'était pas ivre, elle tenait bien l'alcool. Il fit signe au barman.

— Une eau gazeuse ? suggéra-t-il.

— Bonne idée.

Il en commanda une et une autre bière pour lui. Stella descendit de son tabouret et s'approcha.

— Je file !

— Oh, dit Carolina, je vais prendre mon manteau !

Stella sourit d'un air malin.

— Non, tu restes là. Ce soir, Trick rentre avec moi.

Drew appréciait cette fille. Très directe. Rien de faussement pudique.

Il se leva et lui tendit la main.

— J'ai été content de te rencontrer, Stella.

— Moi aussi, Drew. Je peux te faire confiance pour prendre soin de ma copine et veiller à ce qu'elle rentre bien chez elle ?

— Compte sur moi.

Carolina serra son amie dans ses bras.

— Tu m'appelles demain ?

— Évidemment. Amusez-vous, et restez prudents !

— Vous aussi.

Stella se mit à rire.

— Chérie, je suis toujours prudente.

— Salut, Trick ! ajouta Drew.

L'attaquant lui adressa un signe de tête et un sourire.

— Salut !

Trick passa le bras autour de Stella, et ils se dirigèrent vers la porte.

— Surprise ? demanda Drew.

— À quel propos ?

— De voir Stella rentrer avec Trick.

Elle but une gorgée d'eau.

— Pas le moins du monde. Stella sait ce qu'elle veut, et elle le poursuit avec détermination.

— Jalouse ?

Elle rit.

— Non. Enfin, peut-être un peu. Elle respire la confiance, elle a toujours été très à l'aise.

— Tu es toujours sûre de toi. C'est l'une des choses que j'aime chez toi.

Elle reprit une gorgée.

— Je n'ai pas toujours été ainsi.

— Ah oui ? Quand as-tu manqué de confiance en toi ?

— Eh bien..., toujours !

— Mais tu as eu l'audace de m'aborder à la fac. Ça m'a vraiment plu. Il y avait des tas de filles qui... Enfin, elles étaient téméraires, mais pas comme toi.

Elle se cala dans son tabouret et le fit tourner vers lui.

— Tu peux développer ?

— Oui. Elles flirtaient, mais elles attendaient de moi que je fasse le premier pas, que j'insiste, que je les invite à sortir, que je les supplie d'aller au lit. Il fallait que ce soit mon idée, tu vois ? Ce n'était qu'un jeu. Mais avec toi c'était différent.

— Ne me le rappelle pas.

Il rit.

— Non. Ce n'est pas ça. Pas pour moi. Tu étais ma seule goutte d'eau dans le désert. Tu t'es démarquée, si fraîche et belle. Tu ne faisais pas semblant.

— Tu es conscient que j'étais ivre cette nuit-là.

— Et alors ? Tu étais honnête. Tu ne t'es pas amenée en douce pour me coller tes seins contre le dos avant de jouer les innocentes. Tu m'as demandé directement si je voulais t'emmener au lit.

Elle grimaça, et il comprit qu'évoquer cette nuit la mettait mal à l'aise. Il aurait voulu qu'elle ait de bons souvenirs, pas de mauvais.

— Carolina, j'ai aimé chaque détail de cette nuit. J'ai gardé en mémoire chaque minute.

Elle leva les yeux vers lui.

— Moi aussi.

— Mais comment t'en souviens-tu ?

— Que veux-tu dire ?

— Pour moi, c'était un moment torride et délicieux, où une superbe jeune femme m'a fait une proposition et m'a offert un cadeau que je n'oublierai jamais. Elle était si tendre, si innocente et pourtant… oh ! tellement sexy. Et on a passé une nuit fabuleuse ensemble, un moment auquel j'ai repensé bien des fois au fil des années.

Elle prit une profonde inspiration, détourna le regard quelques secondes, puis l'observa de nouveau.

— Pendant quelque temps, j'ai essayé de ne pas y penser. Il me semblait avoir commis une erreur. J'avais le cœur brisé. Mais j'étais jeune, débordante de fantasmes. Après, j'ai tourné la page. Et puis oui, je repense à cette nuit.

— Je suis désolé de t'avoir blessée.

— Je sais.

Il fit signe au serveur qui lui apporta l'addition à signer. Il récupéra la veste de Carolina et la lui tint pendant qu'elle la passait. Ils sortirent et appelèrent un taxi.

— Ton appartement ou le mien ? demanda-t-il.

— Le tien est plus proche, non ? J'aimerais le voir.

Il acquiesça et donna l'adresse au chauffeur. Le trajet fut bref jusqu'à l'immeuble de grès, surtout à cette heure tardive où le trafic était fluide. Il paya la course, et ils descendirent.

— C'est sympa.

— Eh bien, ce n'est pas chez toi, alors n'en attends pas trop !

Elle noua un bras autour du sien.

— Je ne m'attends à rien de spécial.

Elle avait un verre dans le nez, et elle était beaucoup plus détendue que les dernières fois où ils avaient été ensemble.

Cela lui plaisait. Il voulait qu'elle passe un bon moment. Il espéra avoir pensé à ranger un peu son appartement avant de partir pour le match.

Ils montèrent au premier. Drew prit son temps. Il aimait sentir Carolina serrée contre lui. Il sortit ses clés, ouvrit la porte, alluma la lumière, soulagé en découvrant la pièce. C'était vrai, il l'avait fait nettoyer la veille, elle n'était pas dans le même état désastreux que d'habitude.

Elle retira son manteau et le pendit à un crochet près de la porte.

— C'est charmant, Drew.

— Merci. Ce n'est qu'une pièce. C'est petit. Comme je te l'ai dit, rien d'aussi classe que chez toi.

C'était vrai. C'était très simple, juste une chambre. Il n'avait que quelques meubles de base, un canapé et quelques chaises. Il avait une immense télévision et une console de jeu, bien sûr, mais rien de personnalisé. Il restait là pour la saison, mais il n'était pas vraiment chez lui.

— Tu veux boire quelque chose ? J'ai de l'eau, de l'eau gazeuse et… de la bière. Pas de vin, désolé.

— De l'eau, ce sera parfait, merci.

Drew sortit deux bouteilles d'eau de son réfrigérateur, les ouvrit et en tendit une à Carolina.

Bon, tout allait bien. Il fallait se détendre, peut-être allumer la télévision ou mettre un peu de musique.

Elle observa son lit king size. Il n'y avait pas de place pour grand-chose d'autre dans le petit appartement, mais il ne pouvait pas dormir sur un matelas minuscule. Il avait donc privilégié le lit avec une table de chevet puis entassé sa garde-robe dans le placard.

— Grand lit…

— Je suis un grand gars.

Elle regarda les murs vides puis se tourna vers lui.

— J'adore ta décoration d'intérieur.

— Merci, c'est ma spécialité.

Il prit une longue gorgée d'eau et s'appuya contre le chambranle.

— Je ne passe pas beaucoup de temps ici. C'est juste pour dormir.

— Tu ne te sens pas chez toi.

Elle était observatrice.

— Non.

Elle hésitait et restait en retrait. Il aurait voulu s'approcher, la toucher, la prendre dans ses bras et l'embrasser. Oh, bon sang, il voulait tellement l'embrasser ! Mais il aurait voulu qu'elle vienne à lui, qu'elle se sente à l'aise, ici, avec lui.

Il fallait qu'elle décide. Il savait qu'elle avait été réticente face à lui, et son soudain retournement l'avait stupéfié. Si elle avait des réserves, la dernière chose qu'il voulait faire était de la pousser à faire quelque chose qu'elle ne désirait pas vraiment.

Elle fit quelques pas.

— Le lit est au centre de tout.

— Oui, je n'ai pas besoin de grand-chose, dit-il en souriant. Je suis un mec. Il me faut juste un coin où m'effondrer la nuit !

Elle longea le lit et effleura le couvre-lit du bout des doigts.

— C'est un beau lit.

— Il est confortable.

Elle posa son eau sur le plan de travail et monta sur le lit. Elle dézippa ses bottes, qu'elle laissa tomber sur le sol.

— Tu veux me rejoindre ?

Il se détacha du mur et avança vers elle, puis s'assit à ses côtés et posa sa bouteille à côté de la sienne. Il lui prit la main.

— Tu as chaud.

Elle le regarda.

— Très chaud, je dirais.

— Combien de verres as-tu bu ce soir ?

Elle laissa échapper un rire doux.

— Quelques-uns. Mais je ne suis pas soûle, si c'est ce que tu te demandes, alors je sais exactement ce que je suis venue faire.

Il retira ses chaussures et se glissa au milieu du lit. Il prit Carolina par la taille et l'attira au-dessus de lui, savourant le contact de son corps contre le sien.

— Ah oui ? Et qu'est-ce que tu vas faire maintenant ?

Elle se trémoussa contre lui et posa les bras sur sa poitrine.

— Je me mets à l'aise.

Il l'entoura d'un bras et la fit rouler, pour la faire passer sous lui.

— Je ne voudrais pas que tu te sentes à l'aise au point de t'endormir.

— Mmm, ça me plaît.

Elle passa les jambes autour de lui, l'enfermant entre ses cuisses avant de se cambrer contre lui.

Son sexe déjà réactif se durcit d'un coup, prêt à passer aussitôt à l'acte. Il lui prit le visage entre ses mains et effleura ses lèvres des siennes.

— Alors, tu veux que je te mette à l'aise ?

— Oui. Très à l'aise.

Il lui couvrit la bouche de ses lèvres et, cette fois, savoura le baiser qu'il désirait depuis l'instant où elle était entrée dans le bar. Profond, satisfaisant, mêlant leurs langues.

Elle l'accueillit sans hésitation, l'enveloppant de ses bras pour l'attirer tout près. Il noua les doigts dans ses cheveux, appréciant ce contact qui lui faisait penser à de la soie, la manière dont son corps répondait parfaitement, sa façon de bouger contre lui tandis qu'il l'embrassait.

Son cœur battait jusque dans son entrejambe, et il s'abandonna dans son parfum, dans sa réaction quand il glissa la main sous son pull. Il avait besoin de sentir sa peau nue sous sa main, et lorsqu'elle gémit contre sa bouche il ne put retenir l'élan primaire et affamé qui lui fit glisser son sexe entre ses jambes.

Il la caressa jusqu'à envelopper ses seins de sa paume, sous le satin doux de son soutien-gorge. Il attendit de voir si elle se tendait, si elle montrait un signe qu'elle n'était pas prête. Mais il ne reçut qu'un nouveau gémissement. Elle se cambra, et il sentit le volume doux emplir plus profondément sa main.

Il souleva son pull et se baissa pour poser les lèvres sur sa peau. Il lui embrassa le ventre, incapable de se lasser de sa senteur, emplissant ses sens d'elle alors qu'il serpentait contre son corps. Il plissa le pull, et elle s'en empara, le passa au-dessus de sa tête et l'envoya valser, puis elle se dressa sur le coude pour le regarder.

— On devrait se déshabiller, dit-elle. Ça irait plus vite.

— Tu es pressée ?

— On peut dire ça.

Il la repoussa contre le matelas.

— Détends-toi. On a tout le reste de la nuit pour profiter l'un de l'autre.

Elle laissa échapper un souffle rauque et se serra contre lui, l'embrassant d'une façon qui accentua la sensation serrée et dure de son sexe contre son jean. Quand elle passa la main entre ses jambes pour le caresser, il grogna à son tour.

Il devrait peut-être se presser, en effet, parce qu'il ne pouvait pas penser à autre chose qu'à s'introduire dans son sexe chaud et humide.

Mais il voulait le faire bien, il voulait prendre son temps.

— Tu sais, dit-il en caressant son ventre nu, la première fois qu'on a été ensemble, on avait bu. Cette fois, je suis parfaitement sobre.

— Tu as bu des bières.

Il rit.

— Quelques-unes, mais pas tellement. Je ne me soûle plus.

Elle se dressa sur les coudes.

— Pourquoi pas ?

— J'aime savoir ce que je fais. Être ivre, c'était marrant à la fac, quand j'étais gamin. Mais j'ai grandi.

— Alors, maintenant, tu es mature et responsable ?

Elle semblait ne pas le croire. Elle ne lui faisait plus confiance. Il voulait que cela change.

— Je tiens à être responsable de ton plaisir, ce soir.

Une fois de plus, il poussa ses épaules contre le lit puis glissa les mains sous elle pour défaire son soutien-gorge.

— Si je me rappelle bien, j'avais passé un bon moment à la fac.

— C'est bon à savoir. Ce soir, je compte faire encore mieux.

— Tu comptes les points, Drew ?

Il retira le sous-vêtement et le lâcha au pied du lit.

— Non, Carolina. Et toi ?

Elle ne répondit pas, mais ses seins se dressèrent en deux pointes fermes. Il fit le tour de l'un avec un doigt. Elle hoqueta, puis il se pencha pour entourer son sein de ses lèvres.

Si doux, comme tout le reste de sa peau. De la langue il titilla la pointe et suça doucement.

— Oh, mon Dieu ! soupira-t-elle. J'adore.

Cela faisait des années qu'il avait été avec elle, et il avait peut-être bu cette nuit-là, mais il se rappelait combien elle était réactive et sensible de la poitrine.

Il se concentra sur ses seins, les caressant, les léchant, jusqu'à ce qu'elle frétille contre lui, se cambrant pour les rapprocher de sa bouche. Lorsqu'elle plongea les ongles dans son bras, il sut qu'elle était à lui, sauvage et hors de contrôle.

Il la lâcha, la contempla, observa ses seins fermes aux pointes dressées et humides de ses baisers. Il frissonna et sentit ses testicules se raidir et palpiter.

Il passa la main entre ses seins, le long de son ventre, puis il ouvrit les boutons de son jean.

— Retirons ça.

Il quitta le lit le temps de lui retirer son pantalon, le faisant glisser sur ses hanches, ses jambes. Elle portait une culotte noire et des chaussettes montantes jusqu'aux genoux, étonnamment sexy. Il fit rouler les chaussettes et les retira, puis posa les mains sur ses hanches, savourant sa manière de le regarder, les yeux orageux, sombres, emplis de désir.

Il prit délicatement les petites ficelles qui retenaient sa culotte et les fit descendre. Puis il entoura ses chevilles, ramenant ses mains sur ses mollets, écartant ses jambes pour atteindre ses cuisses.

Elle avait un sexe humide, rose, et il s'agenouilla sur le sol devant le lit, savourant sa senteur, musquée et douce. Il l'attira au bord du lit, lui caressa les fesses, rapprochant son sexe de sa bouche.

— Drew…

Son nom flotta hors de ses lèvres comme un murmure suppliant. Il savait ce qu'elle voulait. Il lui embrassa l'intérieur de la cuisse, puis lécha la courbe de son sexe, pressant les lèvres contre lui pour glisser la bouche contre son point sensible.

Elle frémit. Il se redressa et chercha son clitoris de la langue.

Elle soupira son nom, et il la lécha encore, suivant le dessin de son sexe, savourant son parfum. Il continua son exploration jusqu'à atteindre ses points sensibles. Elle se cambra contre lui.

— Oui, comme ça.

Il continua, faisant le nécessaire pour lui donner du plaisir. Il voulait qu'elle jouisse, il voulait sentir son plaisir dans sa bouche.

Son pénis palpitait si fort qu'il en avait mal. Le corps de Carolina vibrait en se tordant contre lui. Il lui prit les mains quand elle le saisit fermement en soulevant les hanches tandis qu'il léchait son point sensible, l'amenant au bord de l'orgasme. Il glissa un doigt en elle pour aller plus loin, pour rendre les sensations meilleures.

— Oh, Drew, je vais jouir !

Il accéléra ses mouvements de langue à l'endroit qui la faisait frémir et enfonça davantage le doigt.

Elle cria, et il la maintint tandis qu'elle se cambrait pour lever son sexe vers lui, frémissante sous les spasmes de l'orgasme. Il ne la lâcha pas pendant une longue vague de plaisir, puis elle s'apaisa et retomba sur le matelas.

Elle avait le souffle court, et il attendit, l'embrassant à l'intérieur des cuisses, conscient que c'était une partie sensible. Il se leva et retira son tee-shirt, défit sa ceinture et fit descendre son pantalon, qu'il laissa tomber à terre avec ses chaussettes et son boxer. Il monta sur le lit près d'elle et l'attira entre ses bras.

Elle roula sur le côté et le regarda.

— C'était beaucoup mieux que dans mes souvenirs.

Il rit.

— Merci. C'est agréable d'apprendre que je me suis amélioré.

— Je crois que tu n'as jamais été mauvais. Mais, waouh, Drew, c'était intense ! Ça faisait longtemps pour moi. Peut-être que c'est pour ça que c'était si bon.

— J'en suis ravi.

Elle s'assit, le regarda et lui tapota la poitrine.

— Eh bien, merci pour l'orgasme, je dois filer.

Il la retint et l'attira entre ses bras.

— Bien essayé.

Elle posa les mains sur sa poitrine et les laissa descendre.

— Voudrais-tu dire que nous n'en avons pas fini ?

— Cela m'étonnerait. Ce n'était qu'un échauffement.

Sa main glissa encore jusqu'à entourer son sexe.

— Alors, il y a autre chose que tu voudrais ?

Il retint un hoquet.

— Oui, il y a clairement quelque chose dont j'ai envie.

— Peut-être l'équivalent du plaisir que tu m'as donné ?

— Chérie, si tu poses les lèvres sur moi, on aura vite fini.

Ses yeux brillèrent.

— Oh, voilà un défi à ma mesure !

Elle glissa contre son corps, lui embrassant la poitrine, les côtes.

— Parle-moi de ce tatouage. Il n'était pas là avant.

— Je l'ai fait quand j'ai été appelé par la glace.

Elle passa le doigt sur le dessin. Même ce contact léger sur son biceps fit réagir son sexe.

— Mais il y a des flammes.

— Oui. J'aimais ce motif, et je ne voulais pas de référence à une équipe en particulier. On ne sait jamais chez qui on va être transferé. Mais le hockey…, ça, c'est pour toujours.

Elle continua à passer le doigt sur sa peau.

— Il me fait penser à toi, à ta façon d'être quand tu patines. Tellement rapide, poussé par un feu intérieur.

— Merci.

Elle continua à explorer son corps et s'arrêta sur son ventre.

— Ai-je déjà mentionné la fascination que je ressens pour tes abdos ?

— Euh, non.

Elle les enveloppa de ses mains.

— Eh bien, je les trouve magnifiques.

— La vérité éclate enfin. Tu m'utilises pour mon corps.

— Absolument.

Elle plaqua un baiser sur le bas de son ventre puis commença à descendre, chatouillant sa peau de ses cheveux. Elle posa la tête contre ses hanches puis saisit la base de son sexe.

— Tu étais en érection pendant que tu t'occupais de moi, pas vrai ?

— Oui.

Elle leva la tête vers lui.

— Ça devait être très inconfortable. Il faut faire quelque chose.

— On peut. Laisse-moi passer un préservatif et baisons !

— Pfff… Qui est impatient, maintenant ? N'as-tu pas dit qu'on avait toute la nuit ?

— C'était tout à l'heure. Maintenant, je suis impatient.

— Dommage. La plupart des hommes aiment les fellations, tu sais. Je ne comprends pas ta réticence.

— Je ne suis pas réticent, loin de là. Mais je ne veux pas que tu te sentes obligée.

Elle se releva sur les genoux, une vision magnifique. Ses seins balançaient doucement, et ses fesses étaient superbes.

— Je ne fais jamais rien sans en avoir envie. Maintenant, détends-toi et profite. Après tout, on a toute la nuit.

Elle se pencha et posa les lèvres sur son sexe. Il retint son souffle tandis que la bouche douce descendait sur sa peau, et il manqua de mourir quand elle l'enveloppa de sa langue pour le glisser entre ses lèvres humides.

— C'est tellement bon…

Il lui passa les doigts dans les cheveux et se cambra pour l'encourager à continuer.

Elle obéit, l'introduisant lentement dans sa bouche. La vision de son sexe disparaissant en elle le fit frissonner, éveillant son désir de la pénétrer, puissamment.

Il déploya toute sa patience pour la laisser maîtriser le rythme. C'était très difficile, car il s'était senti au bord de l'orgasme dès qu'elle avait commencé.

Mais la sensation était trop délicieuse et la vision trop érotique pour qu'il s'abandonne déjà, et il se détendit en regardant son sexe disparaître entre ses lèvres puis reparaître, humide de salive. Elle fit jouer la langue sur le sommet, puis le lécha sur toute sa longueur.

— Bon sang !

Sa voix avait pris une nuance rauque lorsqu'elle l'avait pris en main pour le caresser, avant de le reprendre entre ses lèvres étroites. Il enfonça les talons dans le matelas pour tenir tandis qu'elle lui connait un plaisir intense entre ses lèvres et ses doigts.

Il sentit la sueur perler à son cou et sut qu'il ne tiendrait pas longtemps.

— Carolina, je vais jouir.

Il ne répéta pas sa mise en garde, car, alors qu'il se cambrait contre sa bouche, les premières gouttes jaillirent.

Elle ne tressaillit même pas et se pencha plus profondément sur lui. Il s'abandonna et jouit dans sa bouche impatiente. Elle le garda entre ses lèvres pendant qu'il grognait de plaisir. Il savoura la vision des muscles de sa gorge lorsqu'elle avala. Il raffermit sa prise sur ses cheveux pendant tout ce temps.

Comblé, il se laissa tomber sur l'oreiller pendant que Carolina embrassait sa verge puis venait s'allonger près de lui. Il ne reprit son souffle qu'après quelques minutes. Incapable de parler, il l'enveloppa de ses bras et la serra contre lui.

— Waouh !

Il ne put rien dire d'autre.

— Mais de rien !

Il esquissa un sourire et lui leva le menton pour lui effleurer les lèvres des siennes. Il prit leurs bouteilles d'eau sur la table de chevet.

— Pour un échauffement, c'était sacrément intense.

Elle but puis se hissa au-dessus de ses hanches pour reposer la bouteille.

— Je trouve aussi. Maintenant, passons à la suite.

Elle le chevaucha, et son sexe réagit aussitôt à son contact. Quand elle lui saisit les joues et l'embrassa, il apprécia la sensation, la douceur de ses lèvres qui allaient et venaient sur les siennes. Elle lui mordilla ensuite malicieusement la lèvre inférieure, et il la serra contre lui pour l'embrasser profondément et lui prouver combien il aimait ce qu'elle lui faisait.

Elle s'écarta et le regarda.

— Ça m'excite quand tu fais ça.

— Quoi ?

— Ce son. Comme un grondement qui sort du plus profond de ta gorge.

— Je n'avais pas fait attention.

— Eh bien si, et c'est très… animal.

— Vraiment ? Eh bien, si ça t'excite, je vais tâcher de le refaire.

Elle rit et l'attira contre elle en un nouveau baiser. Il n'avait aucune idée du bruit d'animal qu'il faisait, mais il aimait l'embrasser et recevoir ses baisers. Aucun doute : elle éveillait bien l'animal en lui. Il lui saisit les hanches et la fit glisser sur lui, sexe contre sexe. Son érection prit toute son ampleur en quelques secondes.

— Les préservatifs sont dans la table de nuit, dit-il.

Elle lui adressa un sourire narquois.

— J'aime les hommes prévoyants.

— Toujours.

Elle se pencha pour ouvrir le tiroir, lui offrant une vue imprenable sur ses fesses, qu'il ne put s'empêcher de caresser.

Carolina prit un préservatif, l'ouvrit et le glissa sur son sexe.

— J'aime sentir tes mains sur moi, Lina.

Cette fois, elle ne se plaignit pas qu'il utilise son diminutif. Elle lui adressa un regard brûlant qui l'acheva puis elle se dressa pour guider son sexe contre le sien. Il regarda son pénis entrer en elle et laissa échapper un grognement rauque tandis que son corps enveloppait étroitement le sien, le baignant de sa chaleur.

Il ne connaissait aucun sentiment plus délicieux.

Elle se cambra, lui offrant une vision sur leur connexion, puis elle se déhancha sur lui. Il lui saisit les fesses pour lui donner le rythme auquel ils aspiraient tous les deux.

— C'est si bon, Drew.

La dernière fois n'avait pas été ainsi. Elle était vierge et incertaine, un peu effrayée. Elle n'avait pas beaucoup parlé, et il avait dû en dire trop, pressé de la rassurer. Il s'était montré prudent, lent, pour ne pas lui faire mal. Ils avaient tous les deux hésité par moments, mais oui, cela avait été brûlant et agréable. Mais rien en comparaison de cette mêlée d'abandon et d'union absolue.

Carolina était jeune alors, et elle avait connu son premier plaisir. Il avait fait en sorte que ce soit agréable pour elle, mais il avait été conscient que ce ne serait pas merveilleux.

Maintenant, c'était une femme, qui profitait pleinement de la nuit en prenant le contrôle selon ses besoins. Elle était magnifique à voir, et tandis que son sexe se contractait autour du sien Drew prit conscience de tout ce qu'il avait laissé passer en se détournant d'elle des années auparavant.

Il n'avait pas été prêt pour elle cependant, pas plus que pour une autre femme.

Mais à présent il était assez mature pour la reconquérir, pour lui prouver qu'il était devenu un homme, qu'il pourrait lui offrir ce dont elle avait besoin.

Il fit glisser la main entre eux vers son clitoris. Elle laissa échapper un gémissement quand il passa le doigt dessus, augmentant son plaisir.

— Oui, touche-moi, murmura-t-elle.

Elle se dressait et s'abaissait sur lui. Il lui caressa le clitoris et s'introduisit en elle. Elle écarquilla les yeux.

— Tu aimes ?

— Tu vas me faire jouir.

— Je sais.

Il la saisit avec emportement, la pénétrant avec vigueur, au rythme et à l'intensité que son corps demandait pour atteindre l'orgasme.

Lorsqu'elle jouit, elle rejeta la tête en arrière et laissa échapper un long gémissement tandis qu'il l'imitait en sentant son sexe se contracter autour du sien.

Elle se laissa tomber en avant en frissonnant tandis qu'il la prenait entre ses bras.

Ils étaient baignés de sueur, et Carolina avait le souffle court contre sa poitrine. Il lui caressa le dos tandis qu'ils reprenaient leurs esprits après un orgasme incroyable.

Cela avait été bon, mieux que bon. Bien au-delà de ses attentes. Il était épuisé et apparemment elle aussi, car elle ne bougea pas.

Il la fit rouler sur le côté et se dirigea vers la salle de bains un instant. Lorsqu'il revint, il tira la couverture sur eux et éteignit la lumière.

— Fatiguée ? demanda-t-il.

— Mmm.

Elle ne dit rien de plus mais se blottit contre lui.

Il sourit, l'enveloppa de ses bras et ferma les yeux.

Il se leva, confus, sous un rayon de soleil perçant par les volets entrouverts de sa chambre. Il resta désorienté quelques secondes puis se rappela la nuit.

Alors, il sourit.

Il était tombé de sommeil après avoir fait l'amour avec Carolina. Elle l'avait épuisé, et elle aussi semblait vidée.

Il avait la gorge sèche, très sèche. Il prit la bouteille sur la table de chevet et avala deux longues gorgées avant de se retourner.

— Lina, veux-tu un…

Elle n'était pas à côté de lui. *Euh*… Il repoussa les draps pour aller voir dans la salle de bains. Pas là non plus.

Il n'y avait plus ses vêtements. Elle était peut-être allée préparer du café dans la cuisine.

Le café lui parut une idée merveilleuse, et il enfila son jean avant d'aller dans la cuisine.

Personne.

Elle était partie. Elle avait quitté l'appartement sans un mot.

Elle l'avait abandonné… comme il l'avait fait à l'université après avoir couché avec elle.

Il secoua la tête, passa les doigts dans ses cheveux et se pencha contre le plan de travail.

Il se sentait minable.

Maintenant, il savait ce que Carolina avait dû ressentir. Il s'appuya sur les avant-bras, secoua la tête et sourit en songeant à la revanche qu'elle venait de prendre.

Une vengeance largement méritée.

Bien joué, Carolina ! Bien joué !

Chapitre 12

—Il faut remonter l'ourlet de cinq centimètres, juste au-dessus du genou, pour que chaque section de la jupe ait du mouvement.

—Je vais m'en charger, déclara Tierra en s'agenouillant près de la femme pour marquer le pli du tissu.

Carolina fit le tour de ses créations, portées par des mannequins. C'était sans comparaison avec les mêmes tenues sur des cintres ! Maintenant, elles prenaient vie.

Elle fit un signe du doigt, et le mannequin suivant se retourna et parcourut la pièce.

—Ce modèle est bien comme il est.

—Je suis d'accord, renchérit Edward. J'adore la couleur et la texture qui soulignent le corps.

—Juste une petite chose, cependant, reprit Carolina en plissant les yeux. La couleur est trop pâle. Il faut changer de tissu. Lui donner du corps. Peut-être un corail profond au lieu du pêche ?

Edward observa la robe à son tour et finit par hocher la tête.

—Vous avez peut-être raison. J'adore ce ton pêche, mais un corail rendrait superbement, surtout avec le teint de Felicia.

Carolina hocha la tête et griffonna le changement sur son carnet.

— Allons-y.

Edward prit également note de la modification.

L'équipe passa l'heure suivante à discuter des textures, des étoffes, des coupes. Ils étudièrent la manière dont chaque tenue bougeait, dont les vêtements prenaient la lumière, puis ils effectuèrent quelques changements minimes. Mais, dans l'ensemble, le résultat était bon.

Carolina avait passé les dernières semaines plongée dans sa collection. C'était un travail colossal, et elle avait travaillé sans relâche, sept jours sur sept, immergée dans ses créations tandis que la date fatidique approchait.

Depuis sa nuit avec Drew, elle n'avait pas eu une seconde pour penser à lui.

Pas souvent.

Le matin suivant cette nuit, elle s'était levée tôt pour utiliser la salle de bains, puis elle était revenue dans la chambre pour se glisser sous les draps près de lui.

Mais elle s'était interrompue en cours de route. Peut-être était-ce son allure. À demi sous la couverture, il était étalé sur le ventre, les cheveux en bataille, les bras négligemment posés autour de la tête. Ses cils, d'une longueur incroyable, effleuraient presque ses joues. Ses lèvres charnues étaient fermées, et elle l'avait contemplé en retenant son souffle.

Mon Dieu, il était si sexy qu'elle aurait voulu prendre son carnet pour le dessiner.

Avant que l'inspiration la déserte, elle s'était habillée et s'était empressée de prendre un taxi pour rentrer chez elle. Après une heure passée à rectifier les angles et les ombres, elle avait enfin obtenu un croquis dont elle était satisfaite.

C'était beau. Parfait.

Épuisée par cette explosion de créativité, elle était montée dans sa chambre et avait dormi deux heures. Ce ne fut qu'une fois levée, douchée, assise devant sa tasse de thé, qu'elle prit enfin conscience qu'elle avait abandonné Drew sans un mot.

Elle envisagea de l'appeler, mais, lorsqu'elle eut son téléphone en main et que ses doigts survolèrent les touches, elle se ravisa et reposa l'appareil.

Après cette nuit, mieux valait sans doute le laisser seul.

Ils avaient passé un bon moment, en tout cas elle avait adoré. Le sexe était phénoménal. Elle n'avait pas été surprise qu'ils soient si doués ensemble. Leur première fois avait dépassé ses fantasmes. Mais, cette fois, cela avait été encore meilleur.

Elle sentit la chaleur l'envahir rien qu'en pensant à sa façon de la toucher, combien de fois il l'avait fait jouir. Elle regretta de ne plus être au lit avec lui.

Non, juste une fois. Cette fois seulement. Il ne pouvait rien y avoir de plus entre eux. Cela ne devait pas se reproduire.

Elle n'avait pu s'abstenir de l'appeler qu'en se plongeant à corps perdu dans le travail.

Il ne l'avait pas contactée non plus, c'était donc un signe qu'elle devait se retenir elle aussi.

Mais peut-être qu'il était furieux qu'elle soit partie… Elle lui devait vraiment une explication. Ou peut-être devrait-elle laisser couler et n'en retenir qu'une autre étreinte d'une nuit épatante avec Drew. Ils semblaient doués pour ces brèves histoires, mais cette nuit devait être la dernière.

Restait un problème : elle devait absolument appeler ses mannequins hommes pour les essayages. Noël arrivait, et elle devait mettre la dernière main aux tenues avant que tout ferme pour les fêtes et qu'elle ne puisse plus contacter mannequins et fournisseurs.

Gray lui annonça qu'il viendrait faire des essais, ce qui signifiait qu'il fallait contacter Drew pour déterminer qui porterait quoi. Ensuite, il faudrait définir une campagne publicitaire pour éveiller l'intérêt du public avant le lancement de la collection.

Après avoir réalisé ce dessin de Drew endormi au lendemain de leur nuit ensemble, elle avait déjà une idée de publicité fantastique pour sa ligne de sous-vêtements. Elle aurait pu demander à un autre mannequin, à un professionnel, de prendre la même pose ; malheureusement, elle ne pouvait plus imaginer quiconque d'autre que Drew pour tenir ce rôle.

N'importe quel corps sculptural et sexy ferait l'affaire. Elle le savait, c'était logique. Mais la logique n'allait pas toujours de pair avec l'inspiration. Elle n'imaginait tout simplement pas d'autre homme dans ses sous-vêtements.

Elle prit une profonde inspiration et saisit son téléphone en espérant qu'il ne répondrait pas et qu'elle tomberait sur son répondeur.

Gagné ! Après plusieurs sonneries, elle put laisser un message.

— Salut, Drew, c'est Carolina. Je voudrais convenir d'une date pour essayer certains modèles que tu porteras et discuter de ton rôle dans ma campagne publicitaire. Si tu pouvais me rappeler ou m'envoyer un mail avec ton emploi du temps de la semaine prochaine, on pourrait prévoir quelque chose. Merci.

Elle raccrocha, satisfaite d'être restée parfaitement professionnelle.

Maintenant, il ne lui restait qu'à attendre qu'il…

Elle sursauta quand son portable vibra dans sa main. Elle regarda l'écran et se détendit en voyant le nom de Stella.

— Salut, Stell.

— Salut, toi. Comment va le boulot ?

— Bien. Je n'arrête pas. Et toi ?

— Ça roule. Les répétitions sont intenses, et j'ai des crampes aux mollets, mais je suis super excitée par le résultat qu'on va obtenir.

— Je suis impatiente de venir te voir.

— J'appelle parce que j'ai une pause de quelques heures. Tu peux prendre le temps de déjeuner avec moi ?

Elle n'avait pas revu son amie depuis leur nuit au bar. C'était l'inconvénient des délais serrés : elle devait s'isoler du reste du monde. Mais elle n'avait pas encore mangé et elle avait bien avancé dans son travail.

— J'adorerais.

— Super !

Elles décidèrent de se retrouver dans une brasserie près du théâtre. Elle donna quelques instructions à ses assistants, puis sauta dans un taxi. Stella attendait devant le restaurant.

— Il fait froid, fit remarquer Carolina en passant le bras autour de son amie avant d'entrer dans la brasserie.

— J'ai encore chaud à cause des répétitions. J'apprécie un peu d'air frais.

L'heure du rush était passée, et la salle n'était pas bondée. Le serveur leur trouva aussitôt une table, et Carolina prit un thé glacé et une salade de poulet.

— Je veux tout savoir sur tes répétitions !

Stella prit une profonde inspiration et retira son manteau d'un geste d'épaules.

— Ça roule, mais le chorégraphe est un gros bâtard. Il nous fait trimer jusqu'à ce qu'on ait les muscles en compote. Je l'adore et je le déteste. J'apprends des tas de trucs, mais, bordel, je sors tellement exténuée le soir que je veux juste rentrer chez moi me détendre dans un bain chaud, m'affaler la tête dans l'oreiller et dormir comme une morte.

— Mais c'est pour la bonne cause, non ? demanda Carolina tandis que le serveur apportait les boissons. Ce sera un bon spectacle.

— Ce sera un spectacle du tonnerre, et ça me fera une pub d'enfer. J'ai de la chance d'être dans cette compagnie. Tu sais que lorsque j'ai eu la place j'ai glapi comme une putain de gamine.

Carolina se mit à rire.

— Je sais ! Tu as travaillé si dur pour être prise dans une bonne troupe.

— Oui. Alors peu importe si je me plains beaucoup quand ils m'en font baver, c'est un taf de rêve. Et il faut répéter dur parce que la première est juste après Noël.

— J'y serai !

Stella lui pressa les poignets.

— Je le sais bien, et c'est pour ça que je t'aime, alors que tu as un boulot de dingue en ce moment.

Carolina émit un rire.

— Eh bien, je suis en effet au comble de la folie, mais je trouverai toujours du temps pour toi !

Le serveur apporta leurs plats, et elles entamèrent leurs salades avec la même avidité.

— Tu manges bien au moins ?

Stella hocha la tête.

— Oui. Il faut bien. Je brûle des calories comme une dingue. Je mourrais si je ne me remplumais pas ! Et toi ?

— J'essaie. Edward et Tierra surveillent la régularité de mes repas plus assidûment que mes parents. Ils se relaient, il y en a toujours un pour me donner quelque chose à manger. Aucun risque que je meure de faim !

— Je penserai à les remercier tous les deux la prochaine fois que je les verrai.

Stella prit une gorgée de thé puis regarda son amie.

— Alors, ton petit canon de Drew ? Tu l'as revu dernièrement ?

Carolina fit sauter un croûton dans sa bouche et secoua la tête.

— Pas depuis cette soirée au bar. Et ton mignon Trick ? Comment ça a été ?

Stella sourit.

— Ça s'est super bien passé. Il est super chaud, mais je suis comme toi, je n'ai pas beaucoup de temps pour les beaux gars dans ma vie, et il a pas mal de matchs en extérieur. Mais on s'est envoyé des sextos.

— Ça a l'air sympa.

— Oui, ça l'était. Ça m'a soulagée de pas mal de tensions. C'est un mec bien.

Carolina l'observa.

— Tu l'aimes bien.

Stella haussa les épaules.

— Autant que je peux aimer un mec. Il est doué au pieu, et je me le taperai sûrement encore une fois.

— Tu déploies tant d'efforts à faire croire qu'il n'est pas important pour toi…

— S'il te plaît ! C'était juste une nuit. Et tu t'en sers pour esquiver le sujet de Drew et toi. Comment ça s'est passé après notre départ ?

— Je suis allée chez lui.

Stella reposa sa fourchette.

— Et ?

— Et je… suis partie le lendemain matin.

Stella écarquilla les yeux.

— Ooh, tu as couché avec lui. Super ! Tu avais besoin de baiser.

— C'est vrai.

— Quelque chose, depuis ?

— Rien du tout. En fait, je suis partie avant qu'il se réveille. Et j'étais trop débordée pour prendre le temps de lui parler. Et il ne m'a pas rappelée.

— Alors tu l'as largué sans un mot. Bien joué !

Carolina savoura le sourire fier de son amie.

— Tu sais, je n'avais pas prévu de partir. J'ai eu ce… Enfin, ça a l'air bizarre, mais quand je me suis levée le matin il était tellement magnifique, étalé dans le lit, que j'ai eu envie de le dessiner. Malheureusement, je n'avais pas mon carnet, alors je suis sortie à toute vitesse et je suis rentrée chez moi tracer l'image que j'avais de lui, avant de perdre l'inspiration. (Stella la regardait fixement.) Je sais, ça paraît étrange.

— Non, je réfléchis. Alors tu ne voulais pas te venger de lui après qu'il t'a larguée à la fac ?

— Non, bien sûr que non.

— Pas consciemment du moins. Inconsciemment, peut-être ?

Carolina mangea une feuille de salade en étudiant son amie. Elle finit par agiter sa fourchette vers elle.

— Je crois que tu as vraiment une tendance vindicative.

Stella éclata de rire.

— Tu crois ?

— Je reste convaincue qu'un mec t'a brisé le cœur et que tu n'as jamais pu te venger.

— Et tu crois que je projette mon désir de vengeance sur toi.

— Oui.

Stella rit encore.

— Crois-moi : si je voulais me venger, je m'en chargerais moi-même. Je crois tout de même que Drew t'a fait du mal et je pensais que tu profiterais de l'occasion pour le lui faire payer.

— Je ne voulais pas me venger. Ce qui s'est passé entre nous… n'était pas prévu.

— Mais ensuite tu l'as abandonné et tu ne lui as pas parlé depuis. Alors qu'est-ce que ça veut dire ?

Parfois, sa meilleure amie l'agaçait au plus haut point.

— Ça ne veut rien dire, à part que nous avons tous les deux beaucoup de travail.

— Ou alors que tu as obtenu exactement ce que tu voulais de lui et que, maintenant, il ne te sert plus à rien.

Carolina secoua la tête avec agacement.

— Je ne voulais absolument pas dire ça.

— Alors tu veux le revoir.

— Je n'ai pas dit ça non plus.

— Donc tu ne veux plus avoir affaire à lui.

Carolina enfouit la tête dans ses mains.

— Tu vas me faire pleurer, Stella.

— C'est l'un de mes petits talents.

Carolina leva les yeux vers elle.

— C'est arrivé naturellement entre nous. Ça n'avait pas vraiment de sens, à part le plaisir de coucher, de passer une nuit ensemble, une fois, et maintenant c'est certainement terminé. Mais je vais l'utiliser encore, comme mannequin pour ma collection ; il faudra donc que je le revoie.

Stella se cala contre son dossier et sirota son thé.

— Et qu'est-ce que tu ressens à cette idée ?

Carolina soupira.

— Stella, une heure de déjeuner avec toi ressemble beaucoup à une séance chez le psy.

— Donc, tu ressens quelque chose pour lui, en conclut Stella avec un sourire victorieux.

— Tu es vraiment un gros boulet que je traîne.

— Les amies sont là pour ça.

Après deux semaines de matchs à l'extérieur presque sans interruption, Drew commençait à fatiguer. Il en avait joué quelques-uns à domicile, mais ils semblaient n'être qu'un lointain souvenir, et il se retrouvait encore sur la route.

Il se sentait grincheux. L'équipe avait perdu à trois reprises, et il rêvait de retrouver Madison Square Garden et la foule d'habitués. Cette saison ne débutait pas comme les joueurs l'avaient prévu, et s'ils ne se reprenaient pas rapidement ce serait une mauvaise année.

Pire encore : après l'entraînement du jour, il avait reçu un message vocal de Carolina. De son ton le plus professionnel, elle lui avait demandé de prendre rendez-vous avec elle. Pas pour le voir, mais pour discuter de sa collection.

Elle n'avait pas utilisé un mot, une expression, dans ce message, qui ait l'air personnel. Comme si la nuit entre eux n'avait jamais eu lieu. Cette froideur, après sa disparition, l'avait mis d'humeur encore plus maussade, si c'était possible.

— Tu exerces ton regard assassin pour ce soir ?

Il leva la tête vers Trick.

— Quoi ?

— Eh, celui-là était top ! Tu devrais le servir aux joueurs de Vancouver.

— Bordel, de quoi tu parles ?

Trick ferma son casier de vestiaire.

— Mec, tu es super grognon. Tu as besoin de tirer un coup.

— Va te faire foutre.

Trick se mit à rire.

— Ton humeur est forcément liée à une femme. Par exemple, une jolie brunette que j'aurais rencontrée dans un bar il y a une quinzaine de jours.

— Je ne veux pas parler de Carolina.

— Alors c'est bien elle.

Trick s'installa sur le banc près de Drew.

— Elle t'a largué ?

— Non. Enfin, peut-être. Je ne sais pas vraiment.

— Tu ne sais pas ? Qu'est-ce que tu racontes ? Il y a si longtemps que tu ne t'es pas fait jeter que tu ne sais même plus reconnaître une rupture ?

— Pour être franc, je ne me suis jamais fait larguer.

Trick émit un son de dérision.

— N'importe quel mec s'est retrouvé envoyé sur le banc des pénalités au moins une fois. Soit tu ne t'en es pas rendu compte, soit tu t'en foutais. Mais maintenant que ça t'arrive et que c'est important tu ne sais pas quoi faire. C'est ce qui se passe avec ta brunette sexy.

— Elle s'appelle Carolina

— Oui. Carolina. Donc Carolina t'a largué.

Peut-être. Il n'avait jamais fréquenté une femme qui compte suffisamment à ses yeux pour se soucier qu'elle veuille ou non le revoir. Il fouilla dans ses souvenirs pour tenter de se rappeler si ses anciennes conquêtes lui avaient déjà fait sentir qu'elles ne voulaient plus entendre parler de lui.

Peut-être qu'il y en avait eu quelques-unes, et il n'avait pas su lire les indices. Il fallait savoir reconnaître ses erreurs.

Mais avec Carolina il ne savait pas quoi penser. Il se passa les doigts dans les cheveux.

— Je ne sais pas, Trick. Avec ces matchs à l'extérieur, je n'ai pas eu l'occasion de lui parler. Mais elle veut me voir. Elle m'a laissé un message.

— C'est bon signe, non ?

— Il s'agit juste de cette histoire de mannequin pour sa collection.

— Oh ! commenta Trick avant de lui donner une tape dans le dos. C'est un début. Si elle te plaît, au moins ça te permettra de la revoir.

— Sûrement. Je ne sais pas. Les femmes, c'est compliqué !

Trick se leva et sourit.

— Mais comment s'en passer ?

Chapitre 13

Carolina remplit quelques formulaires puis regarda son téléphone pour répondre à des mails et à des messages.

Elle vida sa boîte de réception mais conserva le mot de Drew, trois jours plus tôt.

« Matchs en extérieur. De retour vendredi. Je t'appelle. »

Bref. Neutre. Ni chaleureux ni amical.

Mais sur son propre message elle n'avait pas franchement laissé entendre qu'il lui manquait ou qu'elle avait passé un super moment pendant leur nuit ensemble. Elle était froide et professionnelle. Qu'attendait-elle en retour ?

Elle reposa son téléphone et retourna dans ses papiers, grimaçant à cette idée. Elle adorait la création. Elle enflammait son sang et nourrissait son excitation. Mais la comptabilité et les papiers administratifs, toutes ces choses nécessaires pour lancer sa propre affaire ? Aucun intérêt ! Elle avait engagé des comptables et des juristes pour s'occuper des comptes et des questions légales, mais elle restait P.-D.G. de Carolina Designs, et, à ce titre, elle devait tout superviser, même si cette gestion ne l'enchantait pas.

Après deux heures de calculs, elle s'aperçut avec satisfaction que ses comptes s'équilibraient.

Son téléphone vibra.

Drew.

Elle prit l'appareil et décrocha.

— Salut, Drew !

— Salut, toi ! Comment va ?

— Débordée. Et toi ?

— Enfin de retour en ville.

— Des matchs à l'extérieur ?

— J'en déduis que tu n'as pas regardé.

— Désolée. J'ai été un peu distraite dernièrement. Comment ça s'est passé ?

— Ouvre-moi, je te raconterai.

— Tu es en bas ?

— Oui.

Elle leva les yeux au ciel et se dirigea vers la porte.

— Et si je n'avais pas été chez moi ?

Elle déclencha l'ouverture.

— Je serais allé dîner seul. Je raccroche.

Et maintenant il s'attendait à ce qu'elle laisse tout tomber pour aller manger avec lui ? *Quel culot !* C'était même agaçant.

Elle ouvrit la porte et attendit. Une minute plus tard, il arriva, aussi canon que d'ordinaire, en jean large et vareuse bleu marine. Il portait même une écharpe. Bon sang, c'était irritant d'être aussi séduisant et en plus de savoir s'habiller.

Hormis son attitude arrogante, tout était parfait. Il entra et regarda autour de lui pour s'arrêter à la table basse.

— Explosion administrative ?

— Quelque chose comme ça. Tu veux retirer ton manteau ?

— Non, je meurs de faim. Je m'étais dit que tu voudrais peut-être aller dîner.

— Je suis débordée. Et il est 20 h 30.

Il esquissa un sourire.

— Tu es constamment débordée. Tu as déjà mangé ?

— Oui. Il y a des heures.

— Pas de problème. Je vais aller me chercher quelque chose.

— Non, ne pars pas. Je vais te préparer quelque chose.

Il était là, et elle ne voulait pas qu'il s'en aille. Elle voulait lui faire essayer ses vêtements et qu'il reparte aussitôt.

Il haussa un sourcil.

— Tu cuisines ?

— Je cuisine.

— Super.

Il retira son manteau et le posa sur un crochet, puis il la suivit dans la cuisine.

— Que veux-tu ?

— Je ne sais pas. Des œufs ?

Elle fit une grimace.

— Je déteste les œufs. Je n'en ai pas chez moi.

— C'est très… non américain, Carolina. Tout le monde aime les œufs.

— Non, pas tout le monde. Pas moi.

— D'accord ! Qu'est-ce que tu as ?

— Du poulet. J'en ai fait pour dîner et il m'en reste.

— Ça me paraît bien.

Elle sortit le poulet au riz qu'elle avait préparé et réchauffa le plat au micro-ondes.

— Quelque chose à boire ?

— De l'eau.

Il s'approcha derrière elle tandis qu'elle préparait une assiette.

— Ça a l'air bon. Merci de me préparer un repas.

— Pas de souci.

Elle s'assit à table près de lui pendant qu'il mangeait. Ou plutôt pendant les cinq minutes qu'il lui fallut pour engloutir le plat.

— Tu avais faim !

Il reposa sa fourchette et s'essuya la bouche à l'aide d'une serviette.

— J'étais affamé. J'ai eu un long vol, et ils ne nous ont rien servi.

Il alla rincer l'assiette dans l'évier puis la plaça dans le lave-vaisselle.

— Merci encore. Je me sens de nouveau humain.

— De rien.

Il avala son verre d'eau et le remplit avant de revenir à la table.

— Comment était le voyage ?

— Long, pénible. On a perdu trois matchs. C'était nul.

— Je suis navrée.

Il haussa les épaules.

— C'est du passé. On va se reprendre. Et on a maintenant plusieurs matchs à domicile. Ça devrait aider.

— Vraiment ?

— Oui. Sur place, les fans savent nous remotiver.

— Je l'espère.

— Tu devrais venir à un ou deux matchs.

Elle se cala contre son dossier.

— Tu crois que ça t'aiderait à gagner ?

— J'en suis certain.

Elle rit.

— J'en doute, mais je verrai ce que je peux faire.

— Invite Stella. Je suis sûre qu'elle aimerait venir.

— Oui, sans doute, mais elle est débordée par la préparation d'un spectacle. Je verrai avec elle si elle est disponible.

Il examina l'appartement.

— Comment se passe le travail ?

— Bien. J'ai beaucoup avancé, c'est pourquoi je t'ai appelé. J'aimerais que tu essaies quelques pièces.

— D'accord.

Il repoussa sa chaise et se leva.

— Où veux-tu que je me mette ?

Elle inclina la tête et l'observa. Elle eut par réflexe l'envie stupide de lui répondre qu'elle le voulait dans son lit, mais elle repoussa cette idée et se leva.

— Il faut aller à mon studio. C'est là que sont tous les vêtements.

— D'accord.

Ils passèrent leurs manteaux et descendirent prendre un taxi. La nuit était fraîche avec un ciel nuageux. Carolina avait froid, et le chauffage de la voiture marchait mal. Elle frissonna.

— Tu as froid ? demanda Drew.

— Un peu.

— Approche.

Il l'attira vers lui et passa un bras autour d'elle. Elle aurait voulu résister, garder une distance toute professionnelle entre eux, mais qu'avait-elle à prouver ? Elle était gelée, et le corps de Drew dégageait une chaleur confortable. Elle se blottit contre lui.

— C'est mieux ? reprit-il en l'enveloppant de son autre bras.

— Beaucoup, merci.

Le temps qu'elle se réchauffe, ils arrivèrent à destination.

Zut ! Elle ouvrit son sac pour payer le chauffeur, mais Drew avait déjà sorti son portefeuille.

— Laisse-moi payer, s'il te plaît. Je te le demande comme une faveur, insista-t-elle.

Il lui adressa un regard de reproche.

— On ne va pas recommencer cette conversation.

Le chauffeur leur adressa un coup d'œil exaspéré, pressé qu'ils libèrent son véhicule pour prendre une autre course.

— Il semble que non, se résigna-t-elle.

— Parfait. Allons-y.

Elle secoua la tête et chercha ses clés, puis elle guida Drew dans l'ascenseur, vers le dixième étage où se trouvait son studio.

Elle alluma les lumières.

— Waouh ! s'exclama-t-il en entrant. Tu as une place de malade.

— Il y en a besoin pour ce que nous faisons.

Elle retira son manteau et fit le tour du studio pour allumer la lumière, puis elle se dirigea vers les portants à vêtements.

Elle étudia la silhouette de Drew, puis les différents modèles, décidant d'écarter les tenues les plus habillées. Les costumes ne semblaient pas… correspondre à son physique. Elle commença à détacher quelques vêtements.

— Ceci, clairement. Je veux que tu essaies ce pantalon et ce tee-shirt.

Elle commença à étaler sa sélection sur une table, puis s'arrêta et le regarda.

— Ne reste pas là comme ça, déshabille-toi.

— J'adore qu'une femme me dise des trucs obscènes.

Elle leva les yeux au ciel et retourna près du portant. Quand elle se retourna, Drew retirait le haut. Au moment où l'étoffe couvrit sa tête, son regard s'attarda peut-être un peu trop sur ses abdos…

Et elle laissa peut-être échapper un soupir de pure appréciation féminine.

Il défit le bouton de son jean, et elle prit conscience de son regard fixe. Elle surprit son sourire narquois.

— Tu es sûre qu'on vient essayer des vêtements et que ce n'est pas plutôt un plan machiavélique pour me mettre nu et me sauter dessus sur ta table de travail ?

Dès qu'il prononça ces paroles, elle s'imagina le renverser sur l'immense bureau et le chevaucher.

— Bien sûr que non.

— Super ! Parce que je préférerais nettement te pencher contre l'encadrement de la fenêtre pour te prendre par-derrière.

Elle regarda l'ouverture.

— Tu es sérieux ? Contre une fenêtre ? Où des gens pourraient voir ?

— Oh, Lina, un peu de danger donne tout son sel à la vie !

Elle pouvait presque le sentir en elle, dans son dos, tandis qu'elle serrait l'encadrement de la fenêtre en se demandant si quelqu'un les épiait.

Son corps s'enflamma, et elle chassa cette image.

— Aucune chance, déclara-t-elle.

— Dommage. Cette simple idée me faisait bander.

Il finit de retirer son jean, son érection visible sous son boxer.

— Eh bien, débande !

Il rit.

— Ce n'est pas évident, je n'arrive plus à penser à autre chose.

Maudit Drew, elle ne pouvait plus se débarrasser de cette image non plus ! Elle se détourna.

— Je vais chercher les vêtements. Veille à régler ce problème.

— Tu veux me regarder me branler ?

Elle fit brusquement volte-face.

— Non, certainement pas.

— Tu as les joues rouges. Je suis sûr que tu aimerais voir ça.

— Bon sang, Drew, je ne t'ai pas amené ici pour coucher avec toi ! Alors sois un peu sérieux.

— Oh, je suis très sérieux, Lina.

Elle l'observa intensément, concentrée sur son visage cette fois, pour qu'il comprenne qu'il ne l'amusait pas du tout.

— D'accord, très bien.

Il regarda le plafond.

— Qu'est-ce que tu fabriques ?

— Je compte les tuiles.

Elle tapa du pied en attendant, tâchant de ne pas regarder son sexe. Il lui fallut une bonne minute, mais il hocha enfin la tête.

— C'est bon, prêt pour les essayages.

Elle sortit la première tenue de son sac protecteur. C'était un pantalon lâche et un tee-shirt moulant. Il les essaya.

— Des chaussures ?

— J'en ai. Attends. (Elle se dirigea vers une autre pièce mais s'arrêta.) Oh, il me faut ta pointure !

Il la lui indiqua, et elle lui apporta une paire de chaussures qu'il enfila.

— Maintenant, marche, dit-elle.

— Où ça ?

— Avance tout droit et reviens, comme sur un podium.

— Comment ?

Bien sûr ! C'était un homme et il n'avait jamais dû regarder un défilé.

— Comme ceci.

Elle fit une démonstration, parcourant la longueur de la pièce avant de pivoter et de revenir.

Il sourit.

— Tu as des fesses magnifiques.

Elle leva les yeux au ciel.

— Maintenant, à ton tour.

— J'espère que tu ne veux pas que je marche en me tortillant.

— Non. Marche normalement, comme un homme.

Il glissa une main dans sa poche et fit un essai.

Grand Dieu, il était naturellement doué pour cela ! Certains mannequins passaient des années pour obtenir une marche aussi fluide. Drew mit quelques secondes à parcourir l'espace, s'arrêta, se tourna et revint.

Les femmes tomberaient à ses pieds.

Mieux encore : il mettait merveilleusement la tenue en valeur. Il était grand, mince, avec un physique sculptural qui ferait sensation sur un podium.

Ou un magazine.

Ou un panneau d'affichage.

Il était parfait pour sa collection.

— Comment j'étais ?

— Super. Reste là une seconde.

Elle alla chercher son carnet puis prit une photo de lui dans cette tenue.

— Maintenant, essaie ceux-là.

Elle lui passa l'ensemble suivant. Il se déshabilla, mit les habits et marcha de nouveau. Elle prit des notes et le photographia pendant qu'il essayait six tenues différentes. Il les portait toutes très bien, et il ne se plaignit pas une fois que la séance soit ennuyeuse ou agaçante.

— Merci pour tout, dit-elle tandis qu'il retirait la dernière tenue.

— On a déjà fini ?

— Oui. Pourquoi ? Tu as aimé ? Tu envisages de ranger tes patins pour devenir mannequin ?

Il éclata de rire.

— Jamais de la vie. Mais pour toi ça ne me gêne pas.

Il avait été génial. Même les mannequins professionnels détestaient les essayages. Leur passer une tenue ajustée pour qu'ils parcourent le podium devant une foule attentive, aucun problème. Ils étaient payés pour cela. Mais les essayages et les retouches les fatiguaient.

— Tu as été parfait.

Il s'approcha d'elle.

— Alors j'ai droit à une petite récompense ?

— Euh, c'est-à-dire ?

Il l'enveloppa d'un bras pour l'attirer contre lui.

— Je me disais qu'on aurait pu s'envoyer en l'air contre la fenêtre.

— Et je me disais que tu pouvais te rhabiller, maintenant.

Elle fut surprise qu'il la lâche et recule.

— Très bien, si c'est ce que tu veux vraiment…

Le contact de son corps ferme contre le sien lui manqua aussitôt. Mais il s'était détaché si facilement. C'était presque choquant, songea-t-elle en le regardant passer son jean.

Elle fut surprise par sa propre déception.

— Vraiment ? Tu t'habilles ?

Il la regarda.

— N'est-ce pas ce que tu voulais ?

— Si. Non. Enfin si, bien sûr. On devrait y aller.

— Que veux-tu, Carolina ?

Il n'avait pas remonté la fermeture Éclair de son jean, qui pendait négligemment sur ses hanches. Il était encore plus sexy ainsi qu'en boxer. Elle aurait pu le dessiner, avec l'esquisse de ses hanches sous l'ombre du tissu épais…

Grand Dieu, elle était folle ! Drew lui faisait cet effet. En un sens, tout était sa faute.

— Je dois me remettre au travail. Je dois retoucher les tenues et organiser l'ordre de passage des mannequins.

Il se dirigea vers la porte. Elle fronça les sourcils, confuse. Il n'était pas encore habillé. Que faisait-il ?

Quand les lumières s'éteignirent, elle se sentit désorientée.

— Drew ?

— Je suis là, murmura-t-il derrière elle, en nichant son corps contre le sien.

Il l'enveloppa de ses bras et l'embrassa dans le cou.

Elle frissonna, ferma les yeux, inclina la tête pour qu'il puisse continuer. Peut-être était-ce de l'avoir vu si peu vêtu, ou habillé de ses créations, peut-être était-ce son attitude coopérative, la manière dont il avait accepté sans réserve d'être mannequin pour elle…

Elle l'ignorait, mais à cet instant, dans le noir, avec leurs corps si proches l'un de l'autre, elle fit taire ses interrogations et cessa de se remettre en question. Elle ne voulait que Drew, elle voulait ses lèvres le long de sa gorge, écartant son pull pour lui mordiller l'épaule.

Elle frissonna, et lorsqu'il la fit avancer vers la fenêtre son corps vibra d'excitation.

— Je pense à toi, et à cette fenêtre, depuis que je suis entré ici.

Il souleva son pull pour passer les mains sur son ventre. Des vagues de désir l'assaillirent.

— Tu m'as manqué pendant mes voyages, Lina.

Il la tourna vers lui et lui prit le menton, puis il l'embrassa, un baiser brûlant qui résonna dans ses moindres terminaisons nerveuses. Elle en voulait davantage, elle voulait se sentir encore plus proche de lui. Elle se pressa contre lui, passant les doigts dans ses cheveux et faisant onduler son corps contre le sien.

Il grogna et lui saisit les fesses, et elle sut qu'elle le désirait en elle. Il lui manquait. Cette nuit ensemble, celle qu'elle pensait être la dernière, n'avait pas suffi.

Elle se dégagea.

— On devrait retourner chez moi.

Il lui sourit, une expression sombre, dangereuse, qui l'excita.

— Où est ton sens de l'aventure, Lina ?

— Euh, dans mon appartement ? Dans ma chambre ?

Il rit et la fit pivoter.

— Regarde par la fenêtre. Personne ne peut nous voir. Il fait noir. Mais toi, tu peux les regarder.

Il défit le bouton du jean de Carolina et baissa la fermeture Éclair. Il glissa ses mains chaudes contre sa peau. Elle hoqueta quand il passa les doigts sous sa culotte pour lui caresser le sexe.

—Tu es déjà mouillée.

—Oui.

—Tu veux que je te fasse jouir ?

Comment dire non alors qu'elle n'était qu'une boule de nerfs à vif, au bord de l'explosion ?

—Oui.

Son excitation lui faisait battre les tempes, et elle atteignit son apogée quand il glissa un doigt en elle et lui frôla le clitoris de la paume.

Il lui prit un sein sous son pull, caressant la pointe tout en continuant à faire jouer le doigt et la main contre son sexe. La sensation la rendait folle. Elle se cambra contre lui, lui agrippant le poignet pour lui donner le rythme dont elle avait besoin.

—Ton sexe m'engloutit, dit-il en passant la langue contre son oreille. Si serré, si chaud. (Il enfonça le doigt en elle plus profondément.) Je veux sentir mon sexe en toi, Lina. Je veux que tu te penches en avant, que je puisse le voir aller et venir en toi.

Ces mots, murmurés dans le noir alors qu'il se serrait derrière elle, ne firent qu'alimenter le feu qui menaçait de la consumer. Elle était si près de s'abandonner, à un souffle.

—Jouis pour moi, Lina.

Ses paroles étaient une caresse entêtante qui l'envoûtait, qui faisait se tendre ses muscles, et elle sentit venir l'orgasme. Lorsqu'il lui caressa doucement le clitoris de la main et glissa un autre doigt en elle, elle eut le souffle coupé de plaisir. Elle bascula la tête contre son épaule et se laissa aller au plaisir, gémissant tandis qu'il la tenait étroitement et qu'elle se laissait submerger par les vagues de l'euphorie jusqu'à perdre conscience.

Il attendit que son orgasme cesse, continuant le va-et-vient de ses doigts, doucement, tandis qu'elle atteignait l'apogée de ses envies et de son désir sauvage. Il se pressa contre elle, et son érection lui rappela aussitôt où elle voulait aller, où ils iraient tous les deux.

Elle n'en avait pas fini avec lui. Elle voulait le sentir en elle.

— Oui.

Elle ne put rien dire de plus avant d'entendre le froissement de son jean qui tombait au sol. Il lui retira son pantalon et sa culotte, les descendant aux genoux, puis il la pencha en avant pour qu'elle pose les mains contre l'embrasure de la fenêtre.

Elle l'entendit prendre un préservatif et sourit, soulagée qu'il y ait pensé.

Il lui passa doucement les mains sur les fesses, puis elle sentit ses lèvres chaudes sur sa peau.

— Tu as des fesses magnifiques, Carolina.

Elle prit une profonde inspiration.

— Je vais adorer les regarder pendant que je te baise.

Il la caressa encore puis glissa une main entre ses cuisses pour envelopper son sexe.

— Oui. Touche-moi comme ça.

— Tu veux que je te fasse jouir de nouveau ?

Elle aurait pu se laisser aller, s'il avait continué ses doux allers et retours contre son clitoris. Mais, cette fois, elle voulait qu'il jouisse avec elle.

— Je te veux, en moi.

Il posa les mains sur ses hanches et la pénétra. La sensation de son sexe entrant en elle la submergea.

— Regarde dehors, Lina. Tu crois qu'ils peuvent nous voir ?

— Non.

— Que penserais-tu s'ils le pouvaient ?

À bout de souffle, elle se redressa pour poser les mains contre la vitre, se cambrant pour lui.

— Je m'en moque.

Drew posa une main sur la fenêtre au-dessus d'elle, en donnant un coup de reins.

— Parfait. Parce que cet instant n'est qu'entre toi et moi, dans le noir. Je veux que tu me sentes en toi.

Il se retira légèrement puis la pénétra de nouveau. Carolina sentit son intimité se contracter et elle sentit chaque centimètre de son sexe. Il tendit la main pour caresser son clitoris, et ce fut une explosion de plaisir qui la fit gémir. Elle adorait et détestait cette envie qui la saisissait près de lui, son besoin désespéré d'atteindre l'orgasme, mais le sentir en elle, tandis que ses doigts la caressaient, ne ressemblait à rien de ce qu'elle aurait pu espérer seule.

Elle en avait envie. Avec lui, et seulement lui.

Elle se cambra contre ses hanches.

— J'en veux plus.

Il lui prit les mains pour les abaisser, la penchant davantage pour la pénétrer plus profondément, sans perdre le rythme de ses doigts sur son clitoris.

— Tu y es presque, dit-il. Je sens tes muscles se contracter autour de mon sexe.

Elle posa la tête sur son bras, son corps et son esprit perdus dans les sensations que lui procurait Drew, par la façon dont ses doigts dansaient sur son sexe. Elle s'immergea dans leurs murmures sensuels, perdue dans son souffle chaud contre sa nuque et le parfum musqué qui emplissait l'air autour d'eux.

— Oh, oh, Drew, je vais jouir !

Il accéléra ses caresses sur son clitoris.

— C'est ça. Serre-moi en toi. Fais-moi jouir avec toi, Lina.

Ces mots achevèrent de la pousser vers l'orgasme. Elle cria et frémit, son corps secoué par les spasmes du plaisir. Drew grogna, accentuant ses coups de reins, lui embrassant la nuque tandis qu'il jouissait avec elle.

Elle avait les jambes flageolantes. Elle n'aurait pu rester debout s'il ne l'avait pas maintenue. Il lui embrassa l'épaule et le dos, une suite aussi douce que l'acte lui-même.

Il se retira et la tourna vers lui, prenant son visage entre ses mains avant de l'embrasser, longuement, lentement, profondément, noyant son corps entier dans une douce chaleur.

— Il y a une salle de bains au bout du couloir, dit-elle.

Elle lui montra la pièce, et ils se lavèrent puis se rhabillèrent. Drew ralluma et l'aida à remettre les tenues sur les cintres et portants. Ils prirent des bouteilles d'eau dans le réfrigérateur et s'assirent à une table.

Elle fut surprise et touchée qu'il approche sa chaise de la sienne pour lui soulever les jambes et les poser sur ses genoux. Certains hommes n'aimaient pas les gestes tendres après l'amour.

Elle en apprenait beaucoup sur Drew.

Il regarda le studio.

— Tu as fait beaucoup de progrès. Ou peut-être que tout était déjà ici.

— Il y en avait un peu. Mais j'ai travaillé dur ces dernières semaines. Avec l'arrivée de Noël, le rythme va ralentir. Je voulais m'avancer, parce qu'il faudra passer à la vitesse supérieure après les vacances.

— Quoi ? Tu donnes des congés à tes employés pour les fêtes ? Tu ne joues pas le vieil avare tyrannique à la Dickens en les forçant à travailler dur sans charbon pour réchauffer leurs petits doigts gelés, raides et fatigués de coudre ?

— Très drôle. Oui, ils ont leurs vacances. Je ne suis pas si obsédée.

— Mais si. Si tu avais le choix, tu travaillerais pendant Noël et le Jour de l'an. Mais ta mère viendrait personnellement charger les services secrets de te traîner par les cheveux pour aller passer les fêtes auprès d'elle.

Elle éclata de rire.

— Tu as sans doute raison. J'ai été autorisée à manquer Thanksgiving en famille, mais ils ne me permettraient jamais de ne pas venir pour Noël.

— Ça ne m'étonne pas de ta mère.

— Je suis sûre que la tienne est pareille.

— En fait, pas tellement. Mes parents partent en croisière pendant les fêtes.

Elle le regarda.

— Vraiment ? Où ?

— Un truc en mer Méditerranée, des îles grecques ou quelque chose de ce genre. Ils en parlent depuis des mois. Je n'arrive pas à croire qu'elle ait convaincu mon père d'y aller.

Carolina croisa les bras.

— Ton père n'aime pas les croisières ?

— Difficile de le faire quitter l'Oklahoma. Mais ma mère le harcèle depuis des années pour qu'il lève le pied et prenne des vacances. C'est leur année. Contre toute attente, c'est lui qui a suggéré ce voyage. Ma mère a sauté sur l'occasion avant qu'il change d'avis.

Carolina sourit.

— C'est mignon. Alors, que vas-tu faire pour Noël ?

Il haussa les épaules.

— Je ne sais pas. Traîner par ici, j'imagine. Je n'ai pas de raison de rentrer chez mes parents, puisqu'il n'y aura personne.

Elle savait qu'elle aurait dû se taire, mais cela la chagrinait que Drew passe les fêtes tout seul.

— Viens avec moi.

Il leva un sourcil.

— Quoi ?

— Tu m'as entendue. Gray sera ravi de te voir, et mes parents aussi. Viens passer Noël au ranch avec nous.

— Tu es sérieuse ? Tu es consciente que tu viens de m'inviter à passer toutes les vacances avec toi ?

— Oui. Enfin, avec Gray et toute ma famille. Pas seulement moi.

Il sourit à cette précision.

— D'accord.

Elle se doutait qu'elle s'était mise dans le pétrin, mais elle ne supportait pas l'idée de le savoir orphelin en cette période.

Maintenant, il allait passer les fêtes avec elle… et toute sa famille.

Cela promettait d'être intéressant.

Chapitre 14

Drew n'était plus allé dans le ranch des Preston, dans l'Oklahoma, depuis plus d'un an. C'était en été, quand Gray l'avait invité à un barbecue en famille. C'était la première fois qu'il revoyait Carolina depuis longtemps.

Elle lui avait adressé un regard glacial, et il avait compris qu'elle lui en voulait encore pour ce qui s'était passé entre eux à la fac.

Mais maintenant leurs sentiments semblaient évoluer.

Il l'espérait, du moins. Il aimait passer du temps avec elle. Elle était intelligente et ambitieuse. Elle était aussi belle et sexy, et différente de toutes les femmes qu'il avait connues avant.

Il avait à présent une occasion de passer du temps avec elle et Gray, et il allait falloir être très prudent, car Gray ne savait rien de leur histoire à l'université. Il ignorait combien son meilleur ami avait fait souffrir sa sœur.

Et il ne savait pas davantage ce qui se passait entre eux aujourd'hui…

Il aurait certainement dû en parler avec Carolina avant de se rendre au ranch, pour déterminer ce qu'ils pouvaient dire à Gray, ou ne pas dire. Les grands frères avaient tendance à surprotéger leurs petites sœurs. Et Gray connaissait mieux que quiconque la réputation de

Drew envers les femmes. Mais il devait savoir qu'il ne lui ferait jamais de mal.

Ou, du moins, qu'il ne la ferait plus souffrir comme il l'avait fait à l'époque.

Il se passa les doigts dans les cheveux en s'installant à l'arrière de la voiture que Carolina avait envoyée pour le conduire de l'aéroport au ranch.

Le nom du « Ranch Preston » l'accueillit, inscrit sur les portes. Il nota qu'une fourgonnette noire était garée là. La voiture s'arrêta, et il remit une pièce d'identité à un agent des services secrets avant que le chauffeur puisse entrer dans l'enceinte.

Gray l'attendait dehors quand la voiture se gara devant la grande propriété.

Il sourit quand son ami sortit.

— Je suis content que tu sois là.

Drew lui rendit son sourire et le prit brièvement dans ses bras.

— Ah, eh bien, c'est la faute de ta sœur ! Elle ne voulait pas que je reste seul pour les vacances. Tu sais comment sont les femmes sur ces sujets-là.

— Si j'avais su que tes parents partaient en croisière, je t'aurais invité moi-même. Viens, entre.

Drew remercia le chauffeur pour la course, prit ses sacs et suivit Gray dans l'escalier de pierre qui menait dans la demeure. L'endroit était exactement comme dans ses souvenirs, avec de hauts plafonds, un parquet de bois poli et tant de pièces qu'il était possible de se perdre à jamais dans les couloirs.

La seule différence était la présence des services secrets, parce que le père de Gray et de Carolina était devenu vice-président des États-Unis.

— Tu peux poser tes bagages près de l'escalier. Quelqu'un les montera dans ta chambre.

— D'accord, merci. Comment tu te sens, avec les mecs en costard et l'oreillette, prêts à tirer ? demanda-t-il en suivant son ami dans la cuisine.

Gray répondit en riant.

— Eh, du moment qu'ils ne me suivent pas partout, ça me va ! Ils éloignent la presse, donc je suis content.

— Je comprends. Où est Evelyn ?

Gray prit une bière au réfrigérateur et en tendit une autre à son ami. Drew hocha la tête en acceptant la boisson.

— Elle est sortie faire du shopping avec ma mère et Carolina. Ma sœur est arrivée par avion tard hier soir, et maman l'a tirée du lit ce matin pour passer la journée en ville.

— Je parie qu'elle a adoré.

Gray haussa les épaules et but une gorgée de bière. Ils s'assirent à une table près de la porte arrière.

— Je ne sais pas. Elles devaient prendre le petit déjeuner, puis commencer leurs courses dès l'ouverture du centre commercial. D'après maman, elles n'auront pas terminé pour l'heure du dîner, et il ne faut pas les attendre avant ce soir.

Drew grimaça.

— Je préfère ne pas être à leur place.

— Je suis bien d'accord. Comment était ton vol ?

— Bien. Comment ça va avec Evelyn ?

— Super. On s'habitue à nos emplois du temps de dingues, mais vraiment ça marche du tonnerre. Elle est débordée avec papa, bien sûr, et on ne savait pas, au début, comment les choses allaient s'organiser, mais on trouve du temps pour être ensemble.

— J'imagine que lorsqu'on est amoureux on trouve toujours un moyen pour que ça marche.

Gray sourit d'un air radieux.

— Je le pense.

— Où est ton père ?

— Dans son bureau, au téléphone évidemment. J'ai pris le petit déjeuner avec lui ce matin, et on a eu au moins vingt minutes de calme avant qu'il ait à s'occuper d'un appel urgent.

Drew se laissa aller contre son dossier et but une longue gorgée de bière.

— Oui, c'est un homme occupé.

— Oui, vraiment. Mais je suis content pour lui, et pour maman. Elle est surexcitée de pouvoir faire son entrée littéraire à l'échelle nationale, et papa... eh bien, il a changé. Beaucoup même. Ça m'a vraiment surpris, mais il est devenu un homme meilleur.

— Je suis content que vous ayez trouvé à vous entendre.

— Moi aussi. Ma vie est sacrément parfaite en ce moment. Et toi ? Tu as fait quelques matchs merdiques, mais au moins tu t'es rattrapé une fois de retour à Madison Garden.

Drew savait qu'il pouvait toujours compter sur ses amis pour être honnêtes et aller droit au but avec lui. Depuis la fac, lorsqu'il partageait son logement avec Gray,

Garrett et Trevor et qu'ils étaient devenus amis, ils ne s'étaient jamais menti sur leurs échecs, surtout en sport. Quand ils étaient victorieux, ils se tapaient dans le dos avec joie, et quand ils se loupaient ils étaient les premiers à se le dire.

— Ouais, on a eu une série de matchs extérieurs pourris. C'est toujours mieux à domicile. Bien sûr, c'est différent pour toi, tu n'as pas vraiment de terrain exclusif à ton écurie en tant que coureur automobile.

— C'est vrai. Je dois être bon partout.

Drew se mit à rire.

— Toujours aussi modeste.

— Tu me connais, mec !

Ils se levèrent et allèrent boire leurs bières au salon devant des émissions sportives.

Le père de Gray finit par les rejoindre, et Drew se leva pour lui serrer la main.

— Content de vous voir, monsieur le vice-président.

Mitchell Preston se mit à rire.

— Tu m'appelais Mitchell avant, ou monsieur Preston.

— C'était avant les élections, monsieur.

— Je ne suis pas différent et je n'entends pas que tu me traites autrement, Drew. Tu es notre invité pour les vacances, alors sens-toi à l'aise.

— J'essaierai, monsieur.

Gray leva les yeux au ciel et donna un petit coup de coude à son père.

— Moi, je vais t'appeler papa.

— Très drôle. Avez-vous faim ? Aideen a dit qu'elle préparait un poulet et une salade de fruits pour le repas.

L'estomac de Drew gargouilla.

— Ça a l'air délicieux.

— Je suis affamé, renchérit Gray.

Ils déjeunèrent dans la cuisine et non dans la salle à manger. Drew ne se faisait pas à l'omniprésence des services secrets, mais le vice-président lui expliqua qu'il s'était habitué et ne les remarquait plus.

Cependant, avoir un homme armé derrière soi en mangeant son poulet était intimidant. Drew avait l'impression que, s'il regardait le vice-président de travers, il serait plaqué au sol et transporté dans une fourgonnette noire.

Gray lui adressait souvent des sourires narquois, comme s'il savait exactement ce que son ami pensait.

Après le repas, le père de Gray s'excusa, car il devait passer des appels, tout en précisant qu'il les rejoindrait plus tard.

— Tu as eu peur d'être abattu au milieu du repas ? demanda Gray en sortant avec son ami, chacun un thé glacé à la main.

— Eh, tu es peut-être habitué, mais pas moi ! Pas étonnant que ta sœur et toi ayez refusé d'être protégés chez vous.

Gray haussa les épaules, et ils s'installèrent au bord de la piscine. Il faisait étonnamment chaud pour un mois de décembre, et avec les chauffages extérieurs du patio la température était parfaite.

— On est adultes tous les deux, pas les enfants mineurs du président. On n'avait pas besoin de protection quand ils nous l'ont proposé. Je pense que les services secrets ont autre chose à faire que de nous pouponner.

— C'est vrai. Mais ils apprécieraient sans doute de regarder tes courses.

Gray se mit à rire.

— J'en doute. Tu connais ma vie de nomade. Ils détesteraient. Pas assez d'action. Et ils nous ont dit qu'on n'était pas en danger, d'après eux. Donc tout va bien.

— Content de l'entendre.

— Bon, on a beaucoup parlé de moi… Comment va ta vie ? Raconte-moi. Tu fréquentes quelqu'un ?

C'était exactement l'instant pour Drew d'avouer à Gray son histoire avec Carolina. Non pas qu'ils se fréquentent vraiment. Ils avaient couché ensemble, et Drew se doutait que Gray n'aimerait pas entendre cela.

— Non, pas vraiment. Je suis débordé avec le début de saison, alors je n'ai pas de temps pour ça.

— Tu ne rajeunis pas, tu sais. Tu devrais arrêter de passer de fille en fille, te trouver quelqu'un et t'établir.

Drew éclata de rire.

— Oh, allez ! Sous prétexte que tu as trouvé l'amour, tu vas essayer de tous nous forcer à t'imiter en choisissant une vie de bonheur ?

Gray sourit et avala une longue gorgée de thé glacé.

— Quelque chose comme ça.

— J'y viendrai, un jour.

— Tu dis ça parce que tu n'as pas encore trouvé la bonne compagne.

Peut-être que si… Il ne s'était pas beaucoup demandé à quoi ressemblerait ce genre de vie heureuse, parce qu'il s'était concentré sur sa carrière.

Mais maintenant, alors que sa carrière était engagée et stable, qu'il se sentait posé sur ce point, sa vie personnelle lui paraissait déplorable.

Carolina avait été le catalyseur. Quand elle avait resurgi dans sa vie, il avait remis en question la partie « personnelle » de l'équation. Il voyait soudain clairement quelle place elle pouvait occuper auprès de lui.

Mais il savait qu'elle ne partagerait jamais sa vision. Il savait qu'elle n'était intéressée que par sa carrière et que leur relation n'était pas une priorité.

Mais étaient-ils compatibles ?

Il aimait coucher avec elle. Et elle était d'une compagnie agréable.

Ils commençaient seulement à se connaître.

Il était trop tôt pour rêver à une longue histoire heureuse ensemble.

— Tu ne sais jamais quand la bonne personne va entrer dans ta vie, déclara Drew en regardant l'eau.

— Dixit celui qui pense l'avoir déjà trouvée ?

— Je n'ai pas dit ça.

— Jusque-là, tu n'as pas dit grand-chose. On parlait tout le temps de nos conquêtes.

Drew esquissa un sourire.

— C'était avant, quand on considérait les femmes comme des proies à chasser, des trophées à exhiber. Je pense qu'on a tout de même mûri depuis.

— C'est vrai. Alors si tu as quelqu'un dont tu ne parles pas elle doit être spéciale.

— Peut-être.

Il naviguait en eaux troubles, il valait mieux se taire avant de se noyer.

— Je respecterai ton silence. Allons faire un billard.

Soulagé de changer de sujet, Drew se leva.

— Ça me plaît.

Ils se rendirent dans la salle de jeu et se lancèrent dans un tournoi de billard et de fléchettes en regardant la télévision. Le vice-président finit par les rejoindre pour une partie jusqu'à ce qu'Aideen les appelle pour le dîner.

Ils dégustèrent des crevettes, du steak et un excellent vin. Ils discutèrent de la situation du pays et de tous les sports imaginables. Ils restèrent plusieurs heures à table. C'était le dîner le plus relaxant et amusant que Drew ait eu depuis longtemps. Il était content de renouer avec Gray, de le voir s'amuser avec son père, de les sentir proches.

Il finit même par oublier la présence d'un agent de sécurité.

— Quand les hommes des services secrets mangent-ils ? demanda-t-il au vice-président.

Mitchell se mit à rire.

— Je l'ignore. Paul, quand mangez-vous ?

— Nous nous relayons, monsieur. Gage et moi irons dîner quand Rogers et Bennington nous relèveront, à 20 heures.

— Ah, je vois ! Impatient de goûter le steak et les crevettes d'Aideen ?

— En effet, monsieur.

Drew sourit. Très officiel. L'homme avait à peine esquissé un geste. C'était sans doute une bonne chose, et il pariait qu'il avait tout de même remarqué le moindre mouvement autour de lui.

Les hommes des services secrets ne bougeaient que lorsque Mitchell se déplaçait. Lorsqu'il se leva pour aller dans la salle de jeu avec Gray et Drew, afin de regarder la télévision, les agents suivirent. À cette heure, ils avaient changé. C'était perturbant. Des statues en costume noir.

Quand Drew entendit la porte d'entrée, les agents ne bougèrent pas. Il en déduisit qu'ils avaient déjà été informés dans leurs oreillettes de l'identité des visiteurs.

— Nous sommes rentrées ! lança Loretta Preston depuis le vestibule.

— Nous sommes là, Loretta ! informa Mitchell en se levant pour accueillir sa femme.

Drew et Gray se levèrent aussi et se dirigèrent vers le salon, où un nombre impressionnant de paquets couvrait le canapé.

— Bon Dieu, Evelyn, tu as acheté tout le centre commercial ? demanda Gray en allant enlacer sa fiancée.

— On dirait bien, dit-elle en l'embrassant. J'ai horriblement mal aux pieds et au dos. Ta mère est une professionnelle du shopping.

Drew observa Carolina, sexy dans son jean étroit, des bottes noires jusqu'aux genoux et un long pull. Elle se tourna, le vit et sourit.

— Le shopping est plus facile quand on a les services secrets pour escorte. On aurait cru que Moïse avait écarté les eaux. Aucun obstacle pour entrer dans les boutiques.

Loretta se mit à rire.

— Les agents devaient toujours vider les magasins à l'avance. C'était un peu gênant pour tout dire. Ce n'est pas comme si quiconque avait pu prévoir notre venue.

— Le protocole, madame, expliqua l'un des hommes.

Loretta secoua la tête.

— Je sais, mais tout de même, si j'avais su, j'aurais fait mes courses sur Internet. Je déteste l'idée d'avoir gêné toutes ces personnes.

— Maman, je pense que les autres acheteuses ont apprécié de contempler les muscles de Phil et de Leon. Je crois même que cela ne les a pas dérangées du tout.

Carolina adressa un clin d'œil à sa mère.

— Si tu le dis. Quoi qu'il en soit, c'était une journée très amusante. Maintenant, je suis épuisée.

Elle enlaça Mitchell par la taille.

— Comment était ta journée ?

— Bonne. Très chargée. J'ai passé un peu de temps avec les garçons.

Loretta se tourna vers Drew.

— Oh, désolée, je suis si impolie !

Elle le serra dans ses bras.

— Nous sommes tellement heureux de te voir.

Il l'embrassa à son tour.

— Merci de me recevoir, madame Preston.

— Loretta ! Ne sois pas si formel. Il faut que tu te sentes chez toi.

Elle s'écarta.

— Carolina m'a dit que tes parents partaient en croisière pour les vacances.

— Oui, madame.

— C'est charmant. J'adorerais faire une croisière avec Mitchell. Dis à ta mère de m'appeler après son retour, je veux qu'elle me raconte tout !

— J'y veillerai. Elle sera ravie de vous parler.

— Veux-tu que je t'aide à porter tous ces sacs à l'étage ? demanda Mitchell.

— Oui, ce serait adorable. J'ai mal aux pieds et je ne rêve que d'un bon bain moussant. La journée a été longue et fatigante.

Loretta se tourna vers Carolina et Evelyn, et les prit dans ses bras.

— Merci d'avoir passé la journée avec moi. J'ai adoré.

— Moi aussi, maman, affirma Carolina en l'embrassant sur la joue.

— Merci. Vous m'avez aidée à finir mes courses de Noël ! renchérit Evelyn.

— Bonne nuit à tous ! lança Mitchell, les bras chargés de sacs, en suivant Loretta dans l'escalier.

Les agents lui emboîtèrent le pas.

Evelyn s'affala dans le canapé et leva les pieds.

— Quelle journée épuisante !

— Je pourrais te masser les pieds ou te préparer un bain moussant, proposa Gray.

Evelyn se mit à rire en lui tapotant la jambe.

— Les deux propositions me font envie ! Je les réserve toutes les deux pour plus tard. Pour le moment, je veux juste profiter de l'occasion de m'asseoir.

— Je te comprends, déclara Carolina.

Elle retira ses bottes et laissa échapper un grognement, puis elle posa les pieds sur le canapé.

Drew s'installa sur un coussin voisin mais prit garde à ne pas se placer trop près d'elle.

— Alors, vous avez aimé le shopping ?

— Pour nous, c'était amusant, répondit-elle. Pour Gray et toi, ça aurait été une torture. Réjouissez-vous de ne pas avoir été là !

— Eh, j'étais là, mais j'ai été épargné, souligna Gray.

— En effet. Ta mère a suggéré que je t'invite. Je lui ai dit que tu voulais passer du temps avec ton père. Tu mesures comme je t'aime ? se moqua-t-elle en battant des cils.

— C'est vraiment le grand amour. Tu as mon éternelle gratitude.

Gray lui effleura les lèvres avec tendresse.

— Oh, prenez une chambre, tous les deux ! les railla Carolina.

— Mais il se trouve que nous avons une chambre, à l'étage. Et ce bain chaud évoqué par ta mère me fait de plus en plus envie. Je n'arrive pas à croire qu'il est déjà.

— Un vrai marathon de boutiques.

— Eh bien, pour être exacte, il y a eu une pause pour le petit déjeuner. Puis le déjeuner.

— Et le dîner, ajouta Evelyn. On s'est assises par moments, mais ma future belle-mère est une pro du shopping, et une fois qu'elle est lancée rien ne peut l'arrêter. Rien de rien.

Elle bâilla.

Gray se leva et lui tendit la main.

— Viens. C'est l'heure d'un bon bain chaud. Ensuite, câlin au lit devant la télé !

— Ce projet me plaît !

Elle adressa un signe de la main à Drew et à Carolina.

— Bonne nuit tous les deux.

— Bonne nuit, lança à son tour Carolina.

— Bonne nuit, répéta Drew.

La jeune styliste le regarda.

— Je suis épuisée, je ferais bien de monter me coucher.

— Oui, on dirait. D'après la quantité de sacs, je dirais que tu as des emballages à faire !

Elle rit.

— Oui, c'est vrai aussi.

— Tu as aimé ta journée ?

— C'était génial. Je n'ai pas l'occasion de voir souvent maman, alors j'ai apprécié de passer la journée à renouer avec elle.

— Excellent.

— Et ta journée ? Quand es-tu arrivé ?

— Un peu avant le déjeuner. Et la journée a été bonne, de belles retrouvailles avec Gray et votre père. On a joué au billard, on a regardé la télévision. C'était agréable de se détendre, surtout après une longue série de matchs. J'ai vraiment aimé passer du temps avec Gray.

— Je suis contente que vous ayez pu vous retrouver.

— En parlant de ton frère…

Elle fronça les sourcils.

— Eh bien ?

— Il ne sait rien de notre histoire. Du moins, je ne lui ai rien dit.

— Eh bien, je n'ai rien dit non plus ! Venant de moi, ce serait… compliqué.

— Oui, c'est ce que je me disais.

— Et honnêtement que lui dire ? On ne sort pas vraiment ensemble. C'est juste…

Il lui adressa un regard en coin.

— Juste quoi ? Un plan cul ?

Elle vérifia fébrilement que l'escalier était désert.

— Drew !

— J'aimerais me montrer avec toi, tu sais, si tu me le permettais.

Elle secoua la tête.

— Je n'ai pas de temps pour une relation sérieuse.

Il laissa échapper un rire bref.

— Ce n'est pas le cas entre nous ? Nous n'avons pas une relation ?

— Non. C'est exactement ce que tu as dit.

Elle marqua une pause et conclut en un murmure :

— Un plan cul.

— Très bien. Appelle ça comme tu veux. Mais je ne veux pas compliquer les choses en parlant à Gray de… ce qu'il y a entre nous.

Elle acquiesça.

— Je suis d'accord. Mieux vaut que tu gardes tes distances avec moi pendant ton séjour.

Il n'aimait pas la tournure que prenait la conversation.

— Alors tu me demandes de traîner avec Gray en t'ignorant ?

Il voyait bien que l'idée ne lui plaisait pas non plus, ce qui le réconforta un peu.

— Je suppose que c'est la chose à faire.

Il se leva.

— Entendu.

— Où vas-tu ?

— Me coucher. Je suis fatigué.

— Oh, très bien !

— Tu veux que je t'aide à monter tes sacs ?

— Non, c'est bon.

Elle se leva, prit ses bottes pour les glisser sous son bras et ramassa tous ses paquets. Impossible de tout prendre en un seul voyage.

Drew en saisit la plus grande part.

— Passe devant, je te suis.

— D'accord.

Elle monta l'escalier, Drew quelques marches plus bas, se régalant de la vue magnifique de ses fesses moulées dans son jean serré.

« L'ignorer », sérieusement ? Comme si cela allait être possible quand elle portait des jeans qui semblaient cousus directement sur ses rondeurs. Son entrejambe frémit en repensant à la nuit où il l'avait penchée contre la fenêtre pendant qu'il allait et venait dans sa chaleur humide.

Il eut aussitôt une érection.

Merde ! Il déglutit et compta les marches jusqu'à l'étage, espérant que la situation se calmerait avant qu'il arrive en haut.

Pas de chance ! Carolina avait un déhanchement naturel qui le fit gémir.

Elle le regarda par-dessus son épaule.

— Tout va bien, derrière ?

— Super, dit-il entre ses dents serrées.

— C'est juste au début du couloir, souffla-t-elle d'une voix basse pour ne déranger personne.

Elle ouvrit la porte de sa chambre et alluma. La pièce était spacieuse, avec un grand lit sur lequel il l'imagina aussitôt allongée, nue.

Cette vision n'aida pas à calmer son érection. Il devait penser à autre chose.

Il posa les sacs.

— Belle chambre ! A-t-elle toujours été la tienne ?

— Oui, et merci pour le compliment. Ta chambre te convient ?

— Tout à fait. Je n'ai pas besoin de grand-chose, et ma chambre est bien assez grande.

— Parfait. Tu as laquelle ?

Il s'appuya contre le mur.

— Pourquoi ? Tu veux venir me retrouver discrètement à minuit sonnant ?

Elle s'empressa de le faire entrer et ferma la porte.

— Pourquoi ne pas le hurler dans les couloirs pour informer toute la famille ? Je pensais qu'on était d'accord pour se montrer discrets.

— Oui, mais c'était avant que tu montes les marches juste devant moi.

Il toucha le sexe proéminent sous son jean, attirant son regard sur son entrejambe, ce qui le fit accentuer ses caresses.

— Drew, dit-elle d'un ton de mise en garde mais sans paraître convaincue.

— Je n'y peux rien, Lina ; tu me fais bander.

Elle soupira.

— On ne peut pas faire ça.

Mais elle ne recula pas et n'ouvrit pas non plus la porte pour le chasser.

— D'accord, on ne peut pas.

Il attendit. Elle se rapprocha.

— Drew.

Il se passa les doigts dans les cheveux.

— Oui.

Elle se dressa sur la pointe des pieds et lui effleura les lèvres des siennes. Il lui caressa le dos et la repoussa contre le mur près de la porte. Il l'embrassa, comme il avait voulu le faire depuis qu'elle était arrivée : un baiser profond, à en faire trembler l'âme, en la pressant contre lui pour qu'elle sente l'effet qu'elle lui faisait.

Elle gémit contre ses lèvres, et il noua la langue autour de la sienne. Sa main glissa derrière elle et alla lui envelopper les fesses, pendant qu'il pressait son sexe contre elle.

Il voulait la voir nue, il voulait la pénétrer, il ressentait un besoin qui éveillait ses instincts primaires et l'empêchait de réfléchir.

Elle tâtonna pour trouver le bord de son tee-shirt et le souleva. Il s'éloigna le temps de l'enlever puis fit de même avec son pull. Il défit l'agrafe de son soutien-gorge et le retira, laissant ses seins tomber dans ses mains impatientes. Poussé par le désir, il se pencha pour prendre chaque pointe dans sa bouche, les suçant jusqu'à ce qu'elle gémisse puis qu'elle l'attire contre elle et l'embrasse avec la même avidité que lui.

Il recula pour défaire le bouton de son jean, puis retira ses chaussures, son pantalon et son boxer, laissant glisser le tout sur le sol. Carolina lui avait déjà saisi le sexe pour le prendre dans sa bouche, à genoux devant lui.

Il gémit et regarda son pénis disparaître entre ses lèvres chaudes et humides, s'appuyant d'une main contre le mur tant ses jambes flageolaient. Il imprima un va-et-vient dans sa bouche puis se retira à moitié. Elle le regarda, lui prit les testicules et les pressa doucement en avalant son sexe.

Il allait jouir si elle continuait et il voulait la pénétrer. Il se retira et la releva, défaisant son jean avant de l'aider à l'enlever.

— Je vais te baiser contre le mur, souffla-t-il.

— J'ai des préservatifs.

Elle se précipita près du lit pour les prendre dans la table de chevet puis revint.

Il sourit à l'idée qu'elle ait apporté des préservatifs. Peut-être avait-elle espéré cela autant que lui.

— Moi aussi.

Il prit le préservatif et l'enfila, puis il la poussa contre le mur, lui leva les bras au-dessus de la tête et lui emprisonna les poignets. Il l'embrassa avec passion, lui écarta les jambes et se glissa en elle.

Elle lui mordit la lèvre quand il la pénétra. Il sentit une goutte de sang, et cela ne fit que l'enflammer davantage. Il avait besoin d'elle, il la voulait comme il n'avait désiré aucune femme auparavant. Ce désir le poussa à aller et venir en elle avec ardeur et férocité, se régalant de son souffle court, de sa manière de se cambrer contre lui pour en demander plus.

Il lâcha ses mains pour lui empoigner les fesses lorsqu'elle lui saisit violemment les cheveux. La douleur augmenta son plaisir, et il frôla ses lèvres des siennes, perdu avec elle dans un brouillard de passion et de désir tandis qu'il roulait des hanches contre elle, en un contact qu'elle réclamait pour jouir.

Lorsqu'elle gémit contre ses lèvres et que les muscles de son sexe se contractèrent autour du sien, il sut qu'elle atteignait l'orgasme. Il augmenta ses coups de reins, puissants et rapides, et l'orgasme le secoua. Il joignit à ses cris ses propres grondements tandis qu'il jouissait en elle, la sueur coulant le long de son dos, les lèvres scellées aux siennes. Il profita avec elle d'un fantastique orgasme qui le laissa pantelant et à bout de souffle.

Il la garda contre lui, la plaquant contre le mur avec ses dernières forces. Ils étaient collés l'un à l'autre, en nage. Carolina passa les mains dans son dos en lui embrassant le cou, et tous deux reprirent leur souffle comme s'ils avaient fait un marathon

— Tout va bien ? demanda-t-il.

— Oui. Mon Dieu, Drew, tu me fais de ces choses !

— Je sais… (Il se recula pour appuyer le front contre le sien.) Donc on est d'accord : je t'ignore pendant mon séjour.

Elle laissa échapper un petit rire.

— Bonne idée.

Ils se séparèrent, et il alla dans la salle de bains se rafraîchir et se rhabiller. Elle le suivit, toujours nue, la peau marquée par ses baisers et les marques de ses doigts. Il toucha les traces sur ses fesses et son épaule.

— Désolé, j'ai été un peu brusque.

Elle soupira, sourit et l'embrassa dans le cou.

— Je ne me rappelle pas m'en être plainte.

Il l'attira contre lui et l'embrassa, plus doucement. Son sexe réagit aussitôt.

— Je ferais bien de partir, ou je resterai jusqu'au matin.

Elle posa une main sur sa poitrine.

— Oui, ça vaut mieux.

— Bonne nuit, Lina.

Elle s'appuya contre le lavabo et lui adressa un regard qu'il ne parvint pas à déchiffrer. Du regret ? De la mélancolie ?

— Bonne nuit, Drew.

Chapitre 15

Heureusement que le lendemain était la veille de Noël, car Carolina put s'occuper à emballer ses paquets, à cuisiner, à accomplir des tonnes de préparatifs qui l'empêchèrent de repenser à sa nuit avec Drew.

C'était mal parti pour qu'ils restent distants et se montrent indifférents l'un par rapport à l'autre !

Ses parties les plus intimes souffraient toujours de la nuit précédente, mais elle en voulait encore.

Comment allait-elle tenir encore deux jours dans la même maison que lui ? Comment empêcher sa famille, et surtout Gray, de découvrir ce qui se passait entre eux.

Elle se demandait comme Gray réagirait s'il apprenait qu'il y avait quelque chose entre elle et Drew. Ils se connaissaient depuis longtemps, depuis leurs fêtes débridées à l'université. Gray connaissait son ami aussi bien que quiconque et il savait comment il traitait les femmes. Et les garçons ne voulaient pas que leurs meilleurs amis sortent avec leurs petites sœurs, une sorte de code d'honneur implicite ou ce genre d'imbécillité virile.

— Je peux entrer sans risque ?

Carolina leva les yeux de son amas de papier cadeau et de sacs de courses dans la salle de séjour. Elle sourit en voyant Evelyn.

— J'ai enveloppé ton cadeau il y a une heure. Entre.

— Super. Je fais des paquets depuis deux heures et j'avais besoin d'une pause.

— Moi aussi, renchérit Carolina en s'étirant. Pourquoi ne pas aller à la cuisine nous servir un thé ?

— Quelle bonne idée ! Je ne sais pas te concernant, mais j'ai le dos en compote.

Carolina se mit à rire. Elles traversèrent le salon et le couloir vers la cuisine.

— Moi aussi. As-tu remarqué que dès que le mot « emballage » intervient dans la conversation les hommes disparaissent ?

— Oui. Gray a dit quelque chose, qu'ils allaient dans le pavillon faire un golf pour profiter du beau temps Mais je crois que c'était une excuse pour ne pas faire les paquets.

— Peut-être qu'ils font leurs courses de dernière minute.

Elles entrèrent dans la cuisine, et Carolina leur versa deux verres de thé glacé.

— Mon Dieu, j'espère que non ! Je préfère penser que Gray a eu la présence d'esprit d'acheter ses cadeaux il y a des semaines.

Elles s'assirent.

— Vraiment ? Evelyn, c'est un homme. Ils ne pensent jamais à l'avance.

Evelyn soupira.

— C'est vrai. Ils doivent être au centre commercial avec tous les hommes de la ville, avec cet air de lapin surpris par des phares parce qu'ils ont attendu la dernière minute.

— Ce qui veut dire que tu recevras un grille-pain pour Noël. Ou des gants.

— Ou des serviettes de cuisine ou je ne sais quoi d'aussi hideux. Pouah !

Carolina éclata de rire.

— Dans ces moments-là, je suis contente de ne pas avoir d'homme dans ma vie. Tu comprends ? Comme ça, je suis certaine de ne pas être déçue par ses cadeaux.

— Et Drew ? Il va forcément t'offrir quelque chose.

— Pourquoi m'offrirait-il un cadeau ?

— Parce que vous êtes ensemble, non ?

Oh, oh...

— Non, bien sûr que non ! Il n'est venu que parce que j'ai appris que sa famille serait loin pour Noël. Et bien sûr parce que c'est l'ami de Gray.

Evelyn lui adressa un regard entendu.

— Ma belle, c'est à moi que tu parles, pas à ton frère. J'ai vu sa façon de te regarder, et les regards que tu lui lançais en retour. Tu arrives peut-être à tromper ta mère et ton frère, mais j'ai déjà craqué pour un homme..., ton frère. Je sais quand une femme désire un homme, et tu es totalement dingue de lui.

Carolina se laissa aller contre son dossier, vaincue.

— J'espérais que ça ne serait pas aussi évident.

— Oh, mais non ! Ce n'est pas clair pour tout le monde. Drew et toi avez fait du bon travail pour feindre l'indifférence. Mais tu lui as souri, il t'a souri, et il se trouve que je vous regardais à cet instant. Une alchimie explosive passe entre vous.

Carolina se détendit.

— Tu trouves aussi ?

— Et vous avez déjà vécu quelque chose, me semble-t-il, à l'université ?

— Oui, mais ce n'était pas une belle histoire.

— Je me rappelle des retrouvailles tendues, ici, l'an passé. Alors, tu lui as pardonné sa façon de te traiter à l'époque ?

Carolina lui raconta les excuses de Drew et ce qu'ils avaient vécu ensuite.

— Il me semble qu'il cherche à se rattraper, dit Evelyn.

— Oui, mais pour le moment ma carrière est ce qu'il y a de plus important. Je ne préfère pas m'impliquer avec quelqu'un, surtout pas Drew.

Evelyn acquiesça.

— Je comprends. Ma rencontre avec Gray n'aurait pas pu tomber à un pire moment. Mais l'amour surgit quand on l'attend le moins.

— « L'amour » ? Il n'est pas question d'amour entre nous. Ce n'est que du désir, et une attraction sexuelle brûlante. Elle finira par se calmer.

Evelyn lui adressa un sourire en coin.

— Mais bien sûr !

— Vraiment, Evelyn ! Il n'y a rien de plus. Je le désirais tellement à l'université… Maintenant qu'il est de retour dans mon entourage et semble vraiment s'intéresser à moi, c'est naturel de vouloir en profiter, non ? Mais c'est tout. On est trop différents. C'est un athlète de premier ordre, je me destine à la mode. Il n'y a rien qui nous unit, à part le sexe.

— D'accord. D'ailleurs Gray et moi étions tellement faits l'un pour l'autre, moi dans la politique et lui dans les courses automobiles…

Evelyn la sermonna du regard.

— C'est totalement différent.

Evelyn haussa un sourcil.

— Vraiment ? Tant de gens sont tombés amoureux pour toujours sans être réunis par leurs professions, Carolina.

— Je n'ai aucune intention de tomber amoureuse de Drew. J'apprécierais que tu n'en parles pas à mon frère. Je ne voudrais pas que cela gâche leur amitié.

— Bien sûr. Ce que tu me dis reste entre nous, tant que cela ne fait aucun mal à Gray. Et, me concernant, ta relation avec Drew ne me regarde pas.

Carolina posa une main sur celle d'Evelyn.

— Merci.

— Mais préserve ton cœur, Carolina. Tu pourrais être surprise par ce qui pourrait arriver entre vous.

— Honnêtement ? Je serais vraiment très surprise si on se fréquentait encore après Noël, hormis pour sa participation à ma collection de mode. On ne se voit que pour le sexe.

Evelyn se mit à rire.

— Eh bien, au moins, profite de ces moments !

Carolina sourit.

— J'en ai bien l'intention.

Drew et Gray revinrent plusieurs heures plus tard, les visages rougis par le vent. De toute évidence, ils étaient bien allés jouer au golf.

— Il faisait froid ? demanda Carolina tandis qu'ils se servaient une bière et s'installaient avec Evelyn et elle dans le salon.

Carolina avait fini ses paquets et les avait tous déposés sous le sapin.

— Non. On a eu un temps idéal, à peine un peu de vent, répondit Drew.

Gray sourit et attira Evelyn près de lui.

— Un jour idéal pour le golf. Il y avait étonnamment du monde. On pensait que les lieux seraient vides, un jour de réveillon.

— J'imagine que les hommes tentaient de se cacher pour échapper aux emballages et aux courses de dernière minute, le taquina Evelyn en lui donnant un petit coup dans les côtes.

— Ouille ! J'ai préparé mes cadeaux il y a des semaines. Si tu regardes sous le sapin, tu verras des étiquettes à ton nom.

— J'espère qu'il n'y a pas de grille-pain.

Gray fronça les sourcils.

— Pourquoi diable achèterais-je un grille-pain ?

Evelyn échangea un regard avec Carolina qui se mit à rire.

— Pourquoi, en effet !

La mère de Carolina arriva vers 16 heures.

— Désolée du retard ! Nous n'avons pas vu le temps passer avec les Nelson. Ils viennent ce soir.

Carolina se leva.

— J'imagine qu'il est temps de se préparer, dans ce cas.

— Oui, en effet. Les premiers invités devraient arriver vers 18 heures, précisa sa mère.

Le réveillon de Noël était toujours un événement particulier dans le ranch des Preston. Les tantes, oncles et cousins se rassemblaient. Les voisins étaient conviés, et, avec la nomination de Mitchell au poste de vice-président, les médias locaux et des invités de marque se joindraient à la foule, brièvement, pour voir comment Loretta Preston et son époux célébraient les fêtes dans leur État de naissance.

De ce fait, tout le monde se mettait sur son trente et un. La maison était superbement décorée, comme c'était le cas tous les ans. Carolina monta prendre une douche, se coiffer, se maquiller, puis elle choisit une tenue de sa confection, une robe de cocktail noire avec des mancherons. Elle passa le collier de perles de sa grand-mère et d'élégants escarpins argentés à talons. Classique, comme il convenait à la fille du vice-président pour une fête de famille, mais tout de même à la pointe de la mode.

Les traiteurs étaient arrivés pendant qu'elle se préparait. Les hors-d'œuvre étaient en place, les serveurs et serveuses s'affairaient, et le champagne coulait à flots.

Elle avait passé tellement de temps plongée dans son travail que cet interlude était bienvenu. Se détendre avec sa famille, s'intéresser à la vie des autres, cela devrait la distraire un peu de sa collection.

Passer du temps avec Drew n'était pas si mal, même si sa discussion avec Evelyn l'avait perturbée.

Elle ne voulait pas s'engager avec Drew. Elle savait, et elle était convaincue, qu'il pensait comme elle, qu'il n'était question que de se détendre, sans attaches. Le sexe, rien de plus. Ils partageaient une attirance mutuelle, et elle finirait par s'éteindre après quelque temps. Drew était le genre d'homme à changer de femme chaque mois. Elle avait lu des articles sur lui au fil des ans. Il n'avait eu aucune histoire sérieuse, et il y avait constamment une nouvelle femme dans sa vie, sans jamais de relation stable.

Il ne se posait pas, et cela convenait à Carolina, car elle non plus ne voulait pas s'engager. Elle se concentrait sur sa carrière, comme lui. Sur ce point, ils allaient parfaitement ensemble.

Elle se répétait déjà mentalement ce qu'elle lui dirait après Noël. Il serait d'accord avec elle, il devait même avoir prévu le même genre de discours. Après tout, il devait avoir l'habitude de rompre avec les femmes. Il apprécierait sans doute son pragmatisme.

Elle se retourna et aperçut une silhouette en haut de l'escalier. Elle eut le souffle coupé en reconnaissant Drew, dans un costume sombre clairement taillé sur mesure. Il était parfait et tombait impeccablement sur lui. Il portait une chemise cintrée d'un blanc immaculé, avec une cravate rouge indispensable pour l'occasion.

Elle prit une profonde inspiration et la retint pendant qu'il descendait vers elle dans cette tenue inattendue.

Elle qui pensait qu'il n'était pas fait pour les costumes ! Mon Dieu, il était éblouissant, surtout avec son menton carré à peine ombré de barbe ! Un petit détail audacieux et sexy pour agrémenter sa tenue.

Un serveur s'approcha avec un plateau de coupes de champagne. Drew arriva près d'elle, prit deux verres et lui en tendit un avant de sourire.

— Tu es ravissante, dit-il. L'une de tes créations ?

— Oui.

— Elle te va si bien que c'en est presque indécent.

— Merci. Je voulais qu'elle convienne à une réunion de famille, un peu conservatrice.

— Ma belle, aucune robe qui épouse ton corps comme ça ne pourra passer pour conservatrice.

Elle ne put s'empêcher d'être flattée par sa remarque.

— Encore merci. Et toi, tu es superbe.

— Merci.

— Où as-tu trouvé ce costume ?

— Je l'ai depuis quelque temps. Je suis parfois obligé de bien m'habiller, car les médias new-yorkais sont sans pitié. Et puis je suis sorti avec une top model qui m'a appris que le prêt-à-porter ne valait rien et que je devais me faire tailler un costume sur mesure.

Carolina se mit à rire.

— Contente que tu acceptes quelques leçons de mode.

— Je retiens quelques conseils de-ci de-là.

Elle l'avait deviné à sa manière de s'habiller. Même en tenue décontractée, il était toujours mis en valeur.

— Tu seras un super mannequin pour ma collection.

— Content de savoir que je ne te ferai pas honte.

Elle but une gorgée de champagne.

— Pas avec un corps pareil.

— Je vois. Tu m'utilises pour mon corps. Tu ne t'intéresses ni à mon esprit ni à mon talent stupéfiant pour le hockey.

— J'apprécie ton intelligence.

Il rit.

— Allez, ma belle, présente-moi à tous ces invités importants.

Elle adorait le fait qu'il soit si bien dans sa peau, qu'il ne se sente pas intimidé par la foule qui les entourait, surveillée par un double effectif d'hommes des services secrets.

Vers 21 heures, la maison était bondée d'invités. Carolina en connaissait certains et d'autres non. Ses parents, bien sûr, n'avaient aucune lacune de ce type, et Carolina se présenta sans problème auprès des inconnus. Il y avait des personnalités de la télévision qui avaient réussi à obtenir une invitation et une foule de journalistes prêts à sacrifier le réveillon pour passer quelque temps dans la résidence personnelle du vice-président.

Elle avait perdu de vue Drew et elle fut appelée pour les photos de famille puis pour une interview sur sa nouvelle collection, qu'elle accorda avec plaisir. Toute occasion d'attirer l'attention sur son travail était bonne, même si elle devait supporter les questions habituelles.

— Mademoiselle Preston, avec l'argent et les relations de votre famille, et, bien sûr, maintenant que votre père est vice-président, pensez-vous qu'il sera difficile d'être prise au sérieux dans cette nouvelle carrière ?

— Mademoiselle Preston, pensez-vous que le monde de la mode aura du mal à croire qu'une personne avec votre passé est vraiment sérieuse dans son entreprise, quand beaucoup pensent que vous ne devez ce lancement qu'à l'argent ?

— Mademoiselle Preston, quelle est l'influence du nom et de la fortune des Preston, ainsi que du titre à la vice-présidence, sur votre collection ?

Elle sourit et serra les dents en recevant ces questions insultantes, et elle expliqua qu'elle était allée à l'université pour passer un diplôme de styliste, qu'elle rêvait de créer sa collection depuis longtemps, bien avant que son père devienne vice-président, et qu'elle avait fait ses preuves auprès d'autres créateurs comme apprentie, couturière et assistante designer avant de se décider à lancer sa collection. Elle avait peut-être des ressources financières, mais elle estimait aussi avoir du talent. Elle espérait le prouver à la Fashion Week.

Elle aurait voulu leur dire qu'elle avait mérité sa place, qu'elle avait travaillé dur et prouvé qu'elle avait de l'avenir dans ce domaine. Elle aurait voulu les envoyer se faire voir, mais elle devait rester polie. Les médias pouvaient lancer ou détruire une carrière de couturier, et se comporter comme une garce vulgaire ne lui gagnerait les faveurs de personne.

Quand elle parvint enfin à se libérer, elle chercha le serveur le plus proche pour s'emparer d'une flûte de champagne. Elle passa dans le couloir vers l'une des chambres privées interdites aux invités. Après deux longues gorgées et de profondes respirations, elle parvint à se calmer un peu, mais pas au point de retrouver assez de sérénité.

— Waouh, les questions n'étaient pas des cadeaux !

Drew. Elle hocha la tête.

— Oui, mais ce n'est pas la première fois qu'on me les pose, et ni la dernière.

— C'était insultant.

— Les journalistes se croient tout permis.

Drew acquiesça.

— Je le vois souvent, surtout après une défaite. Ils te collent une caméra sous le nez après le match qui te paraît le plus minable de ta carrière et te demandent comment tu te sens. Qu'est-ce qu'ils espèrent ? On se sent comme une merde. Et soit ils se demandent pourquoi ton jeu génial de la dernière fois a subitement disparu, soit ils cherchent à te faire accuser un coéquipier. Impossible de gagner face à eux. Même après une victoire éclatante, ils trouvent toujours quelque chose à critiquer.

Il la guida vers un canapé et l'aida à s'asseoir. Elle but encore deux gorgées de champagne.

— J'ai trois handicaps avant même le lancement. Un, je suis la fille du vice-président, donc une personnalité plus exposée. Deux, je suis une Preston, j'ai donc de l'argent, ce qui pousse tout le monde à croire que j'ai confié mes créations à des stylistes méconnus mais que je ne suis pas capable d'inventer quelque chose moi-même. Trois, j'ai travaillé pour David Faber, et tout le monde va détailler mes créations pour vérifier que je ne lui ai pas volé ses idées. Autrement dit, je dois me battre deux fois plus que quiconque parce qu'on me prend deux fois moins au sérieux.

Il lui passa la main dans le dos.

— C'est beaucoup de pression.

— Oui.

Elle finit sa coupe et la posa sur la table devant elle.

— Mais tu es intelligente, et j'ai vu ton travail. Tu es vraiment douée. Et après avoir vécu parmi les personnes publiques tu sais y faire avec les médias.

Elle croisa son regard.

— Merci. J'apprécie que tu aies confiance en moi.

Drew se cala dans le canapé.

— Quand j'étais à la fac, j'ai eu des moments difficiles. C'était dur d'étudier et de m'entraîner en même temps, et je n'étais pas le meilleur des joueurs. Je voulais faire la fête avec mes amis, qui n'avaient pas besoin de travailler autant que moi. Pendant un moment, je n'ai pas cru y arriver. C'était trop pour moi, et j'étais tenté de choisir la facilité. Mais j'ai reçu de super conseils d'un mentor qui m'a rappelé que je jouais au hockey depuis mon enfance et que j'avais toujours aimé ça. Il a dit que si je voulais abandonner c'était mon choix, que j'étais assez intelligent pour devenir professeur, comptable ou faire n'importe quel job que je voudrais. Mais il m'a rappelé que je ne serais jamais heureux si je ne jouais pas au hockey. Et que si je voulais jouer je devais me reprendre et bosser dur.

» Il avait raison. Je me suis sermonné et j'ai étudié et joué de toutes mes forces pour m'améliorer. J'ai prouvé à mon entraîneur et à mes profs que je pouvais me concentrer. Je n'étais pas un premier de la classe, mais j'ai eu les notes qu'il fallait et j'ai suffisamment amélioré mon jeu pour être accepté par les Travelers dès ma sortie de la fac.

— C'est incroyable.

Il esquissa un sourire.

— Pas vraiment. Je n'étais pas encore très doué. J'étais juste acceptable, mais moins doué que beaucoup de joueurs de mon âge. Les Travelers m'ont relégué dans une ligue mineure pendant un temps, et j'ai tout fait pour me dépasser. Les médias m'aiguillonnaient. La presse ne cessait de répéter que je ne serais jamais assez doué pour monter.

— Ça devait être difficile.

Il haussa les épaules.

— Disons que ça m'a surtout agacé et encouragé à bosser davantage pour leur prouver qu'ils avaient tort.

Carolina lui caressa le bras.

— Et tu as réussi.

— Eh oui ! Je détestais ces cons qui ne croyaient pas en moi. J'étais bien décidé à leur montrer ma valeur. Il m'a fallu deux putains d'années, mais les Travelers m'ont rappelé, et j'y suis resté depuis. Et je suis bon, Lina. Je suis bon dans mon travail.

Elle aimait voir les flammes animer ses yeux quand il parlait du hockey avec assurance.

— Tu sais, à la fac, je t'ai toujours pris pour le beau mec que les filles poursuivaient. Je ne pensais pas que tu étais bien plus que ça. Je ne pensais pas que tu te démenais autant.

Il haussa les épaules.

— On se connaissait mal à l'époque. Je te voyais comme une petite fille riche pour qui tout était facile.

Elle rit.

— Pourtant, j'ai aussi galéré. J'étais potelée la première année et, une fois que j'ai perdu du poids, je me sentais mal à l'aise en société. Je ne savais pas faire face à l'attention qu'on me témoignait. J'essayais surtout de me concentrer sur mes études, qui comptaient beaucoup pour moi. C'est ce qui me poussait à avancer. Et puis j'avais ce béguin énorme pour toi. Tu étais la pire des distractions !

— Euh… désolé ?

— Ce n'est pas ta faute, c'était entièrement la mienne. Mais c'était typique de mon âge. C'est le passé de toute manière. En tout cas, je comprends ce que tu veux dire. À propos de naguère, à propos d'aujourd'hui. Il y a des choses que je ne peux pas contrôler, et d'autres si. Je ne peux décider de ce que diront et penseront les journalistes. Mais je contrôle mes propres actes. Comment je crée ma collection. C'est mon rôle, ma démonstration, et je travaille dur pour que mes créations soient les meilleures possibles.

Il lui caressa le dos.

— C'est tout ce que tu peux faire, Lina. Tu ne peux pas être et faire autre chose que ce qui est dans ta nature. Tu ne peux pas t'excuser d'être une Preston, d'avoir de l'argent, d'avoir un père vice-président. Tu ne peux que dire : « Hello, je suis Carolina Preston, une styliste du tonnerre, et voilà ce que je fais. Vous pouvez aimer ou aller vous faire voir. »

Elle éclata de rire.

— Eh bien, je ne suis pas certaine de vouloir aller si loin dans ma campagne de pub, mais j'aime bien l'idée !

— C'est vrai, tu peux modifier quelques trucs, ma belle, mais pas tout. Les médias sont hors de contrôle. Contente-toi de faire ce que tu fais le mieux : créer des vêtements. Et essaie de ne pas trop te concentrer sur le reste.

Elle le regarda, saisie par sa beauté. Et, plus encore, elle était stupéfaite qu'il soit si perspicace et mature. Et dire qu'elle l'avait toujours relégué dans la catégorie des beaux imbéciles… Comme elle s'était trompée !

— Tu es intelligent, et tu as beaucoup de bon sens.

Il lui adressa un sourire ironique.

— C'est une manière de me protéger.

Elle rit et se leva.

— Il est temps de cesser de nous cacher, avant que quelqu'un vienne nous chercher.

— Dommage ! Je me disais qu'on aurait pu le faire sur le canapé.

— Quelle mauvaise idée ! Et si la personne qui vient nous chercher est ma mère ?

— Ou ton frère.

— Oui !

Ils retournèrent à la fête, où, heureusement, les journalistes avaient pris leurs photos et leurs témoignages, puis étaient partis. Ils allaient pouvoir profiter de la fin de soirée. Drew mena Carolina vers le buffet, où ils dégustèrent des petits-fours au crabe et au homard et autres mets si délicats que Carolina mangea à n'en plus pouvoir, dans deux assiettees que Drew prépara pour elle.

— Je vais exploser.

— N'importe quoi ! Tu as picoré.

— Tu me compares à toi, mais tu brûles beaucoup plus de calories que moi.

— Fais un peu de ces trucs de yoga que font les filles, et reprends une assiette.

Elle rit.

— Des trucs de yoga ? Je devrais peut-être aller patiner. J'aurais peut-être un corps aussi sculptural que le tien.

Il se pencha vers elle.

— Si tu avais un corps comme le mien, je n'aurais pas envie de te faire l'amour.

Elle sentit la chaleur l'envahir.

— Doucement avec les propos lubriques au milieu de l'assemblée. Et ne te tiens pas si près.

Elle s'écarta d'un pas, et il lui adressa un sourire moqueur. Elle secoua la tête et partit chercher Evelyn à l'autre bout de la table.

— Je n'arrête pas de manger ! s'exclama la jeune femme.

Elle était radieuse dans une robe rouge qui se déployait à la taille en une jupe large. Elle avait remonté ses cheveux en un chignon très tendance, faussement désordonné, et portait des boucles d'oreilles longues, en diamant.

— J'adore ta robe, déclara Carolina.

— Merci. Mais j'ai hâte de porter du Carolina Preston. Je suis tout excitée à l'idée de voir ta collection.

— Je suis à la fois impatiente et terrifiée.

— Tu as peur des critiques ?

— Évidemment.

Evelyn passa un bras autour de ses épaules.

— Tu n'y peux rien. Qu'ils pensent ce qu'ils veulent. Je sais déjà que tu as un immense talent. Et je sens que les critiques vont t'adorer.

— Je l'espère.

— Gray et moi serons disponibles après Noël, et tu pourras te servir de lui pour essayer toutes les tenues que tu veux.

— Parfait. Je suis sûre qu'il est déjà ravi !

Evelyn gloussa.

— Extatique ! Mais c'est ton frère, et il t'aime donc il est content de t'aider. Tu as déjà fait des essais avec Drew ?

— Pour quelques vêtements, oui. Pas les sous-vêtements : il n'y en aura pas sur le podium, bien sûr. Mais je veux lancer une campagne publicitaire et je sais déjà comment je veux l'organiser.

— Vraiment ? Tu peux me dire ?

Carolina sentit la tête lui tourner, car elle venait d'avoir l'idée.

— Eh bien, non, pas tout de suite ! Ce n'est pas encore clair dans ma tête.

— Tu as les yeux qui pétillent, déclara Evelyn en se penchant. Est-ce coquin ?

Carolina rit.

— Pas vraiment. Mais sexy, sans aucun doute.

— Drew sera prêt à le faire ?

— Je l'ignore, mais j'espère.

Maintenant que l'idée lui trottait dans la tête, elle ne désirait plus que prendre les photos au plus vite. Elle se demanda combien de temps après les vacances il faudrait attendre. Elle devait en parler avec Drew… et son équipe… et le Madison Square Garden. Si tout se passait comme prévu, ce serait extrêmement sexy. Ce serait une accroche géniale pour sa collection.

Gray s'approcha et lui passa un bras autour des épaules.

— Tu es perdue dans tes pensées.

— Oui, je réfléchissais au travail, pour tout dire.

Il la pressa contre lui d'un air taquin.

— C'est Noël. Arrête de penser au boulot cinq minutes, tu veux ?

— Et toi, tu n'y penses jamais de février à novembre peut-être ?

Il regarda en l'air.

— Euh non, pas vraiment !

— Alors tais-toi.

— D'accord, je vais me resservir.

— Bien. Evelyn m'a dit que tu viendrais aux essayages ?

Il grimaça.

— Seulement si j'y suis obligé.

— Tu as promis, et oui, tu es obligé.

— Tu ne vas rien me faire porter de ridicule, hein ?

— Comme un costume de clown ? Non, rien de ce genre.

Il la regarda, dubitatif

— Carolina, qu'est-ce que tu prépares ?

Elle lui pressa le bras.

— Des vêtements dans lesquels tu seras fabuleux, évidemment.

Evelyn passa le bras sous celui de Gray.

— Quoi ? Tu ne fais pas confiance à ta petite sœur ?

— Pas du tout.

Carolina éclata de rire et s'éloigna pour chercher ses parents, qui parlaient au sénateur de l'Oklahoma, qu'elle connaissait bien. Elle se joignit à eux quelques minutes, puis elle s'excusa et parcourut la salle pour s'assurer que les invités ne manquaient de rien. Sa mère lui avait toujours appris à se comporter en hôtesse exemplaire. Et, puisqu'elle était occupée, c'était à elle de veiller sur les invités.

Elle se mêla à la foule pendant une heure, parlant à chacun et veillant à les remercier de leur venue. Elle croisa Gray et Evelyn plusieurs fois. Tout comme elle, ils s'acquittaient de leur tâche.

Pourtant, elle ne vit pas Drew. Elle se demanda s'il se cachait. Elle ne lui en voulait pas. Parfois, ces fêtes étaient épuisantes, surtout si l'on ne connaissait pas tout le monde.

Elle le repéra enfin dans un coin avec l'un de leurs voisins, Gil Nelson, et le sénateur Ed Langton, tous trois en grande conversation. Elle ignorait de quoi ils parlaient, mais elle se dirigea discrètement vers eux pour écouter.

— Vous délirez, Drew. Saint-Louis est en tête des playoffs cette année. Grant Cassidy, leur quarterback, a les meilleures statistiques de la ligue nationale de football américain cette année. Il va les mener à la victoire.

Drew secoua la tête.

— Je pense que vous faites erreur, sénateur. C'est New York qui va tout rafler cette année.

Le sénateur Langton laissa échapper un rire bref.

— Je ne sais pas ce qu'il y a dans votre verre, mon garçon, mais vous hallucinez.

— Je crains de devoir rejoindre le sénateur, Drew. Cassidy est un quarterback de talent, et avec Cole Riley comme receveur écarté ils forment un duo imbattable.

— Vous serez très déçus tous les deux quand votre équipe va tout rater.

Du sport, bien sûr. Carolina secoua la tête et reprit son bain de foule, mais, quelques minutes plus tard, elle sentit une main lui envelopper le bras.

— Tu croyais pouvoir t'échapper ?

Elle sourit à Drew.

— Eh bien, tu étais occupé à parler football américain !

— On a fini. Ils ne savent pas de quoi ils parlent.

— Alors que toi, oui, j'imagine ?

— Et comment ! New York va tout rafler cette saison.

Ne connaissant rien à ce sport elle acquiesça.

— Je te crois sur parole.

— Tu n'es pas fan ?

— Je ne regarde pas beaucoup de football américain.

— Mais tu connais les équipes. Allez ! Tu es de New York ! Tu ne peux qu'être fan.

Elle rit.

— Non, pas du tout.

— Je ne suis pas sûr de continuer à te parler si tu ne prends pas part au débat.

— Veux-tu comparer les qualités du cachemire et de la soie ?

Il fronça les sourcils.

— De quoi parles-tu ?

— Exactement.

— Oh, je comprends ! Tu t'intéresses autant au football américain que moi aux tissus.

— Tu vois ? Je savais que tu étais intelligent.

— Mais tu aimes le hockey.

— C'est vrai, et le base-ball.

— Mais pas le football américain.

Elle haussa les épaules.

— Je n'accroche pas.

Il la suivit tandis qu'elle traversait la pièce.

— Bien sûr, tu aimes les courses automobiles.

— Bien sûr.

— Vas-tu voir Gray ?

— Oui, quand je peux me libérer du travail. Je vais aussi à des matchs de base-ball, et bien sûr de hockey.

— Mais toujours pas de football américain ?

— Non.

— Je t'emmènerai voir un match.

Elle s'arrêta et le regarda.

— C'est absolument inutile.

— C'est un devoir pour moi de t'éduquer. Tu ne sais pas ce que tu rates. Je nous trouverai des tickets pour les playoffs. Tu peux prendre quelques heures pour voir le match. Tu ne vas pas travailler du matin au soir.

— Pourquoi pas ?

Il avait raison, bien sûr, mais elle aimait leur jeu.

— Oh, tu pourrais, mais il ne faut pas que tu le fasses !

— Qu'est-ce que ma fille ne doit pas faire ?

Carolina grimaça en entendant sa mère près d'elle.

— J'essaie de lui enseigner les merveilles du football américain, madame Preston. Il s'avère qu'elle n'est pas fan.

— Vraiment ? demanda Loretta en la regardant. Pourquoi n'étais-je pas au courant ?

— Je ne sais pas, maman, mais cela ne doit pas te surprendre.

— Je pensais que tu aimais tous les sports.

— Non, j'aime beaucoup de sports. Je n'ai jamais apprécié le football américain.

— Et je lui disais que je pourrais l'emmener à un match de playoff de New York. Elle essaie de me persuader qu'elle n'a pas le temps, car elle doit travailler.

Loretta secoua la tête.

— Elle travaille sans cesse, trop, malheureusement. Drew, veille à la tirer de son atelier quelques heures pour qu'elle respire un peu d'air frais.

— Oui, madame.

— Oh, voici Felicia ! Je n'ai pas encore eu une minute pour parler avec elle. Veuillez m'excuser.

Elle s'éloigna, et Carolina se tourna vers Drew.

— Tu avais tout prévu.

Il lui adressa un regard.

— Tu crois que j'ai secrètement convenu avec ta mère de t'emmener voir un match de football américain ?

— Bon, peut-être pas. Mais c'était tout de même bien organisé.

— C'est vrai, je trouve aussi.

Elle leva les yeux au ciel.

— Je n'irai pas. Je n'aime pas le football américain.

— Parce que tu n'as jamais assisté à un match. Crois-moi : une fois sur place, tu vas adorer.

— Je n'aime pas qu'on me dise ce que je dois faire.

—Alors je t'appellerai et t'inviterai à sortir. Tu diras oui, et on ira à un match de football américain.

—Tu es si agaçant!

Il sourit.

—Je sais.

Il était aussi très élégant, et elle aurait voulu passer les doigts le long de ses revers impeccables. Elle avait du mal à maîtriser ses mains.

—Ai-je déjà dit combien tu étais séduisante ce soir?

Elle le regarda.

—Oui, et j'apprécie beaucoup le compliment. Tu devrais arrêter de me regarder ainsi.

—Comment?

—Comme un affamé devant un en-cas de minuit.

Il lui adressa un sourire prédateur.

—Il est déjà minuit?

Elle regarda sa montre.

—Passé.

Il se pencha vers elle.

—Je veux laisser ma langue se balader le long de ton cou et mordre.

Elle réprima un frisson, reprit contenance et murmura:

—Arrête.

—Quoi? Je t'excite?

—Non.

—Tu mens, tu as la chair de poule.

Elle passa les mains sur ses bras.

—Il… fait un peu froid.

Il se mit à rire.

—Non, en fait je dirais plutôt que… tu as chaud.

Pourquoi discutait-elle encore avec lui?

— Je vais voir les invités.

— D'accord.

Elle s'éloigna. Il avait raison : il ne faisait pas froid. Le personnel veillait à maintenir une température agréable. Ni trop chaud ni trop froid évidemment. C'était lui qui lui donnait la chair de poule, et elle ne parvenait pas à se contrôler, car ses mots lui restaient en tête et projetaient un film au ralenti.

Elle, inclinée sur une méridienne dans sa chambre. Drew qui s'approchait derrière elle pour poser la bouche sur sa gorge.

Elle se frotta les bras, et ses seins frémirent.

Maudit soit-il! Elle devait se concentrer sur la fête et l'oublier pour le reste de la soirée.

Même si cela promettait d'être très difficile…

Chapitre 16

Il était plus de 1 heure du matin quand les derniers invités partirent. Comme de coutume, les parents de Carolina restèrent debout jusqu'au départ du dernier.

Les agents vérifièrent que la maison était vide, deux fois. Les Preston montèrent se coucher, suivis par Gray et Evelyn. Carolina était épuisée, et elle se dirigea aussi vers l'étage. Drew discutait avec Arthur, un membre du personnel de maison et apparemment un passionné de football américain.

Elle l'abandonna à sa discussion enflammée pour rejoindre sa chambre. Elle bâilla et retira sa robe, puis elle alla dans la salle de bains pour se brosser les dents. Le silence qui emplissait la maison était ce qu'elle préférait, la nuit.

Pour être honnête, le meilleur moment de la soirée avait été de découvrir Drew en costume. Elle reconsidérait déjà ce qu'il porterait au défilé.

Elle éteignit la lumière de la salle de bains et alla s'allonger sur son lit en regardant le plafond. Elle fit défiler chaque tenue dans sa tête. Elle s'empara de son carnet et nota quelques idées en se demandant si Drew accepterait de porter l'un de ses costumes.

Il refuserait sûrement…, ou peut-être pas.

Elle en parlerait avec lui plus tard. Elle reposa le calepin tandis que ses yeux se fermaient. Mais une idée s'empara d'elle, et elle reprit le carnet.

Une demi-heure plus tard, elle regardait fixement le mur, incapable de se rendormir.

C'était ridicule. Elle prit son téléphone pour vérifier ses mails. Rien d'important, bien sûr, puisque tout le monde était en famille pour les vacances de Noël.

Elle laissa échapper un soupir agacé, se leva et passa sa robe de chambre, puis elle ouvrit la porte et sortit.

Pas un bruit. Tout le monde était au lit. Tout le monde était fatigué, y compris elle.

Du moins, elle l'avait été. Mais maintenant elle était surexcitée, et, sans qu'elle sache pourquoi, ses pas la guidèrent dans le couloir jusqu'à la chambre de Drew.

Que faisait-elle là ? Elle devrait retourner dans sa chambre, c'était ridicule.

Tu es là, imbécile, alors finissons-en.

Elle frappa doucement à la porte, grimaçant à chaque coup.

Drew ouvrit aussitôt.

— Eh bien, quelle bonne surprise ! dit-il en souriant.

Il observa sa robe de chambre.

— Est-ce un cadeau de Noël en avance ?

Avant qu'elle puisse répondre, il l'entraîna dans la chambre et referma.

Ses lèvres couvrirent les siennes sans lui laisser le temps d'expliquer la raison de cette visite nocturne.

De toute manière, elle n'avait pas vraiment d'excuse à fournir. Elle se demandait ce qu'elle faisait là. Mais maintenant qu'il l'embrassait, glissant les mains sur son dos pour l'attirer contre son corps presque nu, elle ne parvenait plus à réfléchir. Elle était là, il était heureux de la voir et il l'embrassait comme elle en rêvait depuis le début de la soirée.

C'était une histoire de mode, quelque chose pour sa collection, dont elle voulait lui parler. Mais la lune caressait son torse somptueux de ses rayons, et elle n'avait aucune envie de parler vêtements. En fait, elle voulait surtout retirer les siens.

Elle défit la ceinture de sa robe de chambre et la laissa tomber.

— Alors c'est ce que tu cachais sous ta robe ce soir, dit-il en glissant les doigts sur les demi-bonnets de son soutien-gorge.

Ses pointes se dressèrent. *Quel doux plaisir !*

— Oui, dit-elle.

— Et ceci ? Vraiment, ç'aurait été dommage que je ne voie rien de ces merveilles ce soir, Lina.

Ses mains glissèrent sur son ventre et s'arrêtèrent sur ses hanches, près de sa culotte assortie à son haut. Des ficelles d'une grande finesse retenaient deux minuscules triangles de tissu.

Presque indécent, oui, mais elle ignorait qu'elle les lui montrerait. Elle devait tout de même admettre qu'elle avait pensé à lui en s'habillant. Elle ne les avait pas retirés, n'avait pas mis de pyjama ; peut-être qu'inconsciemment elle avait prévu de venir le voir.

Oh, le subconscient était un rusé démon !

Elle bascula la tête en arrière quand il lui enveloppa les seins et passa les pouces sur l'étoffe fine.

Quel tourment délicieux que de vouloir sentir sa peau nue contre la sienne! Mais c'était bon, si bon que lorsqu'il défit l'agrafe elle laissa glisser le vêtement.

Drew se redressa pour poser les lèvres sur un de ses seins, et l'emprisonner entre la langue et le palais afin de le sucer doucement. C'était un plaisir presque douloureux de le sentir tirer sur les pointes, une sensation qui descendit jusqu'à son entrejambe et fit palpiter son sexe de désir. Quand il fit de même de l'autre côté, elle crut mourir de cette sensation exquise.

— Drew, murmura-t-elle en lui saisissant les cheveux, j'adore ce que tu fais.

Il s'écarta, prit ses seins dans ses mains pour les presser doucement puis se cala contre la tête de lit.

— Tu étais si séduisant ce soir…, dit-elle en passant les mains sur son torse.

— Est-ce la raison de ta visite? Parce que j'étais trop irrésistible?

Elle aimait son humour.

— En partie. Je voulais aussi te parler de… quelque chose.

— Oui? De quoi?

— Ça peut attendre. Je te veux en moi.

— Alors retirons cette culotte.

Il la fit rouler sur le lit et fit glisser l'étoffe sur ses hanches.

Il posa une main sur son sexe et le caressa. Elle s'abandonna pour recevoir le plaisir qu'il lui donnait. Blotti contre elle il l'embrassait tout en s'attardant sur son intimité.

Elle ne pouvait pas se lasser de sa bouche, de la caresse lente de ses lèvres sur les siennes pendant qu'il prenait le temps de la toucher. Il n'était pas pressé de la faire jouir. Il frottait les doigts sur son sexe, la poussant à coller ses hanches contre lui et à nouer sa langue avec la sienne.

Elle le voulait, elle avait besoin qu'il la fasse jouir. Lorsqu'il augmenta la pression, lui en donnant juste un peu plus, elle lui saisit le poignet pour le maintenir là où elle était certaine d'être emportée sur un océan d'extase.

Mais il se dégagea et l'embrassa plus profondément, puis la pénétra de deux doigts en caressant son clitoris du pouce.

Elle devenait folle et avait besoin d'exploser. Elle roula sur le côté, passa une jambe sur sa hanche et ondula contre lui pour avoir ce qu'elle voulait. Sans retenue ni honte, elle se cambra contre ses doigts, et il gronda contre sa bouche. Lorsqu'elle jouit, il étouffa ses cris de ses lèvres, avalant ses gémissements en la pénétrant de ses doigts pendant qu'elle s'abandonnait sous la vague d'un orgasme fantastique qui la laissa pantelante.

Elle tremblait encore quand il s'écarta pour prendre un préservatif. Puis il la fit rouler sous lui. Son sexe palpitait encore quand il la pénétra en saisissant ses fesses pour lui soulever les hanches et entrer plus profondément en elle.

Il se hissa sur les mains pour la regarder. Elle fit glisser les doigts sur ses bras, sentant ses muscles se tendre pendant qu'il allait et venait en elle avec des mouvements lents et fluides.

Il ne la quitta pas des yeux, le regard intense, brûlant, empli de la même passion que celle de Carolina. Elle le caressa encore, resserrant sa prise sur ses bras tandis qu'il descendait vers elle pour se coller davantage et augmenter les sensations.

Elle releva quelques cheveux qui tombaient sur son visage, sur son front baigné de sueur. Elle posa une main sur sa nuque pour l'attirer vers elle. Il s'empara de ses lèvres en un baiser fébrile qui lui fit contracter le vagin tandis que vibraient tous ses nerfs. Lorsqu'il gronda contre ses lèvres, elle l'enveloppa de ses jambes pour en demander davantage.

Il s'écarta et la regarda.

— J'adore sentir ton sexe se contracter autour du mien, Lina. Tu sais que je peux dire quand tu vas jouir ? Tu serres mon sexe et ton vagin frémit.

Il se retira, puis la pénétra encore, lentement, roulant des hanches contre elle, lui offrant le contact dont elle avait besoin pour perdre la tête.

— Comme maintenant. Tu es au bord de l'orgasme, mais tu te retiens. C'est bon ?

Il avait raison. Chaque sensation était si délicieuse qu'elle voulait savourer cet instant. Elle aurait déjà pu jouir encore. Mais il contrôlait son corps, il savait comment lui donner du plaisir. Être avec lui ainsi, enveloppée dans un cocon de chaleur et de désir, était une source infinie de pêché et de bonheur. Elle voulait que cela ne cesse jamais.

— Oui, dit-elle en se cambrant contre lui jusqu'à ce qu'il accentue ses coups de reins. C'est si bon. J'en veux encore, je veux jouir.

Il se déhancha contre elle, et, cette fois, elle sut qu'elle ne pourrait pas se retenir. Elle enfonça les ongles dans ses bras, perdue dans sa manière de bouger en elle, submergée par la vague immense qui l'engloutit quand elle jouit.

Il l'embrassa pendant son orgasme pour étouffer les cris qu'elle ne pouvait contenir, en se joignant à ses déhanchements. Lorsque Drew jouit aussi en un grondement et frémit contre elle, elle l'agrippa avec fébrilité, comme une bouée de secours face au déferlement de plaisir incontrôlable et sauvage qui s'emparait d'elle.

Il la serra contre lui, glissa les doigts dans ses cheveux et apposa sur ses lèvres de doux baisers pendant qu'elle s'apaisait, le souffle court mais comblée.

Il se leva pour aller dans la salle de bains, et Carolina roula sur le côté, épuisée. Quand il revint, il couvrit leurs corps des draps et se blottit contre elle.

Elle parvenait à peine à garder les yeux ouverts.

— Je dois retourner dans ma chambre.

— D'accord.

Mais sentir son corps chaud contre le sien eut raison d'elle. Ses paupières s'affaissèrent, et elle s'abandonna.

Chapitre 17

Drew écouta la respiration profonde de Carolina et sut qu'elle s'était endormie.

Il la réveillerait d'ici peu. Il avait un sommeil léger, et il veillerait à ce qu'elle regagne sa chambre à temps, avant que quiconque se lève en ce jour de Noël.

Il ignorait cependant à quelle heure les autres seraient debout… Il tendit le bras vers son téléphone.

Trois heures du matin. Cela ne leur laissait pas beaucoup de temps pour dormir.

Il sourit. Cela en avait tout de même valu la peine. Il prit Carolina dans ses bras et huma le parfum de ses cheveux.

Il aimait l'avoir dans son lit, son corps chaud niché contre le sien. Son pénis frémit, et il s'obligea à chasser ces pensées.

Oui, il la désirait de nouveau. Il la désirait constamment, mais il devait au moins lui accorder quelques heures de sommeil.

L'avoir près de lui, dans son lit, juste une heure serait déjà un plaisir. Ensuite, il la réveillerait pour qu'elle se faufile discrètement dans sa chambre.

Personne ne saurait.

Personne ne devait savoir. Ce serait un désastre.

Il bâilla et ferma les yeux.

Quelques coups frappés à la porte percèrent le brouillard de sommeil qui l'avait enveloppé.

Mais la voix de Gray quand il entra finit de le réveiller d'un bond.

— Hé, Drew, je pensais qu'on pourrait devancer les autres…

Gray aperçut un corps près de son ami à l'instant où Drew tirait les couvertures sur la tête de Carolina.

— Oh, merde, désolé, mec ! Je ne savais pas.

Gray allait partir mais il s'arrêta quand Carolina repoussa les draps et demanda :

— Qu'est-ce qui se passe, Drew ?

La suite ressembla à une scène d'un mauvais film.

Carolina émergea assez pour s'apercevoir que son frère était statufié dans l'embrasure, l'air horrifié.

Gray comprit que sa propre sœur était dans le lit de son meilleur ami.

— Bordel de merde, qu'est-ce qui se passe ici ?

— Gray, sors, que ta sœur puisse s'habiller.

Carolina, les yeux écarquillés, ne dit rien.

Gray, en revanche, réagit en plissant les yeux avant de regarder Drew avec fureur.

— Toi et moi, on doit parler dès que tu seras habillé, on se retrouve au bas des marches.

Les lèvres serrées, il ferma sèchement la porte.

Merde !

Drew passa les mains dans ses cheveux et se leva.

— Désolé ! J'avais prévu de te réveiller il y a une heure ou deux, mais je me suis endormi comme une masse.

Il s'attendait à ce que Carolina panique, mais elle semblait calme. Elle se glissa hors du lit et ramassa ses vêtements. Il ne put s'empêcher d'admirer la volupté de sa silhouette nue.

— Je suis une grande fille, Drew. Mon frère va devoir se faire à cette idée.

— Oui, en théorie, mais j'ai des doutes.

— Je lui parlerai.

— Non, je vais le faire.

Elle haussa les épaules.

— Ne t'inquiète pas. Il joue les grands frères protecteurs. Mais il comprendra que ce ne sont pas ses affaires.

Elle déposa un baiser sur ses lèvres.

— Je vais prendre une douche, puis je te retrouve en bas.

Il l'enveloppa de ses bras et la serra contre lui pour prolonger leur baiser. Malgré la menace pressante de ses explications avec le frère de Carolina, il ne pensait qu'à la faire basculer sur le lit pour passer encore une heure ou deux avec elle. Mais elle se retira.

— Je dois vraiment me doucher, avant que le reste de la famille se réveille.

— Oui, moi aussi, dit-il en passant le pouce sur sa lèvre inférieure. Dommage qu'on ne puisse pas la prendre ensemble.

Elle soupira.

— J'aurais aimé. C'est l'inconvénient d'être entouré par sa famille… Le genre de personne qui ne frappe pas avant d'entrer.

Il se mit à rire.

— On se retrouve en bas.

Lorsqu'elle fut partie, il prit une douche rapide et s'habilla. Inutile de différer l'inévitable. Il descendit l'escalier et alla trouver Gray qui fulminait devant une tasse de café.

— Où sont les autres ?

— Mes parents et les agents sont allés faire une marche matinale. Evelyn dort encore. Bordel, qu'est-ce que ma sœur foutait dans ton lit ?

Drew alla se verser une tasse de café puis fit face à son ami.

— Je ne pense pas qu'il faille tout t'expliquer en détail, si ?

— Arrête, Drew. C'est ma sœur.

— Oui, une jeune femme majeure qui est capable de décider avec qui passer la nuit. Ce n'est plus une gamine, Gray. Il va falloir l'accepter.

— Il y a des règles, mec. On ne déconne pas avec la petite sœur d'un pote. Tu as enfreint la règle d'or entre amis.

— Une règle qu'on a établie quand on avait dix-neuf ans.

Drew s'abstint évidemment de préciser qu'il avait déjà enfreint cette règle à la fac. Gray ne le lui pardonnerait jamais.

— Mais celle-là reste en vigueur.

Drew avala deux longues gorgées de café. Il n'avait pas assez dormi et n'était pas prêt pour une telle bataille contre son meilleur ami.

— Alors tu trouves que je ne suis pas assez bien pour elle ?

Gray se leva pour arpenter la pièce.

— Non, je ne dis pas ça du tout. Mais je te connais. Je sais que tu changes de femme comme de chemise. Je ne veux pas que Carolina souffre.

— Et je ne veux pas la faire souffrir. Ce n'est pas comme ça entre nous.

Gray laissa échapper un rire bref.

— Mais oui, je suis certain que tu dis ça pour toutes les femmes avec lesquelles tu couches avant de les larguer.

— Ne te mêle pas de ça, mec. Mon histoire avec Carolina ne regarde qu'elle et moi. Pas toi.

Drew sut aussitôt que ce n'était pas la bonne défense. Le regard que Gray posa sur lui n'était pas celui d'un ami. C'était celui d'un grand frère défendant sa petite sœur.

— Le bonheur de ma sœur sera toujours mon affaire. Et si je pense qu'elle ne fréquente pas la bonne personne j'interviendrai.

Drew se mit aussitôt sur la défensive.

— Depuis quand je ne suis pas une « bonne personne » ?

— Bon, ça suffit !

Drew reporta son attention sur la porte où Carolina venait d'apparaître. Au lieu d'avancer vers lui, elle se dirigea vers Gray et le serra dans ses bras.

— Joyeux Noël !

Gray l'embrassa à son tour.

— Joyeux Noël à toi aussi !

Puis elle alla vers Drew et le gratifia de la même embrassade innocente.

— Joyeux Noël !

— Joyeux Noël, Lina !

Gray lui adressa encore l'un de ses regards assassins.

Carolina prit une tasse et commença à préparer du thé. Puis elle se tourna vers son frère.

— Je suis une adulte. C'est ma vie, et c'est moi qui décide de ce qui est bon pour moi. J'apprécie que tu te soucies de moi, Gray, mais te fâcher parce que j'ai partagé le lit de Drew, c'est dépasser les bornes. Il est ton ami, et je ne veux pas que votre amitié soit gâchée par cette histoire. Si les choses ne marchent pas et que je souffre, ce sera mon affaire. J'ai choisi cette situation, en toute connaissance de cause. Tu as compris ?

Gray étudia longuement sa sœur, puis il finit par détendre les épaules.

— Oui, j'imagine. Mais tu sais que je ferai toujours attention à toi.

— Je comprends et je l'apprécie. Si Evelyn avait eu des frères mécontents parce qu'elle couchait avec toi, qu'est-ce que tu leur aurais dit ?

Il la regarda une minute puis haussa les épaules.

— Je les aurais sûrement envoyés se faire voir, parce que mon histoire avec Evelyn ne regarde que nous deux.

Carolina lui adressa un regard éloquent.

— D'accord, j'ai compris. Je suis désolé d'avoir pété les plombs, reprit-il en se tournant vers Drew.

— Pas de souci, affirma son ami. Et joyeux Noël !

Gray se mit à rire.

— Pareil.

— Est-ce qu'on pourrait éviter d'en parler à papa et à maman ? Le mélodrame de ce matin m'a suffi. J'aimerais que mon histoire avec Drew reste cachée pour le moment.

— Pourquoi ? demanda Gray.

— Parce qu'elle est toute nouvelle. Et tu connais maman quand il est question de ça. Rien qu'à l'idée que je fréquente quelqu'un, elle va déjà choisir le service de porcelaine à nous offrir au mariage !

— Oui, c'est vrai. Je ne dirai rien. Et à Evelyn ?

— Je… je la préviendrai.

Elle adressa un regard en coin à Drew, et il eut l'impression qu'Evelyn devait déjà être au courant.

Les femmes parlaient tout le temps entre elles de leurs relations, et il ne fut ni surpris ni contrarié.

— Maintenant que cette histoire est réglée, je vais finir de faire le thé et essayer de me réveiller normalement.

Les parents de Gray et de Carolina revinrent peu après, et Evelyn descendit les rejoindre. Il y eut un fourmillement de mouvements, et chacun se souhaita un joyeux Noël. Ils prirent leur petit déjeuner puis se rassemblèrent dans la grande salle pour ouvrir les cadeaux.

Drew qui s'était assis un peu en retrait fut surpris quand Loretta lui tendit un paquet.

— Pour moi ?

Elle lui sourit.

— Bien sûr.

Il l'ouvrit et trouva une photo encadrée, où il marquait un but contre le New Jersey. C'était une belle photo pour un beau tir, et l'image captait le mouvement de sa crosse vers le filet.

Il se leva pour la prendre dans ses bras puis serra la main du vice-président.

— Merci. Je suis touché.

— Contente qu'elle te plaise, déclara Loretta.

Evelyn et Gray lui offrirent également un cadeau, un mug orné d'une crosse et d'une légende : « J'ai une grosse crosse bien dure et je sais m'en servir. »

Il éclata de rire.

— C'est parfait.

— C'est Evelyn qui a choisi, déclara Gray.

Elle sourit malicieusement.

— Je trouvais que cela t'allait bien.

Gray lui adressa un regard bizarre, et elle écarquilla les yeux en rougissant.

— Ce n'est pas ce que je voulais dire.

Tout le monde se mit à rire.

Il avait également apporté des cadeaux pour tout le monde, mais avec les derniers événements il ne savait pas si Gray apprécierait ce qu'il avait prévu pour Carolina. Mais il avait tout de suite pensé à elle en le voyant, et il lui remit le paquet.

Elle le regarda.

— Tu m'as acheté quelque chose ?

— Oui, mais ce n'est rien de spécial.

Elle ouvrit la boîte et découvrit une élégante chaîne en argent. Il n'était pas sûr qu'elle aime, car d'ordinaire elle ne portait pas de bijoux.

Il se pencha vers elle.

— Je sais que tu portes peu de bijoux, mais j'adore ton cou et, quand je l'ai vue, je l'ai aussitôt imaginée sur ta gorge.

Elle prit une profonde inspiration et passa les doigts sur les mailles, dans l'écrin. Elle le regarda.

— C'est ravissant. C'est parfait. Merci.

Elle prit la chaîne et souleva ses cheveux.

— Tu peux m'aider ?

Il ouvrit la chaîne et fixa le bijou à son cou. Il se pencha pour lui murmurer à l'oreille :

— Maintenant, quand tu le porteras, tu penseras à moi.

Elle le regarda.

— J'aimerais vraiment t'embrasser, ajouta-t-il.

Elle détourna le regard, et Drew s'aperçut que Gray les regardait.

— Plus tard.

Elle prit une boîte sous le sapin et la lui tendit.

— Voilà pour toi.

Il ouvrit le paquet et trouva un boxer avec le logo de « Carolina Designs ».

— Mon premier. Une partie de moi qui voudrait te toucher de près, chuchota-t-elle d'une voix basse et douce.

Il sourit.

— Crois-moi, je penserai à toi en le portant ! Merci.

— C'est de cela dont je voulais te parler. Une séance photo en sous-vêtements. Sur la patinoire.

— Quoi ? Tu veux que le froid me les transforme en noisettes fripées ?

Elle rit.

— Et je n'ai pas encore expliqué que tu devras avoir l'air en sueur et qu'il faudra donc te verser de l'eau dessus.

— Évidemment, on reparlera de tout ça plus tard.

— Évidemment.

Quand tous les paquets furent ouverts, ils s'habillèrent pour la messe. Drew n'était pas très croyant, mais il allait d'ordinaire à l'église avec ses parents à Noël, il n'avait donc rien contre l'idée d'accompagner les Preston.

Les journalistes étaient sur le qui-vive, et l'église était bondée. Drew s'assit près de Carolina mais se retint de lui tenir la main pendant que le prêtre parlait d'éternel recommencement.

Comme leur histoire… Leur première expérience était un désastre sentimental, et elle lui en avait voulu longtemps. Mais la glace avait lentement fondu, et il y avait peut-être une chance de recommencer. Il avait aimé passer les vacances avec elle et sa famille, et, malgré l'incident avec Gray, il estimait lui correspondre. Elle travaillait trop, alors qu'il aimait prendre le temps de se détendre et de s'amuser.

Même Gray devait admettre que ce serait bénéfique. Avant de partir, il devrait peut-être lui parler de tout ce qu'il pourrait apporter à Carolina dans une relation.

Après l'église et quelques questions des médias, ils retournèrent au ranch, où le personnel avait préparé un repas somptueux à base de dinde.

Drew écarquilla les yeux devant un tel festin. Dinde, jambon, et plus de garniture que ne pouvait en contenir son assiette. Il y avait même du vin.

— Quand a lieu ton prochain match, Drew ? demanda Mitchell.

— Lundi. Mais je reprends les entraînements demain.

Le vice-président hocha la tête.

— Moi aussi. Enfin, pas pour les entraînements bien sûr, mais j'ai beaucoup à faire, et mes congés sont courts.

— Malheureusement ! renchérit Loretta en posant la main sur le bras de son mari.

— Au moins, nous aurons une seconde pause pour le Nouvel An.

— Vous reviendrez ici ?

— Non, répondit Mitchell. Nous resterons à New York. Gray, Evelyn et toi y serez aussi ?

Gray secoua la tête.

— Nous allons dans la maison de Daytona, pour prendre un peu de temps juste pour nous deux.

Evelyn lui adressa un sourire.

Mme Preston acquiesça.

— Je comprends. Vous n'avez pas assez de temps en amoureux, et bientôt Gray va repartir sur les routes pour la saison de Formule 1.

Evelyn soupira.

— C'est vrai. J'ai pourtant l'impression qu'elle vient de s'achever.

— Mais nous avons du temps avant, et nous allons en profiter un maximum.

— En parlant de vos projets de mariage…, intervint Loretta.

Evelyn la regarda.

— Nous y travaillons.

— Oui, maman, nous allons déterminer la date. Il ne reste qu'à nous décider.

— Vous êtes débordés tous les deux. Je voudrais que la cérémonie se déroule au plus tôt. Sinon quand aurais-je des petits-enfants ?

— On y travaille aussi, plaisanta Gray.

Le vice-président répondit d'un rire, et Loretta secoua la tête.

— Promis, maman, on se marie l'an prochain.

Elle fronça les sourcils.

— Cela ne me laisse pas beaucoup de temps.

— Oh, voyons ! Loretta Preston peut préparer un mariage en un seul mois s'il le faut. Tu es le genre de femmes qui fait en sorte que tout marche comme il faut et dans les temps.

Drew écouta l'échange avec un sourire. Il avait toujours apprécié la mère de Gray, et le fait que son père soit réconcilié avec lui devait être un grand soulagement pour son ami. Pendant toutes les années universitaires, la tension était palpable entre eux.

Maintenant, il avait une vie rangée. Il avait trouvé une femme qu'il aimait, et sa famille était de nouveau unie. Il était heureux, amoureux, avançant vers un futur confortable.

Drew, de son côté, avait passé des années à errer sans but, à fréquenter des femmes qui ne cherchaient pas à s'établir.

Mais ses aspirations avaient changé… dernièrement.

Carolina n'avait pas prévu de se poser, pas avec tous les changements que connaissait sa vie.

Il la regarda. Elle souriait en écoutant Gray et Evelyn parler de leurs projets de mariage. Il se demanda ce qu'elle en pensait, où en était sa vie. Se comparait-elle à eux ou se satisfaisait-elle de la perspective du lancement de sa collection ?

Il savait que c'était sa priorité, que sa carrière était au centre de sa vie.

Et quelle était sa place à lui, dans tout cela ?

Peut-être qu'il n'en avait pas, qu'il n'était qu'une connaissance avec laquelle elle couchait pour se détendre.

Il avait lui-même utilisé des filles faciles pour se débarrasser du stress de son travail et il avait rompu sans remords.

Pourquoi cela importait-il pour lui ? Ils avaient clairement établi qu'ils ne se voyaient que pour le sexe.

Après le déjeuner, Carolina regagna sa chambre avec ses cadeaux pour profiter de quelques instants de calme. Depuis son réveil tonitruant du matin, elle n'avait pas eu une seconde pour se poser.

Elle devait faire ses bagages. Elle rejoindrait New York dès le lendemain matin pour retrouver le rythme frénétique du travail et de ses délais. Mais l'intermède relaxant avait été bienvenu, et elle avait apprécié de passer du temps avec sa famille, car elle n'aurait sans doute pas d'autre occasion de se détendre d'ici à la Fashion Week.

Elle passa les doigts sur les mailles de la chaîne que Drew lui avait offerte. Quelle surprise ! Elle ne l'imaginait pas aussi romantique. Elle ne pensait pas qu'il lui offrirait de cadeau, ou alors un maillot des Travelers ou ce genre de choses. Rien de tel. Elle alla dans la salle de bains pour se regarder dans le miroir.

C'était une chaîne très simple, rien d'extravagant.

Elle n'avait pas menti en disant que c'était parfait. Il lui semblait sentir la main chaude de Drew sur sa peau rien qu'en regardant le bijou.

C'était ridicule. Il n'était rien pour elle, rien de plus que ce qu'elle était pour lui. Drew fréquentait beaucoup de femmes, jamais longtemps. Et pourquoi serait-elle intéressée par sa vie sentimentale ? Ils ne faisaient que s'amuser. Il rentrerait chez lui, jouerait au hockey, irait sans doute séduire d'autres conquêtes, et elle reprendrait le travail et n'aurait plus de vie sexuelle. Elle avait obtenu de lui exactement ce qu'elle voulait : du sexe brûlant pour évacuer sa tension.

Voilà. Il n'y avait rien de plus que du sexe.

— Tu es tellement puérile, Carolina, se reprocha-t-elle à voix haute.

Un coup léger retentit à sa porte et la tira de sa rêverie ridicule. Elle ouvrit et sourit en découvrant Evelyn.

— Oh, entre !

— Je me doutais que tu serais montée faire tes bagages. Tu as eu ta dose de réunion de famille ?

— En fait, j'ai vraiment adoré ces derniers jours. Je ne vois pas souvent maman et papa, ni Gray et toi. Surtout en cette période de l'année, où j'ai décidé de lancer ma collection. C'était agréable. Vraiment très agréable.

Evelyn s'assit.

— Je suis contente. Et je suis d'accord. Gray et moi aimons passer du temps ensemble, mais il avait besoin de revoir sa famille.

— Jusqu'à ce que maman aborde la question du mariage ?

Evelyn plia les genoux et noua les bras autour de ses jambes.

— Eh bien, cela implique évidemment une bonne dose de complications !

— Qu'est-ce qui vous retient ? À moins que ça ne me regarde pas…

— Oh, mais on veut se marier ! Mon Dieu, on le veut vraiment ! Si Gray pouvait, il me porterait dans la mairie la plus proche pour m'épouser dès demain. Et je serais comblée.

— Mais mes parents, comme les tiens, j'imagine, veulent un grand et beau mariage dans les règles !

— Ce n'est pas très important pour mes parents, du moment que je suis heureuse. Mais ton père est vice-président, et cela implique certaines obligations.

— Tu veux dire qu'il faut une cérémonie pompeuse, à la hauteur du fils du vice-président, un mariage dans les règles et non pas une escapade à Las Vegas pour se marier dans une chapelle bidon face au sosie d'Elvis ?

Evelyn se mit à rire.

— Il y a de ça. Mais ta mère a raison, il faut nous presser.

— Pourquoi ?

Evelyn ne répondit pas, et Carolina fronça les sourcils, puis comprit brusquement.

— Oh, mon Dieu, tu es enceinte !

Evelyn hocha la tête.

— Un tout petit peu.

Carolina faillit hurler et serrer Evelyn dans ses bras, mais elle se contenta d'aller lui presser les mains.

— Je suis tellement excitée pour toi. Mais, ma belle, on ne peut pas être « un tout petit peu » enceinte ! Depuis combien de temps ?

— Aucune idée. Sans doute peu. Je devais avoir mes règles avant Noël, mais rien n'est venu alors je suis allée acheter un test de grossesse. Difficile dans une petite ville, où les rumeurs vont vite, j'ai dû être très discrète.

— Ton secret ne perdurera pas.

— Je sais.

— Comment l'a pris Gray ?

— Tu plaisantes ? Il délirait de bonheur. Je pleurais, il pleurait, il m'a prise dans ses bras. C'était d'un romantisme mièvre !

— Oh !

Carolina sentit les larmes lui piquer les yeux et elle s'assit au bord du lit.

— Tu vas me faire pleurer. Je vais être tante !

Evelyn renifla.

— Je sais. Je suis terriblement excitée et terrifiée par ce que ses parents pourraient dire. On va tout gâcher.

— Ils ne seront pas fâchés. Tu plaisantes ? Sais-tu depuis combien de temps ma mère attend d'être grand-mère ? Elle sera ravie.

— Mais ton père… et son poste de vice-président.

Carolina écarta l'argument d'un geste de la main.

— Bon, tu seras un peu enceinte pour ton mariage, et alors ? Je crois que le pays peut encaisser ce petit scandale. Il y a tout de même plus grave, comme le déficit, les relations internationales, l'économie, le prix du pétrole et…

— D'accord, d'accord, j'ai compris, intervint Evelyn.

— Quand vas-tu le dire à maman et à papa ?

— Aujourd'hui. Je suis nerveuse.

— Veux-tu que je t'accompagne ?

— Non, je pense que Gray et moi devons le faire seuls. Mais je tenais à t'en parler d'abord.

— Eh bien, si tu changes d'avis et que tu as besoin de moi, n'hésite pas. Je serai là !

— Merci.

— Et en parlant de révélation…

Evelyn la dévisagea.

— Tu n'es pas enceinte, toi aussi ?

Carolina rit.

— Oh non ! Mais est-ce que Gray t'a raconté que ce matin il est entré dans la chambre de Drew et nous a trouvés dans le même lit ?

Evelyn écarquilla les yeux. Elle se pencha en avant, les pieds fermement ancrés dans le sol.

— Oh, mon Dieu ! Il ne m'a rien dit du tout ! C'était avant que je me réveille ?

— Oui. Je me suis endormie dans la chambre de Drew et j'imagine que Gray venait lui proposer un café matinal… Et il m'a trouvée avec lui.

Evelyn plaqua les mains sur ses joues.

— Mon Dieu ! Est-ce qu'il était furieux ?

— D'abord, oui. Tu sais, son numéro de grand frère protecteur dont on avait parlé. Puis Drew a discuté avec lui, et je lui ai rappelé que je n'avais plus seize ans. Je pense qu'il a accepté.

Evelyn hocha la tête.

— Je lui parlerai aussi.

— Tu n'es pas obligée. Tu as déjà d'autres préoccupations.

— Le vol vers Washington est assez long pour parler d'autre chose que du bébé. (Evelyn se leva.) Mon Dieu, je vais avoir un enfant ! Comment vais-je trouver une place pour lui dans ma vie ?

Carolina la prit dans ses bras.

— C'est la vie que tu voulais, dont tu rêvais. Un mari, une famille. Gray et toi trouverez une solution.

— Tu as raison, on trouvera une solution… du moment que ton père ne me renvoie pas !

Carolina se mit à rire.

— Il ne va pas te renvoyer. Il te considère comme son autre fille. Il t'adore.

— Souhaite-moi bonne chance.

— Tu n'en auras pas besoin, mais bonne chance.

Carolina finit ses bagages et descendit. Le rez-de-chaussée était silencieux. Gray et Evelyn devaient s'être isolés pour discuter avec ses parents. Elle trouva Drew installé devant un match de basket. Elle se prépara une tasse de thé et le rejoignit devant la télévision.

— Salut ! dit-il en coupant le son. Où sont les autres ?

— Aucune idée. Tes bagages sont prêts ?

— Oui. On prend le même vol demain ?

— Mon avion part à dix heures et demie.

— Le mien aussi.

Elle sourit.

— Je me doutais que la secrétaire de maman nous mettrait sur le même vol, puisque nous allons au même endroit. Tu as un match à domicile ?

— Malheureusement, non. Deux en extérieur avant de rentrer enfin.

— Dommage.

— Et toi ? demanda-t-il en repoussant une mèche de cheveux derrière son oreille. Tes assistants reviennent bientôt ?

Elle secoua la tête.

— Je leur ai donné congé jusqu'après le Nouvel An.

— C'est très généreux. Donc tu vas te démener toute seule ?

— Oui, mais ça ira. Je serai au calme pour prévoir ma campagne de publicité et m'occuper d'une myriade de petits détails que j'ai négligés en présence de mes assistants.

— Un retour à la normale tranquille après Noël.

— Oui.

— Tu pourras peut-être même profiter du Nouvel An pour te détendre.

Elle marqua une pause et le regarda.

— Tu m'invites à sortir ?

— Peut-être. Si c'était le cas, est-ce que tu dirais oui ?

— Peut-être. Tu sais, il est un peu tard pour faire des projets et des réservations pour le Nouvel An.

Il sourit d'un air malin.

— J'ai des relations, tu sais.

— Tu ne vas pas me traîner au milieu de la foule qui afflue à Times Square tous les ans ?

— Où est votre sens de l'aventure, mademoiselle Preston ?

— Mon sens de l'aventure est bien loin de Times Square un soir tel que celui-là.

Il secoua la tête.

— Alors c'est oui ?

Elle sourit.

— Oui.

La porte du bureau de son père s'ouvrit. Mitchell riait, Evelyn à son bras, et il sortit avec Loretta et Gray. Carolina n'avait jamais vu sa mère sourire à ce point. Elle devinait qu'elle avait pleuré.

— Que se passe-t-il ? demanda Drew.

— Je crois que tu vas bientôt le savoir.

— Oh, parfait, Carolina, tu es là ! s'exclama sa mère. Nous avons de grandes nouvelles.

— Vraiment ? Lesquelles ?

— Gray et Evelyn vont te le dire.

Ses parents s'écartèrent.

— On est enceintes, laissa échapper Gray.

— Enfin, je suis enceinte, le corrigea Evelyn, mais Gray a participé.

— Comment ? C'est merveilleux.

Drew prit son ami dans ses bras.

— Félicitations, mec !

— Merci.

Carolina embrassa Evelyn, encore une fois.

— Je suis contente pour vous deux.

Elle prit son frère dans ses bras.

— Il semblerait que les enfants se soient enfin décidés. Le mariage aura lieu en mai.

— J'aurai un petit ventre d'ici là, mais j'espère que ce ne sera pas trop horrible. Le bébé est prévu pour le mois d'août.

— Détail que tout cela ! Je vais être grand-père ! déclara Mitchell en souriant.

Ils ouvrirent une bouteille de champagne, mais Evelyn se cantonna à un jus de fruits, et chacun salua d'un toast la promesse d'un futur Preston. La famille passa le reste de l'après-midi à fêter la nouvelle et à parler des projets de mariage. Carolina fut surprise et flattée quand Evelyn lui demanda d'être son témoin. Elle accepta aussitôt, mais une nouvelle surprise arriva quand la jeune femme lui demanda également de créer sa robe.

— Tu es sûre, Evelyn ?

— Je ne vois pas meilleure styliste.

— Evelyn, des millions de créateurs seraient ravis de créer la robe de mariage de la belle-fille du vice-président.

— Oui, mais je veux que ce soit toi. Et il faudra travailler avec ma taille qui s'arrondira progressivement, alors la tâche sera difficile !

Carolina se mit à rire.

— Je saurai gérer ça, mais je ne veux pas que tu te sentes obligée. Je ne serais pas vexée si tu voulais faire appel à l'un de tes couturiers de prédilection.

— Je veux que tu le fasses, sauf si tu es trop débordée. Là, je comprendrais parfaitement. Tu as tellement de travail en ce moment, avec la Fashion Week et le lancement de ta collection. (Evelyn s'assit.) Je n'avais même pas réfléchi à tout ce que tu avais déjà à faire.

Carolina prit les mains d'Evelyn.

— Ce sera un honneur de créer ta robe. J'ai déjà des idées. D'ailleurs, laisse-moi prendre mon carnet à dessin, et on pourra en parler si ça ne te dérange pas.

— Tu plaisantes ? J'adorerais.

Carolina se précipita à l'étage et prit son calepin, puis elle revint s'asseoir à côté d'Evelyn. Elle esquissa quelques modèles en prenant en compte le futur ventre de la jeune femme. Evelyn fit quelques propositions, et elles arrêtèrent quelques projets. Les résultats n'étaient pas achevés, mais au moins elles avaient plusieurs possibilités.

— J'aime beaucoup. Elles sont uniques et parfaites pour un mariage au printemps.

— Je suis si contente qu'elles te plaisent. Je vais les retravailler un peu et je t'enverrai les résultats plus tard.

— Prends ton temps, tu as d'autres choses à prévoir, et maintenant moi aussi ! Je dois appeler mes parents. (Elle sourit.) Ils vont être ravis.

Elles s'embrassèrent, et Evelyn alla trouver Gray pour prévoir une visioconférence avec ses parents.

Carolina s'éloigna et trouva Drew et son père, dans le salon, occupés à parler, étonnamment, de politique. Elle s'appuya contre le chambranle pour les écouter débattre de l'actualité. C'était fascinant de voir Drew défendre son point de vue. Il n'était pas d'accord sur tout ce que disait son père, et lui était même fondamentalement opposé sur certains aspects. Elle savait que son père respecterait son opinion. Et elle devait mettre au crédit de Drew qu'il gardait son calme et écoutait Mitchell présenter les choses en lesquelles il croyait et les raisons de ses convictions. C'était une discussion très cordiale, Drew était poli mais passionné, comme son père.

Elle était impressionnée. Quand son père leva les yeux et l'aperçut, il sourit.

— Tu viens te joindre à la mêlée ?

Elle fit une moue.

— Jamais de la vie. J'ai eu trop de discussions et de disputes politiques avec toi ces dernières années. Je sais qu'elles peuvent durer des heures.

Son père se mit à rire et se leva.

— Oh, allons, c'était un bon entraînement pour défendre ce en quoi tu croyais ! Malheureusement, j'ai des appels à passer et je dois vous laisser.

Il serra la main de Drew.

— Si tu décides d'abandonner le hockey pour te lancer dans la politique, je dirais qu'une belle carrière t'attend.

Drew répondit en riant.

— Je crois que je suis comblé par ma situation actuelle, monsieur, mais j'ai apprécié cette discussion.

Mitchell s'éloigna, embrassa Carolina sur la joue et partit dans le couloir vers son bureau.

— Un Noël plein de rebondissements, commenta Drew.

— En effet.

— Alors, c'est toute une affaire de devoir créer la robe d'Evelyn.

— Oui.

— C'est encore plus de travail que tout ce que tu avais déjà à faire. Tu t'en sortiras ?

— Pour la famille, je peux y arriver.

Il lui entoura les épaules d'un bras.

— Eh bien, voilà une vraie super-héroïne !

Elle rit.

— Pas vraiment. Mais j'ai l'habitude de mener plusieurs tâches à la fois. Et je travaille bien sous pression.

— Vraiment ? Tu inclus la pression de savoir qu'un membre de ta famille peut entrer et me voir te caresser la jambe ?

Il lui posa une main sur la cuisse. La journée avait été chargée, et son contact lui avait manqué. Une partie d'elle voulait se dégager, mais c'était trop agréable.

— Je devrais finir mes bagages et aller voir ce que fait maman, dit-elle.

Mais elle ne bougea pas.

— Ou alors… tu pourrais m'embrasser.

Elle le mit en garde d'un regard.

— Drew ! On n'a plus dix-sept ans.

— Je sais. C'est pourquoi c'est plus amusant.

— Je crois que mes parents ont eu assez de chocs pour la journée.

Il se pencha.

— Est-ce que ce serait si choquant qu'ils découvrent qu'on se fréquente ?

— Est-ce le cas ? Est-ce qu'on se fréquente ?

Il passa les doigts dans ses cheveux et lui adressa ce sourire malin et dévastateur qui lui faisait toujours de l'effet.

— Moi, je te fréquente. Et toi ?

Elle regarda vers le couloir, mais elle savait que son père ne sortirait pas avant plusieurs heures. Elle ignorait où était sa mère.

— Carolina, reprit Drew en prenant son visage entre ses mains pour le tourner vers lui, de quoi as-tu peur ?

Elle l'ignorait. Mais, quand il se pencha pour lui effleurer les lèvres des siennes, elle oublia qu'ils n'étaient pas seuls dans la maison. Il l'attira contre lui avec un baiser léger et tendre, mais elle en voulait davantage. Elle posa la main sur sa poitrine et serra son tee-shirt, respirant son souffle, savourant son corps ferme, se délectant de la sensation de sécurité qu'elle ressentait toujours entre ses bras.

Il s'écarta le premier. Elle avait la tête qui tournait et en voulait encore. Il avait un regard assombri par le désir.

— J'en veux encore et davantage, tu sais, lâcha-t-il.

Elle déglutit et se demanda s'il parlait du baiser… ou d'autre chose.

Chapitre 18

L'équipe de Drew devait jouer trois matchs entre Noël et le Nouvel An. Il avait apprécié la pause, mais il était de nouveau concentré exclusivement sur le jeu. Gagner au moins un jeu à l'extérieur les avait aidés. Peut-être que la pause des vacances leur avait fait du bien, parce qu'il se sentait remonté et prêt à tout donner.

Ce soir, ils affrontaient l'équipe du Colorado, à Madison Garden, et ils étaient convaincus que c'était l'impulsion nécessaire pour se reprendre et enchaîner les victoires.

Il aimait glisser sur la patinoire qui lui était familière. Il en appréciait les odeurs, en connaissait chaque recoin, et il savourait l'implication bruyante de la foule de fans.

Quand les joueurs entrèrent sur la glace pour les présentations, les spectateurs se mirent à hurler. Drew se baigna dans cette énergie et fit le plein pour le jeu. Il aurait voulu que Carolina soit là, mais il savait qu'elle était plongée dans son travail, tout comme lui. Il ne lui avait même pas proposé de venir, car il ne voulait pas la mettre dans l'embarras.

De plus, il devait la voir le lendemain soir. Il sourit en faisant le tour de la patinoire pour s'échauffer. Demain serait sa nuit avec Carolina.

Pour le moment, c'était la nuit où il allait battre le Colorado.

Trick se plaça pour la mise au jeu, et Drew attendit, prêt à se précipiter pour gagner le palet dès qu'il toucherait la glace.

Trick projeta le palet vers le but du Colorado et Drew s'élança, mais un défenseur l'intercepta avant qu'il puisse atteindre le filet. Drew le suivit de près. Heureusement, la défense des Travelers était prête à protéger son filet, et Kozlow lutta pour reprendre le palet.

Drew faisait confiance à Avery Mangino, son gardien, mais il préférait que l'action se passe de l'autre côté du terrain, où il pourrait tenter de mettre le palet dans le filet adverse. Quand Kozlow fit glisser le palet vers eux, Trick et lui enchaînèrent les passes entre eux puis le firent dévier vers Litman pendant que Drew glissait, déjouait la défense du Colorado et se mettait en position.

Il reçut la passe de Litman et tira, mais le gardien intercepta le palet.

Merde!

À la fin du premier tiers-temps, personne n'avait marqué.

Inacceptable.

L'équipe du Colorado était bonne, mais ils étaient meilleurs.

Au deuxième tiers-temps, le jeu devint intense, et les tirs se multiplièrent dans un camp comme dans l'autre. Le temps passait, et quand un joueur du Colorado fut sorti pour crosse haute les Travelers se retrouvèrent en supériorité numérique.

C'était leur chance de lancer l'assaut. Drew repéra Trick, devant le centre, et il s'élança avec Litman pour lui passer le palet. Trick le relaya vers Sayers. Drew se mit en place en repoussant un défenseur juste à temps pour intercepter la passe de son coéquipier. Il tira, et le palet atterrit droit dans le filet.

Ils avaient marqué ! Ils se réunirent pour fêter leur joie, pendant quelques secondes, puis retrouvèrent leur concentration.

Au troisième tiers-temps, ils étaient en tête avec deux à zéro, mais le Colorado menait le jeu et les cantonnait dans leur camp. Trick reçut une pénalité de deux minutes, et ils passèrent en infériorité numérique.

Il fallait tenir bon pour que leurs adversaires ne remontent pas le score.

Drew, le dos et le visage en sueur, était décidé à ne pas quitter des yeux deux joueurs en particulier. Il planta fermement ses patins dans la glace et ne les lâcha pas, semblant se dédoubler tant il déployait d'efforts pour contrer leurs attaques contre le but. Il finit par renvoyer le palet vers le filet du Colorado, mais les joueurs eurent tôt fait de le rattraper pour le renvoyer chez les Travelers. Kozlow se colla au défenseur et lutta pour reprendre le palet. Il remporta la bataille et tira vers Drew. Celui-ci patina de toute sa puissance, emportant le palet comme s'il l'avait volé.

À bout de souffle, il filait aussi vite qu'il le pouvait pour rester devant les joueurs du Colorado, tout aussi déterminés à lui enlever le palet qu'il l'était à le conserver. Près du filet, ils se réunirent en un enchevêtrement de corps et de crosses engagés dans une lutte furieuse. Drew tenta un tir, mais le gardien rattrapa le palet entre ses gants.

Bon sang! L'équipe repartit vers le but des Travelers. Drew jeta un coup d'œil à l'horloge. Il restait encore trop de temps de pénalité à Trick alors que l'équipe du Colorado était déchaînée.

Ils se rassemblèrent en foire d'empoigne devant le but, une mêlée de joueurs jouant de la crosse pour gagner le palet. Drew le vit partir vers le filet, et quand Avery se redressa, le palet dans la main, Drew poussa un grand soupir de soulagement.

L'infériorité numérique des Travelers prit fin, et le temps touchait à son terme. Le jeu reprit, et malgré tous les efforts des joueurs du Colorado ils ne parvinrent pas à marquer de point. Les Travelers l'emportèrent, et tous les joueurs de l'équipe fêtèrent leur succès en claquant leurs mains tendues bien haut, au centre de la patinoire.

Drew était ravi, épuisé, et prêt à avaler un bœuf, tout comme ses coéquipiers. Au programme, douches, interviews et rassemblement dans un grill pour le dîner.

Il s'habilla, prit son téléphone et fut surpris de trouver un SMS de Carolina.

Superbe match! Tu leur as botté les fesses comme un chef! Bravo!

Il composa son numéro, et elle décrocha à la seconde sonnerie.

— Je pensais que tu serais sorti fêter ta victoire!

Il sourit.

— J'y vais. Tu as regardé le match?

— Oui. J'étais chez moi pour des petits arrangements mineurs, je devais préparer quelques fils de perles et j'avais mis le match pendant que je travaillais. Mais j'avoue que pendant un moment je suis restée plantée devant l'écran. Superbe but !

— Merci. Je t'aurais bien invitée à venir sur place, je le voulais vraiment, mais j'ai pensé que tu serais débordée.

— Je le suis. Mais ça n'empêche pas d'allumer la télé ! Je voulais juste que tu saches que je te soutenais.

Il prit une profonde inspiration.

— Je t'en remercie.

— De rien. Profite bien de la fête !

— D'accord, je t'appelle demain. Ne travaille pas trop !

— J'essaierai. Bonne nuit, Drew.

— Bonne nuit, Lina.

Il raccrocha et sourit.

— Qu'est-ce que tu fous, mec ? Réveille-toi, on y va. Je meurs de faim.

— Ouais, ouais.

Il enfila ses chaussures et suivit Trick hors des vestiaires.

Chapitre 19

Carolina détestait la veille du Nouvel An à New York. En général, elle quittait la ville ou restait cloîtrée dans son appartement en laissant les autres se presser dans les rues surpeuplées pour faire la fête.

Elle appréhendait ce que Drew avait prévu pour elle ce soir. Le connaissant, il l'obligerait à porter un chapeau ridicule avant de la traîner jusqu'à Times Square.

Elle sirotait un thé quand son téléphone sonna. Elle fronça les sourcils et regarda sa pendule. Il n'était que 8 heures, mais l'appel venait de Drew.

— Il est un peu tôt pour notre rendez-vous, non ?

— Pas vraiment. Prépare un sac. On bouge.

— On réserve déjà notre place à Times Square ?

Il rit.

— Tu crois vraiment que je t'infligerais ça ?

— Je n'en sais rien !

— Prépare un bagage. On quitte la ville !

— Super ! Mais qu'est-ce que je prévois ?

— Prépare-toi pour la plage. Je serai là dans une heure. Tu seras prête ?

Pour qui la prenait-il, une diva qui prenait trois heures à emballer quelques robes ?

— Oui, on se voit dans une heure.

Se préparer pour la plage ? Où allaient-ils ? Mais, du moment que cela l'éloignait de New York, elle était partante.

Elle se dirigea vers sa chambre et sortit son sac de voyage, prit un ou deux pantacourts, une robe d'été et, même si c'était une idée ridicule, son maillot de bain. Mais c'était l'hiver. S'ils allaient dans les Hamptons, ce qui était une idée charmante, il ferait quand même froid. Elle ajouta un pull et son pantalon de survêtement, au cas où.

Elle prit une douche et s'habilla, puis elle mangea un bagel en attendant.

Drew se présenta exactement à l'heure convenue, ce qu'elle apprécia. Quand il sonna, elle prit son sac et descendit.

Elle ouvrit la porte de l'immeuble, et il sourit.

— J'aime qu'une femme soit ponctuelle.

— Eh oui, j'ai même pris mon petit déjeuner !

— Quelle efficacité ! Tout est là ? demanda-t-il en prenant son sac.

— Tu ne m'enlèves pas pour une semaine, si ?

Il la guida vers un taxi qui les attendait.

— Bonne idée, mais on a du travail tous les deux, donc non, juste pour la nuit.

Ils montèrent dans le véhicule.

— Vas-tu enfin me dire où on va ?

— C'est une surprise.

— Vraiment ? Tu ne vas rien me dire ?

— On sera arrivés avant que tu t'en rendes compte. Assieds-toi confortablement et profite.

Le voyage les mena à un petit aéroport, où elle fut surprise de trouver le jet privé des Preston.

Ils embarquèrent et bouclèrent leurs ceintures.

— Comment as-tu organisé tout ça ?

Il s'installa à côté d'elle.

— J'ai parlé avec Gray qui en a discuté avec ton père.

— Bonjour, mademoiselle Preston, monsieur Hogan.

Carolina sourit au capitaine de l'équipage.

— Bonjour, Oren.

— Nous allons décoller d'ici peu. Nous atterrirons à Daytona Beach en un clin d'œil. Profitez bien du voyage.

Il disparut dans le cockpit, et Carolina se tourna vers Drew.

— On va passer le réveillon avec Eve et Gray ?

— Pas exactement. Ils ont dû changer leurs projets et aller en Virginie voir les parents d'Evelyn. Avec la nouvelle du bébé, ils voulaient passer du temps avec eux et discuter du futur mariage. Alors j'en ai parlé avec Gray, et il nous laisse sa maison pour la soirée.

— Oh, c'est fantastique !

Une nuit en Floride était tellement plus attrayante qu'un réveillon dans le froid de Times Square et la foule de New York !

— Je savais que tu ne voulais pas rester en ville ce soir. Je me suis dit que tu aimerais un endroit plus chaud. J'avais prévu de nous réserver une chambre d'hôtel et de ne négocier que le jet, mais Gray m'a dit qu'ils ne seraient pas là et a proposé de lui-même la maison. Je n'ai pas refusé !

— C'est une belle maison en bord de mer. Une destination plus chaude était une merveilleuse idée. Merci.

L'avion décolla, et Carolina s'occupa en travaillant sur sa collection. Ses mannequins étaient prêts, et elle avait presque décidé qui porterait quoi. Il y aurait peut-être quelques échanges de dernière minute, mais elle n'avait plus qu'à peaufiner les vêtements finis, et tout était en place. Il fallait maintenant lancer sa campagne de publicité, et pour cela il faudrait convaincre Drew d'y participer, ainsi qu'une de ses mannequins pour la collection féminine. Elle avait déjà parlé avec l'agence et choisi laquelle ferait les séances photo.

Elle se cala contre son fauteuil, ferma les yeux et prit le temps de se reposer et de rassembler ses idées.

Puis Drew lui secoua l'épaule.

— On va se poser.

Elle cligna des paupières et ouvrit les yeux.

— Déjà ? J'ai dû m'endormir.

Il lui sourit.

— Tu n'aurais pas travaillé un peu trop dur cette semaine ?

— Oh, pas tant que ça !

Il lui adressa un regard entendu.

— Tu me permettras d'en douter.

Ils atterrirent puis ils remercièrent les membres d'équipage, qui déclarèrent être ravis de passer le réveillon sur la plage. Le père de Carolina avait organisé un voyage pour que leurs familles les rejoignent, et ils étaient tout excités.

Drew avait loué une voiture. Ils placèrent leurs sacs à l'arrière et prirent la route.

Carolina adorait la maison de Gray. Elle y était allée quelques fois, et il la lui avait même prêtée pour les vacances quand il était en déplacement pour une course. Elle aimait ses grands espaces, son emplacement juste sur la plage, sans voisin proche. C'était magnifique, paisible, et, en arrivant dans l'allée, elle reconnut une employée de Gray qui les attendait avec la clé.

— Merci, Louisa.

— La maison est prête avec tout ce qu'il faut. Je reviendrai demain... À 15 heures, a dit M. Preston, pour récupérer la clé ?

— C'est parfait, confirma Drew.

La femme acquiesça et partit. Drew récupéra la clé dans les mains de Carolina et ouvrit.

Carolina sentait déjà la brise océane qui s'engouffrait par les portes ouvertes de la terrasse. Elle sortit sur l'esplanade.

Il faisait bon, bien plus chaud qu'à Manhattan. Elle eut aussitôt envie de retirer ses vêtements pour se promener en maillot sur la plage.

Drew arriva derrière elle et l'entoura de ses bras.

— Je me doutais que ce serait plus sympa que la folie de Times Square.

Elle posa la tête contre sa poitrine.

— C'est absolument parfait. Il n'y a rien de plus apaisant que l'océan.

— Tu veux te changer et faire une balade ?

— Absolument !

Ils montèrent dans la chambre d'amis, située après la chambre principale. C'était une pièce incroyable, immense, avec un grand lit, un balcon ouvert sur la mer et une salle de bains privée. Elle passa son maillot de bain, un pantacourt, un débardeur et des tongs.

— C'est tout à fait indécent en décembre ! s'exclama-t-elle en découvrant Drew en bermuda et tee-shirt sans manches.

Elle apprécia le spectacle de ses muscles découverts.

Ils sortirent, et Drew lui prit la main. La tête lui tournait un peu, comme si elle avait été en vacances, sans la moindre préoccupation.

Elle avait pourtant bien des soucis qui engendraient de la tension et du stress.

Mais pas aujourd'hui. Aujourd'hui, elle ne penserait à rien de tout cela. Une journée à l'écart de ses soucis lui suffirait à les oublier.

Le soleil doux baignait sa peau de ses rayons tandis qu'ils retiraient leurs chaussures pour profiter du sable. Ce n'était pas l'été, bien sûr, mais il faisait doux, et la sensation était délicieuse. Le parfum du sel la ressourçait pendant qu'ils longeaient la mer. Carolina enfonça les orteils dans le sable en regrettant qu'il faille attendre six mois avant les beaux jours.

— Enfants, on allait souvent à la plage, dit-elle en avançant à pas lents. Ce sont, parmi mes souvenirs, les plus tendres de mon enfance. Je jouais dans l'eau avec Gray, on pataugeait et on se jetait de l'eau. Papa ne se joignait pas souvent à nous parce qu'il était très occupé, mais maman était toujours de nos virées, avec des tantes, des oncles et bien sûr des cousins. On s'amusait beaucoup.

Drew croisa son sourire et le lui rendit.

— On dirait que c'était vraiment bien

— Oui. On passait une semaine à la plage tous les étés. J'attendais ce moment avec impatience.

— Moi aussi, j'adore la mer. Bien sûr, en grandissant dans l'Oklahoma, je ne pouvais pas aller à la plage, mais il y avait des tas de lacs, et on allait y camper. On prenait le bateau et on faisait du ski nautique.

— Tes parents avaient un bateau ?

Il secoua la tête.

— Non, mais ils étaient amis avec des gens qui en avaient un, on campait et on skiait ensemble. Puis, adolescent, j'ai eu aussi un ami dont les parents possédaient un bateau, et on passait nos week-ends à faire du ski nautique.

Elle s'arrêta et le regarda.

— Alors tu es en train de me dire que tu es un champion de ski nautique ?

Il lui adressa un adorable sourire de gamin.

— Eh bien, oui ! Si l'eau n'était pas froide, je te ferais une démonstration.

— Quelle malchance ! Une autre fois, peut-être.

Il lui prit la main et se remit à marcher.

— On reviendra cet été. Je t'impressionnerai par mes prouesses sur l'eau.

Il envisageait qu'ils se voient encore en été. Elle ne sut pas quoi en penser.

Quelle serait leur situation ? Elle n'en savait rien. Elle n'était jamais restée très longtemps avec un garçon ; quelques rendez-vous, un mois au mieux, jusqu'à ce que les choses se délitent parce qu'elle ne s'impliquait pas ou était trop occupée pour entretenir une relation. Elle s'était toujours concentrée sur sa carrière, jamais sur un homme.

Cela devait rester ainsi, maintenant plus que jamais.

Mais l'idée que Drew quitte sa vie lui faisait mal, et cela lui déplaisait.

Son bien-être n'avait jamais dépendu d'un homme. Cette idée lui avait toujours paru ridicule. Sa seule aspiration, sa seule envie, son seul vœu de bonheur était de lancer sa collection de mode.

Quelque chose changeait en elle, l'ordre de ses priorités se renversait peu à peu.

— Tes épaules rougissent. As-tu mis de l'écran solaire ?

— Oh, j'étais si excitée de sortir profiter du beau temps que j'ai oublié !

— Alors rentrons que je te mette de la crème avant que tu grilles comme un homard.

Elle rit.

— Oui, ce serait dommage. Les coups de soleil ne me vont pas au teint.

Ils firent demi-tour, et Drew la conduisit plus haut sur la plage, où ils pouvaient marcher à l'ombre.

Une fois rentrée, Carolina se rendit dans la cuisine.

— Tu bois quelque chose ?

— Une bière me plairait bien.

— Entendu. À vrai dire, ça me fait assez envie à moi aussi.

D'ordinaire, elle n'aimait pas la bière, mais il faisait bon, elle était assoiffée, et le temps avait quelque chose d'estival. Et l'été était synonyme de bière. Elle prit deux bouteilles, les tendit à Drew qui les ouvrit et lui rendit la sienne. Ils allèrent s'asseoir sur la terrasse.

Il n'y avait personne aux alentours, uniquement les nuages au-dessus de l'océan. Carolina aperçut un bateau au loin mais ne put l'identifier précisément. Il disparut à l'horizon, et il ne resta que les vagues. Ils étaient seuls sur la plage privée. Cela lui donnait même l'impression qu'ils étaient seuls au monde. Des naufragés isolés, perdus dans leur propre univers.

Cette idée lui plaisait.

— Comment va ton travail ?

Elle regarda Drew.

— Je ne veux pas en parler aujourd'hui, je suis en vacances.

— Je ne t'ai jamais entendue refuser de parler travail.

— Tu crois que je suis obsédée ?

Il rit.

— Non, mais je pense que tu aimes ton travail. Il n'y a rien de mal à ça. Je parle beaucoup de hockey parce que j'aime ce que je fais, comme toi. Dans le cas contraire, tu devrais en changer.

— C'est vrai. J'aime mon travail. Mais j'ai été un peu obsédée par lui ces derniers mois.

— C'était justifié, j'imagine, puisqu'il faut que le lancement soit un succès.

Elle replia les genoux contre sa poitrine.

— Ne m'en parle pas.

— Ah oui, tu es en vacances aujourd'hui et tu veux oublier tes soucis.

Elle esquissa un sourire.

— Exactement.

— Je peux te faire oublier le travail.

— Ah oui ?

— Oui.

Il se leva et prit sa bière.

— Suis-moi.

Il la mena dans la maison, où ils empruntèrent un couloir qui les mena jusqu'à un jardin situé sur le côté de la demeure, une oasis de verdure et de palmiers avec une piscine et un Jacuzzi, le tout entouré d'une haute palissade. Il l'invita à s'installer avec lui au bord de la piscine.

Elle plongea les jambes dans l'eau avec précaution.

— Ah oui, contrairement à l'océan, celle-ci est chauffée !

Drew l'imita.

— Oui, et c'est plus intime.

Elle rit.

— Je n'ai vu personne à l'horizon.

Il fit tinter le goulot de sa bouteille contre le sien puis but une longue gorgée.

— Mais j'ai des projets inavouables avec toi et je voulais être sûr d'être en privé.

— Vraiment ? Quel genre de projets inavouables ?

— D'abord, nager un peu, puis retirer tous nos vêtements.

— J'aime ces idées.

Elle retira débardeur et pantacourt, puis se glissa dans l'eau, chaude et délicieuse. Elle fit quelques longueurs aux côtés de Drew puis il la prit dans ses bras, la fit tourner et plongea avec elle. Elle refit surface en riant, puis il les entraîna de nouveau sous l'eau, où il l'embrassa. Elle noua les bras autour de son cou, savourant la sensation joyeuse de l'eau et de ses lèvres contre les siennes.

Quand ils refirent surface, elle tourna entre ses bras pour l'envelopper de ses jambes.

— Bon début, commenta-t-il en avançant vers les marches.

Il assit la jeune femme sur le bord et dénoua son haut de Bikini, le laissant glisser sur ses hanches. Elle s'enhardit, défit le lacet de dos et jeta le vêtement à l'écart.

— Tu dévoiles tes projets inavouables ?

— Ce n'est qu'un début. Mais d'abord de l'écran solaire.

— Oh, c'est vrai, on est toujours au soleil !

Drew sortit de l'eau, des gouttes glissant sur son corps, puis il alla ouvrir un placard de la véranda couverte. Ses mouvements étaient fluides, il marchait avec une allure décontractée et une assurance toute masculine.

Comme quand il était sur la glace… Quand il patinait, quel que soit le rythme de l'action, il était toujours magnifique. Il envoûtait Carolina, et elle avait suivi tous ses matchs quand ils avaient été séparés la semaine précédente. Et ce n'était pas seulement pour étudier la dynamique du jeu, les mouvements de son corps, c'était aussi parce qu'il lui manquait.

Mais elle avait décidé de ne pas réfléchir à cette question compliquée ce jour-là.

Il revint avec de la crème et s'en versa sur les mains.

— Penche-toi en avant.

Elle obéit en soulevant ses cheveux de son dos pour qu'il puisse étaler la crème. Il procédait en gestes soigneux, lents et sensuels, et ce contact la réchauffait plus que le soleil. Chaque friction était une caresse sur son dos et ses bras, comme s'il voulait découvrir son corps et apprendre à le connaître. Il étala la lotion sur sa peau, jusqu'au bas de son Bikini.

— Maintenant, penche-toi en arrière.

Elle lui sourit quand il se versa de la lotion sur les mains. Il commença par l'avant de ses épaules, puis poursuivit vers la clavicule, lui enveloppant le cou de ses mains, la caressant doucement des pouces. Elle scruta son visage très sérieux, comme s'il se concentrait pour ne pas oublier une seule parcelle de sa peau, les sourcils froncés, les lèvres serrées. Elle ne put retenir un sourire devant tant de gravité pour cette tâche.

Elle déglutit quand il descendit sur sa clavicule. Il lui enveloppa les seins et stimula ses pointes jusqu'à ce que sa peau frémisse.

Il prit son temps, passant doucement les pouces sur les tétons sensibles, jusqu'à la faire se cambrer vers lui. Il la regarda, et elle eut le souffle coupé par la chaleur et le désir dans ses yeux.

— J'aime quand tu me touches, dit-elle en le regardant continuer à tourmenter tendrement ses seins.

— Tu as une poitrine magnifique, Lina. Je ne me lasserais pas de regarder les pointes se dresser. Et quand je te sens bouger sous mes caresses je sais que tu y prends aussi plaisir.

Il se donna raison en décrivant des cercles des pouces, tandis qu'elle entrouvrait les lèvres, haletante, le souffle court.

— Oui, c'est si bon.

— Et je ne compte pas m'arrêter là.

Il descendit sur son ventre, remettant de la crème sur ses paumes avant de les faire glisser le long de son abdomen, de ses hanches, de son entrejambe, puis il leva chaque jambe pour les caresser soigneusement jusqu'aux mollets. C'était un massage sensuel et doux qui faisait réagir chaque nerf de son corps.

Elle ne s'était jamais sentie aussi vivante, ni aussi impatiente de le toucher en retour.

— À mon tour, déclara-t-elle. Allonge-toi près de la piscine.

Elle saisit un drap de bain sur la pile installée sur une chaise et le déplia sur le sol. Drew s'allongea sur le ventre, mais, au lieu de verser la lotion sur ses mains, elle s'en aspergea la poitrine puis se colla contre lui.

— Ah, c'est intéressant ! apprécia-t-il.

Elle cala son corps contre le sien et ondula, les seins douloureux de désir au contact de son dos.

— Lina, souffla-t-il en tournant la tête de côté pour la regarder.

Elle pressa les mains sur ses épaules pour le maintenir en position.

— Ne bouge pas et laisse-moi te toucher.

— Tu me rends fou.

— C'était le but !

Elle continua à onduler contre lui, le corps humide de lotion, et elle descendit pour étaler la crème partout, frottant son entrejambe toujours couvert du petit Bikini contre ses fesses bien fermes.

Elle se demanda qui, à cet instant, était le plus à bout de désir entre elle et lui.

Elle se leva, planta fermement les pieds contre ses hanches.

— Maintenant, mets-toi sur le dos.

Il se tourna en lui souriant.

— C'est la vision la plus superbe que j'aie contemplée de ma vie.

Elle se sentit audacieuse et magnifique. Elle se mit à genoux près de lui et lui versa de la lotion sur les jambes avant de les masser comme il l'avait fait avec les siennes. Elle voulait qu'il se sente aussi bien que ce qu'il lui faisait ressentir chaque fois.

Elle le chevaucha et fit glisser les mains sur sa poitrine et ses épaules.

Il lui saisit les poignets.

— Tes mains sont si douces. Est-ce que tu mesures à quel point tu me fais bander quand tu me touches ?

Elle se décala pour faire glisser sa peau contre son sexe.

— Oui.

— Enlève ton Bikini que je te lèche.

Elle frissonna à ces mots, se leva et dénoua la ficelle sur ses hanches, puis elle fit glisser le tissu et le jeta de côté.

— Maintenant, assieds-toi sur ma poitrine que je m'occupe de toi. Je veux que tu cries pour moi.

Elle attrapa une petite serviette près d'eux et la glissa sous sa tête. Elle se pencha en avant, posa les mains sur le ciment, puis elle descendit son sexe vers sa bouche. Drew lui saisit les fesses et enfouit le visage entre ses jambes avant de la pénétrer de sa langue.

Une vague de chaleur et de plaisir s'empara d'elle. Pouvoir le regarder, suivre son regard alors qu'il explorait son intimité, était la sensation la plus intime qu'elle ait connue. Elle se déhancha contre son visage, déjà proche quand il fit jouer la langue sur son point sensible, puis quand il referma les lèvres pour aspirer.

Sa bouche était un vrai paradis, sa langue une œuvre du démon lorsqu'elle allait et venait sur son clitoris avant de se poser sur sa peau et… Oh, il lui faisait tant d'effet !

Il glissa la langue en elle, se retira et l'enroula autour de son clitoris. Des vibrations la secouèrent.

Elle pencha la tête en arrière et laissa les sensations l'envahir jusqu'à ce qu'elle ne puisse plus se retenir. Son orgasme fut comme une explosion qui lui enflamma l'entrejambe.

— Drew ! hurla-t-elle en jouissant.

Il lui prit fermement les hanches tandis que l'orgasme la secouait et la laissait à bout de souffle et en sueur.

Sentant les tremblements continuer, elle se laissa glisser en arrière, sur lui, pour reprendre sa respiration.

— Ton cœur bat vite, dit-il en lui caressant le dos.

Elle sourit.

— J'ai besoin de boire un peu d'eau fraîche.

Il l'enveloppa de ses bras et s'assit.

— Je vais en chercher.

Elle se rassit au bord de la piscine et laissa pendre les jambes dans l'eau. Drew revint avec deux verres d'eau et un paquet de préservatifs.

Elle prit le verre et sourit à son érection très voyante.

— Oui, je veux te baiser ici.

Elle se leva.

— Je l'espère.

Elle but et reposa son verre sur la table.

— Tu veux nager ?

— Bonne idée.

Ils sautèrent dans l'eau, mais, dès qu'ils reparurent à la surface, Drew l'enveloppa de ses bras pour l'attirer contre lui. Elle l'entoura de ses jambes et l'embrassa. Il la maintint par la nuque et glissa la langue dans sa bouche en la faisant reculer contre le bord de la piscine. Elle sentit son érection contre son sexe, ce qui enflamma son désir. Il lui saisit les seins en passant le pouce sur les pointes jusqu'à ce que les sensations la fassent gémir contre ses lèvres.

Il la porta hors de la piscine, enroulée autour de son corps, puis il la déposa sur une bordure de pierre douce qui reliait la piscine et le Jacuzzi. Bien surélevée, c'était une plate-forme pour bronzer ou plonger dans l'eau. Carolina regarda Drew et l'eau qui gouttait du bout de ses cheveux, puis il pressa les lèvres contre les siennes, en un baiser long et brûlant. Elle frémit, mais le froid n'y était pour rien. Le soleil avait réchauffé son corps, mais ce baiser la mit en feu.

Il s'écarta juste le temps de passer un préservatif puis l'attira contre lui, lui écartant les jambes. Il la pénétra, et elle se pencha en arrière les yeux fermés, pour savourer pleinement le plaisir qu'il lui donnait.

— J'adore te regarder, dit-il. J'aime nous regarder, sentir ton sexe saisir le mien quand je suis en toi. Tu le vois, Lina ?

Elle se redressa en regardant son pénis entrer en elle. Cette vision, combinée aux sensations qu'elle ressentait, l'envahit de vibrations de plaisir. Elle le contempla.

— Oui.

— Tu me tues, Lina.

Ces mots lui déchirèrent le cœur. Puis il accentua ses coups de reins, glissa une main sous ses fesses et la souleva presque de la pierre en allant et venant si vite et si profondément qu'elle crut mourir de plaisir. Pendant tout ce temps, leurs regards restèrent fixés l'un à l'autre, comme s'il essayait de lui dire quelque chose.

Mais il n'y avait aucun mot entre eux, juste des soupirs, des grognements et ses mouvements sauvages en elle, tandis qu'elle bougeait contre lui et lui donnait la seule chose qu'elle pouvait lui offrir.

Elle. Tout ce qu'elle avait. Elle noua les bras autour de son cou pour mieux sentir son pénis, le poussant à aller au plus profond d'elle. Quand elle jouit, des larmes lui emplirent les yeux. Elle ferma les paupières mais s'obligea à les rouvrir après qu'une vague de plaisir l'eut ébranlée.

— Lina, souffla Drew d'une voix douce mais qui perça tout de même jusqu'à elle derrière la brume d'un orgasme fabuleux.

Elle croisa son regard et observa les muscles de son visage qui se tendaient alors qu'il jouissait. Elle s'accrocha à lui alors qu'il donnait des coups de reins et frissonnait sous l'orgasme. Elle n'avait jamais rien vu de plus merveilleux qu'un homme qui se révélait avec tant d'honnêteté.

Elle s'affaissa contre la pierre, et Drew la suivit, s'emparant de ses lèvres en un baiser doux comme la brise qui soufflait autour d'eux.

Drew roula sur le côté. Carolina peinait à reprendre son souffle et ne parvenait pas à s'expliquer clairement ce qui venait de se passer entre eux.

Ce n'avait peut-être été que du sexe phénoménal, mais elle s'était aussi sentie incroyablement connectée avec Drew.

Elle ferma les yeux et se détendit, prenant de longues inspirations apaisantes.

Ne réfléchis pas trop. Ce n'est pas ce que tu crois.

Et, même si ça l'était, elle n'avait pas le temps pour cela dans sa vie.

— Tu vas bien ?

Elle sourit et chassa avec difficulté ces pensées trop envahissantes.

— Mmh, mmh.

— Tu sais quoi ?

Elle se tendit.

— Quoi ?

— J'ai faim.

Elle rit et roula pour lui faire face.

— On devrait prendre une douche et s'occuper de ton problème, proposa-t-elle.

Drew s'assit.

— Bonne idée. Je sais qu'il doit y avoir un feu d'artifice en ville ce soir. Si tu es d'humeur, on peut y aller.

Elle appuya la tête dans sa main.

— Ou ?

— On pourrait faire un barbecue ici et passer une soirée tranquille.

— J'aime cette idée. Sauf si tu as envie d'une foule et d'un feu d'artifice.

Il la regarda, les yeux concentrés, pleins de chaleur.

— Je suis heureux d'être ici avec toi.

Elle entendit encore un immense signal d'alarme dans sa tête.

Elle se leva et lui prit la main.

— Pareil. Allons prendre une douche. Ensuite, on allumera le gril.

Chapitre 20

Drew fit griller du steak et du homard, et Carolina fit cuire du riz et des asperges. Ils ouvrirent une bouteille de vin pour le dîner et mangèrent dehors, sur la terrasse. La nuit était claire, ils étaient seuls, et la journée avait été merveilleuse.

Il n'aurait pas voulu repartir le lendemain, mais la vie reprendrait bientôt ses droits.

Il aimait passer du temps avec Carolina, et il n'était pas du genre à trop penser à ce qui se passerait le jour suivant. Mais assis face à elle, à contempler la brise océane qui balayait des mèches de cheveux sur son visage, il se demandait ce qui faisait qu'elle ne ressemblait à aucune des femmes qu'il avait connues.

Quand il était sorti avec d'autres conquêtes, il n'y pensait plus quand il n'était pas avec elles.

Avec Lina, il pensait à elle constamment. C'était un terrain glissant.

Était-il prêt pour une relation à long terme ? Il avait trente ans. Il était peut-être temps de se caser.

— Tu es silencieux ce soir, fit remarquer Carolina.

Ils avaient fait la vaisselle et sirotaient du vin en terrasse.

Il lui adressa un sourire.

— C'est parce que tu m'as exténué aujourd'hui avec ton appétit sexuel insatiable.

Elle se mit à rire.

— C'est ça ! Je t'ai vu jouer au hockey, et tu as clairement des réserves d'énergie inépuisables.

Il leva son verre et but une gorgée avant de répondre, savourant sa beauté dans une fine robe d'été, la peau caressée par un bronzage léger.

— Tu veux dire que tu en veux encore ?

— Je ne sais pas quoi répondre à ça.

— Par un oui ?

Elle lui adressa un regard qui fit frémir son sexe.

— Si tu t'en sens capable, je suis partante.

Il se doutait qu'elle devait être fourbue. Il ne s'était pas retenu avec elle, surtout cet après-midi. Elle éveillait son côté animal, et il ne pensait qu'à la posséder. Il n'avait jamais ressenti cela avant.

— Peut-être un câlin, dit-il.

— Regardez-moi cette mauviette.

— Tenteriez-vous de me défier, mademoiselle Preston ?

Il voyait son regard brûlant face à lui.

— Peut-être.

Il repoussa sa chaise et alla près d'elle pour lui prendre la main. Il tira son téléphone de sa poche, choisit une chanson et la lança.

Carolina le regarda d'un air interrogateur.

— Je n'arrive pas à croire que tu aies *Unchained Melody* des Righteous Brothers sur ta playlist !

— Pourquoi ?

— Je ne sais pas. C'est… romantique, à l'ancienne. C'est une chanson d'amour classique.

Il l'attira entre ses bras et commença à danser avec elle.

— Et alors ? Je ne suis pas romantique ?

— Je t'imaginais plutôt écouter de la musique qui envoie, en accord avec les références du hockey.

— Les références du hockey ?

— Oui. De la glisse rapide, des fêtes de débauche, des bagarres. Une douce musique romantique n'a pas sa place.

Il l'attira plus près et la fit tourner en rythme.

— Tu devrais peut-être en apprendre davantage sur moi, Lina.

Elle pencha la tête en arrière pour l'étudier. Il lut sa confusion sur ses traits.

— Tu me surprends sans cesse.

— Que je joue au hockey ne veut pas dire que je vais écouter du hard rock et aller chercher la bagarre dans tous les bars du coin. C'est un truc de médias, et je préfère lutter sur la glace. Si tu veux vraiment me connaître, tu t'apercevras que je suis un gentil garçon, si on oublie notre nuit à la fac.

— Bon, j'ai compris. J'ai peut-être des idées préconçues à cause de notre passé. Et le hockey te donne cette image de bad boy.

— C'est vrai. Et on en joue pour nos fans. Mais je ne suis pas un salaud. Je l'ai peut-être été à l'époque, mais je ne veux pas te faire de mal. Pas intentionnellement.

Il la fit tourner en savourant de la sentir contre lui.

— Et puis j'aime cette chanson. Elle est adorable.

Elle secoua la tête.

— Je ne t'aurais jamais associé à l'idée d'… d'« adorable ».

— Ne l'ai-je pas été avec toi ?

Il surprit son regard et se corrigea.

— Hormis cette énorme erreur à l'université qui semble bizarrement me poursuivre comme un nuage noir au-dessus de ma tête.

Elle ne répondit pas tout de suite.

— C'est vrai. Tu as été très gentil avec moi depuis que nous avons repris… ce quelque chose que je ne peux nommer.

Il rit et la fit tourner.

— Inutile de tout définir précisément, si ?

Elle posa la tête sur sa poitrine. Il aimait la sentir ainsi.

— Je ne pense pas. J'aime les choses comme elles sont, Drew. Ici, maintenant. Ne gâchons pas nos bons moments.

Il ne sut quoi en penser. Avait-elle peur de s'engager ou de s'engager avec lui ? Il savait qu'il l'avait fait souffrir. Mais il ne savait pas jusqu'où il voulait aller avec elle.

Vivre le moment présent était toujours une bonne idée. Il faudrait en tout cas qu'ils s'en contentent tous les deux pour l'instant.

La chanson prit fin, et il vérifia l'heure sur le téléphone.

— Il est presque minuit, dit-il. On devrait ouvrir du champagne.

— J'ai une meilleure idée.

Carolina déboutonna le devant de sa robe. Elle ne portait pas de soutien-gorge, et cette vue fit frémir le sexe de Drew.

— J'aime la tournure des événements.

— Je te veux en moi à minuit, que tu me fasses l'amour à la fin de cette année et au début de la nouvelle.

Elle prit son téléphone et rentra, sans cacher la courbe de ses seins par l'ouverture de sa robe.

Envoûté, il la suivit puis lui prit la main et se laissa guider dans leur chambre, à l'étage. Il sortit un préservatif et la suivit sur le balcon.

— Je pensais le faire dehors, sous la lune.

Elle laissa glisser sa robe à terre.

Drew sentit son sexe se dresser tandis qu'il retirait son bermuda et son tee-shirt. Carolina retira sa culotte et alla se blottir entre ses bras. Il respira son parfum quand ses lèvres couvrirent les siennes.

Il voulait faire les choses bien, qu'elle prenne du plaisir pour passer d'une année à l'autre. Il y avait une chaise longue couverte d'un matelas sur le balcon, et il l'allongea dessus.

— Pas besoin de préliminaires, déclara-t-elle en écartant les jambes et en faisant glisser les doigts sur son sexe. Je suis déjà prête pour toi, Drew.

Il déglutit en la regardant se toucher. Il prit son pénis dans sa main et se caressa en la regardant passer les doigts entre les replis de son sexe.

— As-tu idée de ce que ça me fait de te regarder te toucher comme ça ?

Elle leva les yeux vers lui et lui adressa un sourire malin et brûlant.

— Ça te fait bander ?

— Oui. J'ai envie de te lécher et de te faire crier.

— Le temps passe, Drew. Et je veux jouir en te sentant en moi.

Il alluma son téléphone.

— Cinq minutes avant minuit.

Il activa une alarme sur l'appareil, passa le préservatif et monta sur la chaise longue, lui écartant davantage les jambes avec ses genoux. L'assise n'était pas assez large, et ils roulèrent sur le côté, en se faisant face. Carolina passa une jambe au-dessus de sa hanche. Il la pénétra en contemplant son visage.

Bon Dieu, qu'elle était belle quand ses lèvres s'entrouvraient en le sentant entrer profondément en elle ! Elle hoqueta quand il se retira puis donna des coups de reins. Il allait et venait doucement, en mouvements fluides, prenant son temps, sentant son sexe frémir contre le sien tandis qu'il lui faisait l'amour lentement et avec tendresse.

Elle lui passa les doigts autour des mâchoires pour l'attirer et l'embrasser. Il sentit le vin sur ses lèvres et mêla la langue à la sienne, puis il la glissa plus loin et accentua son déhanchement. Elle gémit, et ce son le prit au cœur, lui contractant les testicules.

Il sentit son pouls, conscient qu'elle était au bord de l'orgasme, et lorsque l'alarme de son téléphone retentit il la regarda et lut le plaisir sur son visage.

— Bonne année, Lina.

— Bonne année, Drew. Maintenant, fais-moi jouir.

Il se cala contre elle et donna de puissants coups de reins, profonds, qui la firent frissonner, jusqu'à ce qu'elle lance un cri rauque qui brisa le silence de la nuit. Il grogna et jouit avec elle tandis que leurs corps tremblaient ensemble, saluant la nouvelle année de la meilleure manière qu'il ait pu envisager.

Il la tint contre lui, lui caressa le dos et l'embrassa.

— Peut-on dormir ici ce soir ? demanda-t-elle.

— On pourrait, mais il risque de faire froid.

— Je n'aurai jamais froid entourée de tes bras.

Il la serra davantage et contempla les étoiles en écoutant le bruit des vagues.

Une nuit parfaite. Une femme parfaite.

Demain, ils retourneraient à la réalité, mais, pour le moment, c'était la plus belle nuit de sa vie.

Chapitre 21

Le retour à la réalité et au rythme intense et fébrile du travail avait été plus difficile que Carolina ne l'avait imaginé. Son voyage en Floride avec Drew avait été idyllique, un rêve merveilleux tout aussi relaxant qu'extrêmement dérangeant.

Elle s'était vraiment éclatée. Elle s'amusait toujours avec lui. Et le sexe, bien sûr, avait été phénoménal. Mais elle ne s'était pas attendue à l'émotion sous-jacente de ce jour et de cette nuit. Elle ne savait pas quoi en penser et elle devait déployer tous les efforts possibles pour ne pas y réfléchir, pour se concentrer uniquement sur l'aspect torride et joyeux de leur relation.

Maintenant que ses délais approchaient, menaçants, elle avait passé une semaine enfermée avec son équipe pour finaliser les tenues et apporter les derniers changements subtils à quelques modèles.

Gray était passé pour un essayage, et elle avait au moins pu arrêter sa sélection pour lui. Tous les mannequins étaient venus pour les derniers ajustements, et tout le monde se préparait.

Elle voulait faire un test de photos avec Drew pour sa campagne et elle avait obtenu la permission de Madison Garden pour utiliser la patinoire après l'un de ses entraînements de la semaine. Elle n'aurait besoin du photographe professionnel que pour les prises officielles, mais elle voulait d'abord régler les placements et s'assurer que l'idée qu'elle avait en tête pouvait marcher. Elle pouvait le faire avec son propre appareil.

Drew avait accepté de rester après son entraînement pour la retrouver à la patinoire. Elle avait apporté les vêtements et le retrouva à la porte des vestiaires une fois tous les joueurs partis. Elle ne l'avait pas revu depuis deux semaines. Il avait eu quelques matchs à l'extérieur, son emploi du temps était chargé, et elle-même avait été débordée pour rattraper ses quelques jours de vacances.

Ils s'étaient parlé au téléphone et s'étaient envoyé des SMS chaque jour.

Elle avait dû s'avouer, que cela lui plaise ou non, qu'ils avaient une véritable relation. Curieusement, l'idée ne l'avait pas autant paniquée qu'elle l'aurait pensé.

Elle sourit en le voyant traverser le couloir vers elle.

Il la prit dans ses bras et l'embrassa profondément, jusqu'à ce qu'elle se détende et le laisse exercer son charme contre ses lèvres.

Quand il s'écarta, ses yeux étaient assombris de désir, et Carolina sentait tout son corps frémir.

— Ça fait sacrément longtemps que je ne t'ai pas tenue contre moi. Tu m'as manqué.

Elle sourit et passa le bras sous le sien avant de revenir vers les casiers.

— Tu m'as manqué aussi. Comment était l'entraînement ?

— Bien, comme toujours. Mais j'aimerais comprendre comment revivre ces entraînements du tonnerre et enfin gagner quelques matchs !

— Vos résultats ne sont pas si mauvais.

— À domicile, on assure. Le problème, c'est quand on prend la route.

— Tu trouveras une solution, Drew.

— Oui, on trouvera.

Il la guida dans le vestiaire.

— Alors, quelle est l'idée de ces photos ?

Elle posa son sac sur le banc.

— C'est pour la ligne de sous-vêtements que j'ai créée. Je voudrais commencer avec toi en boxer et tee-shirt, puis juste le boxer.

— Et tu veux que j'aille sur la glace dans cette tenue ?

— Oui. Je sais que ça ne va pas être confortable, mais je voudrais que tu y ailles avec ta crosse, près du filet. Ils ont laissé les buts en place ?

— Oui, je l'avais demandé. Ils viendront plus tard détacher les filets et fermer la salle.

— Super.

Il retira ses bottes.

— Je n'arrive pas à croire que je vais me geler le cul pour toi !

— J'apprécie tes efforts !

— Ouais, ouais…

Il passa le boxer et le tee-shirt que Carolina lui avait apportés.

— Comment te sens-tu dedans ?

Il baissa les yeux puis la regarda.

— Comme en boxer.

Elle leva les yeux au ciel.

— Quoi ? Il a des super-pouvoirs ? Mon pénis va prendre deux centimètres et demi quand je le porterai ?

Parce que, si c'est le cas, tu vas gagner des milliards rien qu'avec ça !

— Oublie ça.

Il la suivit.

— Ma belle, ce sont des sous-vêtements. Les hommes ne sont pas très difficiles sur ce point. Et puis tu les vends plutôt aux femmes, non ? Elles achètent toujours des tonnes de sous-vêtements à leurs mecs, non ?

Elle s'arrêta et se tourna vers lui

— Oui.

— Ben voilà ! Donnons envie aux femmes d'acheter des slips.

Il saisit sa crosse, et Carolina se mit à rire.

Parfois, Drew faisait des sujets compliqués les idées les plus simples possibles.

Ils allèrent près de la patinoire, où James avait préparé un tapis depuis la marche d'entrée jusqu'au filet.

Drew lui devait un pack de bières !

— Je suis remonté et me sens plein d'énergie dans ce boxer. Je pourrais même voler ! déclara-t-il en prenant une pose de super-héros.

Carolina rit.

— Trop tard. Va te mettre en position, et je prendrai les photos.

— Ça me va, j'ai déjà froid.

L'excitation s'empara de la jeune femme.

— Bien. Je vais faire des clichés tests de toi près du filet.

Drew se plaça près du but, crosse en main.

— Oh, ça manque de dynamique ! Tu peux prendre une pose sexy ?

— C'est-à-dire ?

— Je ne sais pas. Penche-toi un peu en arrière.

Il obéit, et cela lui donna l'air… ridicule. Elle éclata de rire, et il fronça les sourcils.

— Bon, c'est fini ?

— Désolée.

Elle n'était pas photographe professionnelle et ne faisait pas partie de ceux qui savent quoi dire pour qu'un mannequin passe en mode sexy, car ils savent le mettre dans la bonne ambiance.

Mais… elle était une femme. Elle pouvait mettre Drew… dans l'ambiance.

Elle le rejoignit. Le visuel lui trottait dans la tête depuis longtemps, et elle avait juste à lui donner vie, à prendre les clichés et à juger ensuite si l'effet était celui qu'elle espérait.

— Prends la crosse de la main gauche, penche-toi comme ça, la main sur le filet. Oui, comme ça.

Elle prit soin de le toucher, de le caresser comme elle le ferait dans l'intimité.

Elle régla la netteté de l'appareil.

— J'adore te voir dans mes vêtements. Bien sûr, j'aime aussi te voir sans vêtements…

Il leva les yeux vers elle, et elle déclencha l'appareil.

Elle lui sourit puis se rapprocha et prit des portraits pour saisir son regard dès qu'elle le touchait et réajuster sa position.

— Écarte un peu les jambes.

Elle veilla à lui caresser les fesses, les cuisses, à prendre de profondes inspirations quand elle était près de lui.

— Carolina…

Il avait le regard sombre, un peu menaçant. C'était parfait.

Elle prit ses photos, et à chaque réajustement elle devinait qu'elle ne s'était pas trompée.

— Maintenant, retire le tee-shirt et reste en boxer.

Il s'exécuta, et elle jeta l'étoffe sur son épaule.

— Glisses-y un doigt, un tout petit peu, dans l'élastique, Drew. Je veux voir tes hanches.

— Tu veux un striptease ?

Elle sourit mais resta concentrée sur la netteté des photos.

— Peut-être.

Le regard qu'il lui adressa la fit fondre. Elle déclencha l'appareil, et, prise après prise, il rentra d'instinct dans le jeu. Il avait compris ce qu'elle attendait de lui.

Mais elle releva soudain la tête de son objectif.

— Je crois que l'érection est de trop.

— Alors arrête de me dire ces cochonneries !

Elle rit et se rapprocha de lui. Il posa la main sur son sexe et se caressa.

— Je n'y peux rien. Tu éveilles le meilleur de moi… à moins que ce ne soit le pire !

Il n'était plus le seul excité…

— Ce n'est pas productif.

Il lui prit les fesses dans une main

— Je me fous d'être productif. Je crois que tu veux le faire sur la glace. Sûrement l'un de tes vieux fantasmes !

— Ça ressemble plutôt à l'un des tiens.

— Non, mon fantasme serait une fellation sur la glace.

— Vraiment ? Et… on est vraiment seuls ici ?

— Tout le monde est parti. Le personnel ne voulait pas rester, alors je leur ai payé à manger et je leur ai dit que j'appellerais quand on aurait fini, pour qu'ils puissent nettoyer et fermer.

— Ah oui ?

Elle s'agenouilla sur le tapis, prenant conscience qu'il devait avoir les pieds gelés. Malgré le tapis, il faisait très froid.

— Lève-toi, Carolina.

Mais elle saisit son sexe entre ses paumes.

— On sait déjà qu'il ne fait pas si froid que ça pour que t'arrives à bander. Et, comme tu l'as dit, on est seuls, non ?

Son regard devint plus grave alors que son sexe se durcissait de plus en plus.

— Oui.

Elle descendit le boxer sur ses hanches et laissa son organe s'épanouir librement. Elle l'entoura de la main et le caressa, réchauffée par la peau brûlante.

— Tu es chaud.

Il la regarda.

— Toi aussi. Tu me fais un tel effet.

Elle se lécha les lèvres puis se pencha et le prit dans sa bouche en lui saisissant les fesses des deux mains.

Drew n'arrivait pas à croire que Carolina avait son sexe entre les lèvres, ici, sur la glace. L'idée des photos le rebutait, mais il savait que c'était important pour elle d'avoir des prises tests pour juger si son idée de publicité marcherait, et il pouvait bien lui sacrifier une demi-heure.

Mais il ne s'était pas attendu à ça, il ne pensait pas qu'elle le toucherait et lui parlerait ainsi pour l'exciter. Il avait juste pensé se sentir mal à l'aise et se geler les fesses.

C'était le cas, mais il avait aussi fini par bander.

Et maintenant elle était à genoux, introduisant lentement son sexe dans sa bouche chaude et humide, mêlant ainsi le paradis et l'enfer dans une même sensation. Il déglutit, la bouche sèche, lorsqu'elle saisit ses testicules dans la paume.

Il posa la main derrière sa tête pour la guider pendant qu'elle l'avalait totalement. Puis elle pressa la base de son sexe d'une main, lui massa les testicules puis sortit sa verge de sa bouche pour suivre chaque veine et chaque pli du bout de la langue.

Bon sang!

Quand de sa langue experte elle lécha l'extrémité, comme si elle dégustait sa glace au chocolat préférée, ses jambes tremblèrent. Il se soutint au filet et empoigna les cheveux de Carolina.

— Bébé, tu vas me faire jouir, vraiment.

Elle inclina la tête en arrière et lui adressa un sourire coquin.

— Dis-moi ce que tu veux, c'est toi qui commandes.

Les paroles les plus excitantes qu'une femme puisse dire à un homme!

— Ouvre.

Elle ouvrit la bouche, et il glissa son sexe entre ses lèvres, le glissant contre sa langue. La chaleur de sa bouche, contrastant avec le froid ambiant, faillit le faire exploser.

— Ferme la bouche autour de mon sexe pendant que je te pénètre.

Elle serra les lèvres, et il se cambra, enfonçant son pénis, regardant ses joues se creuser alors qu'elle le suçait.

Une légère vapeur enveloppait son corps, et la sueur perlait sur son visage et son cou pendant qu'il se déhanchait entre les lèvres pulpeuses de Carolina.

Il lui saisit l'arrière de la tête et continua à aller et venir, les testicules comprimées alors qu'il réprimait son envie de jouir. La regarder l'avaler tout en entrant dans sa bouche était la meilleure sensation qu'il ait pu ressentir.

Il savait qu'elle n'était pas à l'aise, que la glace était froide sous ses genoux. Mais elle ne se plaignait pas, elle le regardait, ses yeux bleu marine lui donnant tout, alors qu'il continuait ses mouvements, jusqu'à ce que ses jambes frémissent et que l'orgasme approche tant qu'il sut qu'il ne pourrait plus se retenir.

— Je vais jouir, Lina. Je vais jouir dans ta bouche.

Elle ne répondit que par un gémissement d'acceptation, sans le quitter des yeux.

— Oh oui !

Il se cambra et hurla quand il s'abandonna dans sa gorge. Elle le saisit par les hanches, tout en avalant sa semence. Il saisit une poignée de cheveux alors qu'il était agité de frissons puis resta tremblotant, sans force.

Il releva Carolina de la glace et l'attira dans ses bras, soutien solide le temps qu'elle reprenne ses esprits. Elle l'enlaça, le corps frémissant.

Elle devait être gelée. Il la guida hors de la patinoire jusqu'au vestiaire et l'enveloppa d'une couverture.

— C'est toi qui ne portes rien, dit-elle. Tu dois avoir froid.

Il sourit.

— Je transpire. Tu m'as fait bouillir le sang.

Elle rit.

— Bien, j'ai aimé ça, ça m'a excitée.

C'était une femme extraordinaire. Il glissa les doigts dans ses cheveux et lui massa le crâne là où il l'avait saisie rudement.

— Je t'ai fait mal ?

— Non. Je te l'ai dit, j'ai aimé ça.

Il fit glisser une main sur son épaule et son bras, s'arrêta sur ses hanches. Toucher la moindre partie de son corps l'excitait toujours. Son sexe frémit encore, et il en fut surpris alors qu'elle l'avait mis à genoux peu de temps avant.

— Ah oui ? Alors quand tu regardes mes matchs tu penses à faire l'amour sur la patinoire, c'est ça ?

— Pas particulièrement. Je pense au sexe avec toi. Peu importe où.

— C'est bon à savoir. (Il toucha les boutons de son jean.) Tu as déjà pensé au vestiaire ?

Elle regarda autour d'eux.

— Non, mais c'est une idée intéressante.

Il se mit à genoux et lui retira ses bottes, puis il fit glisser son jean sur ses hanches.

— Ce serait une nouvelle expérience pour moi aussi.

En petite culotte, chaussettes aux genoux et petit top moulant lui caressant les hanches, elle enjamba le banc devant son casier.

— Tu es la femme la plus sexy que j'aie pu voir.

Elle lui adressa un regard qui l'enflamma.

— Tu as toujours les mots qu'il faut.

Il attira l'une de ses jambes pour qu'elle se tourne face à lui, puis lui écarta les genoux.

— Je ne dis que la vérité, Lina. Tiens-toi au banc que je retire ta culotte.

Elle leva les hanches pendant qu'il abaissait l'étoffe fine.

— Tes genoux sont rouges, dit-il avant d'en embrasser un puis de glisser les mains sur ses cuisses. Tu as mal ?

— Je vais bien.

Sur la glace elle avait été si concentrée sur lui qu'elle n'avait pas remarqué le froid. Son regard avait été attiré par son visage, ses mâchoires serrées, ses yeux qu'il plissait quand elle l'avait avalé. En se rappelant son dos cambré pendant qu'il jouissait dans sa bouche, son clitoris frémit, et son vagin s'embrasa du désir de le sentir en elle.

Tout chez Drew était une leçon d'art, surtout sensuel. Ils étaient étroitement liés tous les deux. Il était honnête dans sa sexualité, et il aimait découvrir des choses et repousser les limites. Elle ne lui connaissait aucun complexe, et sa compagnie était reposante. Elle ne savait jamais ce qui allait se passer.

Comme à cet instant, où il lui avait écarté les jambes pour poser les lèvres contre son sexe, au milieu du vestiaire. Elle savait qu'ils étaient seuls, mais l'idée que quelqu'un puisse entrer et les surprendre ajoutait une touche de danger, comme lorsqu'elle l'avait léché sur la patinoire.

Elle se cambra contre lui, et il fit rouler la langue sur son clitoris avant de glisser deux doigts en elle pour accentuer son plaisir.

Elle était déjà au bord de l'orgasme, et il savait qu'il touchait un point sensible. Mais elle résistait, hypnotisée par les cheveux sombres de Drew entre ses jambes, ses épaules larges et sa langue, vraiment magique, qui lui faisait un effet incroyable ! Elle serra les doigts sur le banc et écarta davantage les jambes, lui offrant un meilleur accès, espérant profondément qu'il continue à…

— Oui, comme ça, n'arrête pas, Drew. Tu vas me faire jouir.

Il obéit. Elle le saisit par les cheveux et l'attira près d'elle alors qu'elle hurlait sous l'effet de l'orgasme, toute cette énergie refoulée s'échappant d'elle par la jouissance. Drew sortit un préservatif, l'enfila et s'assit sur le banc, puis il attira Carolina sur lui alors qu'elle frémissait encore après cet orgasme fabuleux.

Elle le chevaucha, et il glissa son sexe en elle, laissant toute sa longueur l'emplir lentement. Les sensations étaient accentuées par son récent orgasme et parcouraient tout son corps tandis que Drew lui saisissait les hanches et s'enfonçait en elle.

Elle retira son haut et défit son soutien-gorge, libérant ses seins pour lui. Elle se pencha en avant et fit glisser une pointe entre ses lèvres, qu'il suça. Elle crut mourir de la sensation extrême qui la traversa jusqu'à son intimité.

Il prit un sein entre ses mains et aspira, puis il passa à l'autre, le pétrissant et le titillant de sa langue.

Elle gémit en passant les doigts dans ses cheveux.

—J'adore ça.

Il releva la tête vers elle.

—Je sais. Je sens ton sexe se serrer sur le mien quand je suce tes seins.

Elle enfonça les genoux dans ses hanches pour le chevaucher, se soulevant et s'abaissant sur son pénis, frottant son clitoris contre lui pour jouir encore une fois

Drew lui prit la tête entre les mains et l'embrassa, lui faisant tourner la tête lorsque ses lèvres effleuraient les siennes, d'abord doucement, puis profondément, une danse sensuelle de langues et de lèvres qui la propulsait dans des profondeurs émotionnelles, et renversait ciel et terre.

Elle s'écarta et se redressa, regardant son sexe sortir à demi. Elle se rabaissa sur lui, profondément, faisant monter le plaisir entre eux jusqu'à se sentir au bord de l'explosion.

Elle était proche, si proche.

— On y va tous les deux, Lina, dit-il en la serrant contre lui pendant qu'elle le chevauchait d'avant en arrière, cherchant le contact qu'elle désirait.

Elle lui attrapa les épaules, roulant des hanches, accélérant.

— J'y suis, souffla-t-elle. Je vais jouir.

Elle s'abandonna, enfonçant les ongles dans sa peau alors que l'orgasme la submergeait, et Drew l'imita en poussant un grognement guttural. Elle se cala contre lui, frissonnante de plaisir, plongeant le regard dans le sien pendant qu'ils jouissaient ensemble.

C'était intense, et elle frémit, à bout de souffle, comme chaque fois qu'elle se connectait ainsi avec Drew.

Puis elle s'apaisa, et tous deux reprirent leur souffle. Il resta le regard plongé dans le sien, écartant doucement quelques mèches tombées sur son visage.

— Carolina, dit-il simplement en un murmure rauque.

Elle se pencha et l'embrassa, puis elle descendit de ses genoux et alla prendre une douche. Il l'imita, puis ils s'habillèrent et retournèrent sur la patinoire récupérer leurs affaires. Elle glissa son appareil dans son sac, puis se tourna vers Drew et sourit.

— Merci pour cette soirée.

Il sourit à son tour.

— De quelle soirée parles-tu ? C'est à moi de te remercier. Chaque fois que je serai sur la glace ou au vestiaire, je penserai à toi. À nous.

Elle ne put réprimer un sourire.

Chapitre 22

Match nul contre Pittsburgh, et c'était le troisième tiers-temps. À domicile, c'était une partie tendue.

Lorsque Trick passa le palet à Sayers et qu'il tenta un tir qui glissa juste dans le filet de Pittsburgh, les gradins frémirent sous les cris. Drew patina pour rejoindre ses coéquipiers et fêter l'événement, puis ils aidèrent les défenseurs à conserver le palet hors de portée des adversaires pendant que les minutes défilaient.

Ce n'était pas une tâche facile, car leurs attaquants étaient impressionnants, mais les Travelers tinrent bon et remportèrent la victoire.

Ils avaient perdu deux matchs à l'extérieur mais en avaient gagné deux à domicile, ils étaient au moins capables de grandes choses sur leur patinoire attitrée.

Drew regagna les vestiaires et ne put réprimer un sourire en regardant le banc, en se rappelant la nuit torride passée là avec Carolina la semaine précédente.

Et, une fois de plus, elle lui manqua. Elle était de nouveau débordée, et il avait enchaîné les matchs à l'extérieur puis au Madison Garden cette semaine.

— Bon match, mec ! lança Trick en lui tapant dans le dos quand il le croisa.

— Toi aussi.

— Ouais, on est bons ici. On a au moins compris comment gagner à domicile. Mais dès qu'on quitte Madison on devient nuls.

Il avait raison. C'était le cas depuis le début de la saison, et aucun n'arrivait à comprendre ce qui clochait à l'extérieur.

— On trouvera une solution, Trick.

Son ami acquiesça.

— Oui, bien sûr.

Ils devaient rester optimistes, et Drew se sentait responsable du moral de l'équipe. Même l'entraîneur était déconcerté par l'absence de victoire en extérieur, mais il tenait le même discours que Drew.

Ils trouveraient une solution.

Alors ils mettraient fin à cette série de défaites.

Drew se doucha, s'habilla et boucla son sac.

— Hé, Drew !

Il leva la tête quand l'un des assistants de l'entraîneur l'appela.

— Oui ?

— Un type t'attend à la sortie du vestiaire. Il dit que c'est un bon copain, Trevor Shay. Ça te dit quelque chose ?

Drew sourit.

— Oui, c'est l'un de mes colocataires de fac, Leon. Dis-lui que j'arrive.

— D'accord.

Drew acheva de rassembler son matériel et se dirigea vers la porte. Trevor était adossé au mur et parlait avec ses coéquipiers, qui l'avaient certainement reconnu.

Tout le monde connaissait Trevor Shay ! Il était l'un des rares sportifs à jongler avec le football américain et le base-ball. Ou du moins l'un des rares à s'y être essayé et à avoir réussi avec succès.

Trevor aperçut Drew, se redressa et alla lui serrer la main.

— Tu sors enfin ?

— Je ne savais pas que tu viendrais, je t'aurais réservé une place de choix !

— Mec, je voulais le premier rang, au ras de la bande, là où on est dans l'action ! Bon jeu !

— Merci. Qu'est-ce que tu fais à New York ? demanda Drew en suivant son ami vers la sortie.

— J'ai des entretiens avec des commerciaux, pour faire des pubs. J'ai vu que tu jouais, alors j'ai demandé à mon attaché de presse de me prendre un ticket. Tu es pressé ?

— Non, mais j'ai faim. Tu as mangé ?

— Non, allons nous taper un bon gros steak.

Drew sourit.

— Mec, je suis content de te voir.

Ils prirent un taxi jusqu'au restaurant, commandèrent des bières et des steaks puis s'installèrent pour ce qui promettait d'être une longue soirée. Une fois que Trevor et lui se lançaient dans une conversation, ils ne s'arrêtaient plus.

— Alors, qu'est-ce que tu racontes ? lança Drew. Ça fait un moment que je ne t'ai pas vu.

— La saison de football est finie, et le base-ball prend le relais, comme d'habitude !

Trevor avala une longue gorgée de bière.

— Je ne sais pas comment tu y arrives. Tu n'aimerais pas un peu de temps libre ?

— Pourquoi ? Qu'est-ce que je ferais d'autre ?

— Je ne sais pas, partir en vacances ? Te détendre. Peut-être trouver une fille, te marier, pondre un ou deux gamins ?

Trevor éclata de rire.

— Oh, bien sûr ! C'est aussi probable que de t'imaginer, toi, bien domestiqué, avec une femme, des marmots et un chien.

— D'accord, peut-être pas, mais au moins si l'envie me prenait j'aurais du temps pour ça. Les saisons de football américain et de base-ball empiètent l'une sur l'autre. Tu ne dois même pas avoir le temps de t'envoyer en l'air !

Trevor lui adressa un sourire moqueur.

— Oh si, pour ça je trouve toujours le temps !

Avec sa popularité, les femmes devaient sûrement se battre pour partager son lit. Drew secoua la tête.

— Tout de même, pourquoi ne pas choisir un sport et t'y consacrer ?

— Si je recevais 1 dollar chaque fois qu'on me pose cette question…

Drew sourit.

— Désolé, mec, tu as raison. Ce ne sont pas mes affaires. Je suis curieux, c'est tout. Et peut-être un peu jaloux !

— Non, c'est bon, tu es un ami, alors c'est différent. Je n'ai pas vraiment de réponse à ça, à part que je joue aux deux sports parce que je les aime tous les deux. C'est aussi simple que ça.

— Mais tu ne crois pas qu'en te dédiant à un seul tu t'améliorerais davantage ?

— Non, je crois que je suis au top dans les deux sports.

Son ami se mit à rire.

— Toujours aussi modeste, à ce que je vois.

— Tu me connais.

Trevor sourit et inclina sa bière vers Drew.

— Tu as des nouvelles de Bill Briscoe ? demanda Drew.

Trevor se rembrunit.

— Non. Il est toujours dans la résidence du docteur Anderson, à Houston. J'ai parlé à Ginger la semaine dernière, et elle dit qu'il s'accroche.

Drew hocha la tête.

— Je suis allé le voir il y a un mois, mais il n'y avait pas de changement. J'espérais…

— Oui, comme nous tous.

— Tu as vu Haven ?

— Je l'ai vue la dernière fois que je suis allé rendre visite à Bill.

— Comment vit-elle tout ça ?

— C'est son père, tu sais bien. Mais elle est forte et elle essaie de ne pas craquer, pour Bill. Mais je sens bien qu'elle est dévastée. Elle ne m'en a pas parlé pour autant.

Drew secoua la tête. Bill et Ginger Briscoe avaient été comme des parents quand ils partageaient leurs dortoirs d'université. Bill était un roc, l'épaule sur laquelle pleurer, et Drew s'était reposé sur lui lors des moments les plus difficiles. Le voir décliner lentement était douloureux. Il prit une profonde inspiration.

— Je déteste l'idée de le perdre.

— Moi aussi. Mais on ne peut rien faire de plus pour lui. Son cancer du foie va nous l'arracher, et on ne peut pas l'empêcher.

Ils restèrent silencieux quelques minutes, Trevor sans doute aussi perdu dans ses pensées que son ami.

—Alors, parle-moi de toi, reprit Trevor en cherchant visiblement à changer de sujet. Qu'est-ce que tu fais, à part marquer des buts de dingue ? J'ai vu quelques-uns de tes matchs. Impressionnant !

—Ouais, à domicile. Mais on ne vaut rien en déplacement, cette saison.

—Ça arrive parfois. Les matchs en extérieur sont difficiles. Mais la saison vient de débuter, ne sois pas trop dur avec toi-même. Tu bosses tant que tu peux. Vous avez intégré de nouveaux joueurs, il faut le temps qu'ils prennent leur place dans l'équipe, avec les anciens.

—Tu devrais faire entraîneur !

—Je suis meilleur comme joueur, avec mon talent éblouissant, tu sais bien.

Drew leva les yeux au ciel.

—Oh oui, je sais ! En plus du fait que tu attires les femmes par centaines.

Drew ne manquait pas d'attentions féminines, mais, même dans ce restaurant, les gens reconnaissaient Trevor. Pas seulement les femmes, d'ailleurs. Un sportif capable de jouer deux sports, avec talent qui plus est, devenait aussitôt une célébrité.

Des regards les suivirent pendant tout le repas. Drew avait l'habitude, surtout à New York où il était très connu. Mais, ce soir, il remarqua que plus de personnes sortaient leurs téléphones pour prendre des photos. Il devinait que c'était dû à la présence de Trevor.

—Alors, tu as une femme, peut-être plusieurs, dans ta vie en ce moment ?

Drew, repu après avoir englouti son steak, repoussa son assiette et avala quelques gorgées d'eau.

— J'ai revu Carolina Preston.

Trevor écarquilla les yeux.

— La petite sœur de Gray ? Sans déconner ? Quand est-ce que c'est arrivé ?

— Il y a quelques mois. Elle lance sa collection de mode et elle veut que je serve de mannequin.

Trevor émit un son moqueur.

— Tu vas défiler pour des fringues ? Je n'arrive pas à l'imaginer !

— Eh, je sais marcher droit ! Et c'est juste pour une fois. C'est une faveur que je lui fais.

— Bonne chance !

— Gray le fera aussi.

Trevor se mit à rire.

— Il va vraiment falloir que je vienne vous voir. Histoire de vous perturber depuis la salle !

— Oui, Carolina adorerait ça !

— Alors… Carolina et toi ? C'est sérieux ?

— Je ne sais pas. Je n'ai jamais eu de relation sérieuse. Elle est très concentrée sur sa collection. Et je dois me consacrer à la saison.

— Donc, c'est juste du sexe pour tous les deux.

Drew n'était pas d'accord, mais il ne voulait pas discuter de sa relation avec Trevor, alors qu'il connaissait si peu Carolina.

— Je ne sais pas. Peut-être.

— Qu'en pense Gray ? Est-ce qu'il sait que vous vous voyez ?

— Oh oui, il sait ! J'ai passé Noël au ranch des Preston avec sa famille.

— Ça a dû être drôle. Vous faufiler d'une chambre à l'autre pour une nuit… Oh, et avec son père vice-président, il fallait aussi esquiver les agents des services secrets. Ça a dû être un putain de cauchemar.

— Les agents suivaient son père, ils ne s'occupaient quasiment pas de nous.

Trevor but une gorgée de bière et étudia son ami.

— Alors, qu'est-ce que tu me caches ? Il s'est passé quelque chose là-bas, non ?

— Gray est entré dans ma chambre un matin, et Carolina était toujours dans mon lit.

Trevor sourit.

— Bonjour le malaise.

— C'est peu dire !

— Et il ne savait rien pour Carolina et toi avant ?

— Non.

— Il a dû être furieux de l'apprendre comme ça.

— Un peu. Mais je lui ai parlé. Je veux dire, ce n'est plus une gamine. Elle peut choisir elle-même qui elle fréquente.

— Ouais, mais il connaît ta réputation avec les femmes. L'une entre, dès que la précédente sort…

— On dirait qu'on parle de toi.

Trevor recula contre son dossier et fit signe à la serveuse de lui apporter une autre bière.

— Peut-être, c'est vrai. Mais tu n'es pas réputé pour tes relations à long terme. Pour aucun type de relation, d'ailleurs.

— Tu as raison. Mais avec Carolina c'est autre chose.

Elle avait toujours été différente, mais il ne pouvait l'expliquer ni à Trevor ni à Gray.

— Alors ça va au-delà d'une histoire de cul ?

— Oui, je crois bien.

— Elle ressent la même chose ?

— Je n'en sais rien.

La serveuse apporta une autre tournée, et Trevor but quelques gorgées de bière en observant Drew.

— Quoi ? demanda celui-ci en le fusillant du regard.

— Pourquoi ne pas lui demander ?

— Lui demander quoi ?

— Quels sont ses sentiments. Tu pourrais aussi lui dire ce que tu ressens.

Drew secoua la tête.

— Ce n'est pas le bon moment, pour aucun d'entre nous. Il y a trop de choses dans nos vies pour une conversation sérieuse comme ça.

Trevor se mit à rire.

— Je ne t'imaginais pas aussi lâche, Drew. On pourrait croire que tu as peur de t'engager avec elle. À moins que tu n'appréhendes sa réponse…

— Vraiment, cette remarque vient d'un mec qui n'a jamais eu de relation sérieuse de sa vie ?

— Tu marques un point. Mais je te connais. Tu es un bon ami, tu l'as toujours été. Je veux que tu sois heureux. Elle te rend heureux ?

Drew réfléchit et comprit qu'il n'avait jamais été aussi heureux que pendant ces derniers mois. Il aimait passer du temps avec Carolina. Elle le faisait rire, le mettait au défi, et bien sûr le sexe était inoubliable. Ils avaient les mêmes buts, et leurs carrières étaient leur priorité. Mais ils devaient encore discuter de beaucoup de choses qui n'avaient rien à voir avec le bonheur.

— Oui, vraiment.

— Alors lance-toi. Dis-lui ce que tu ressens et vois ce qui se passe.

— Peut-être, le moment venu, je le ferai.

— C'est nécessaire. Ne laisse pas filer une femme exceptionnelle.

— On dirait que tu es prêt à franchir le pas toi aussi.

Trevor éclata de rire.

— Oui, c'est vrai. Mais quand ? Comme tu l'as dit, je suis trop occupé, et je m'éclate avec ce que je fais. Les relations sur le long terme sont incompatibles avec mes projets de carrière actuels.

— On ne sait jamais, Trev. Tu pourrais tomber sur la bonne alors que tu t'y attends le moins.

Chapitre 23

La Fashion Week arrivait droit sur Carolina comme une météorite filant à travers l'atmosphère.

Elle avait à peine le temps de respirer. Son agenda était un cauchemar, et, chaque jour, elle s'arrachait les cheveux parce qu'il fallait reprendre les broderies de perles de sa robe vedette, qu'un costume n'allait pas au mannequin et devait être repris… encore. Elle était convaincue que l'homme changeait physiquement, car le vêtement tombait parfaitement la semaine précédente. Si elle découvrait qu'il utilisait des substances dopantes ou qu'il abusait de musculation, l'obligeant à reprendre encore ce foutu manteau, elle allait exploser.

Ou alors elle le remplacerait, mais elle n'avait pas le temps ni la patience, surtout pas la patience.

Assise dans son bureau, elle révisait l'ordre de passage au défilé, changeait et rechangeait les numéros de chacun, quand on frappa à sa porte.

— Carolina, Esme est là pour le dernier essayage.

Elle ne leva même pas les yeux.

— Habille-la, Tierra, puis appelle-moi.

— D'accord.

Elle devait aussi trouver le temps d'un essayage avec Drew pour les ultimes retouches. Ils s'étaient appelés mais pas encore vus. Elle prit son téléphone et envoya un SMS.

Il faut que tu viennes au bureau pour le dernier essayage. Quel est ton emploi du temps de la semaine ?

Elle reposa l'appareil en espérant qu'il rappelle vite.

— Esme est prête.

Carolina sortit du bureau et vérifia l'effet de la robe. Esme était une mannequin très recherchée, et c'était une chance de l'avoir pour son défilé. Elle portait une robe de soirée décorée de perles. Elle lui allait à ravir. Esme avança, et, bien sûr, c'était parfait.

— Qu'en penses-tu ? demanda-t-elle.

— C'est une robe magnifique, répondit Esme. Je la veux !

Carolina sourit.

— Merci.

Au moins une chose qui allait bien aujourd'hui ! Esme serait la star du podium. Elle espérait que la robe ait autant de succès. Elle avait passé des heures à la créer, à la peaufiner jusqu'à la perfection. Esme était superbe : grande, la peau mate, un corps sublime avec des courbes juste aux bons endroits, et des yeux d'un brun doré qui hypnotisaient le public. La robe, brodée de perles cuivrées et orange, se mariait impeccablement à son teint. Carolina n'aurait pu rêver meilleure alliance entre la tenue et le mannequin.

— Merci d'avoir accepté de défiler pour moi.

— Merci d'avoir demandé. Je suis tout excitée à l'idée de porter cette robe. Tierra m'a montré le reste de la collection. Je crois que tu vas avoir un succès fou.

Ces paroles, venant d'Esme, une mannequin qui portait les créations des plus grands stylistes, lui firent battre le cœur.

— Merci. Je l'espère vraiment.

Esme essaya deux autres ensembles puis partit, et Carolina resta avec ses assistants pour prendre des notes et procéder à quelques ajustements. D'autres mannequins se présentèrent, et ils passèrent encore plusieurs heures à retoucher les tenues et à parler des changements possibles. L'équipe entière mangea dans la grande salle de couture. Carolina ne regagna son bureau qu'à la nuit tombée. Elle s'aperçut seulement à cet instant qu'elle avait laissé son téléphone sur la table. Elle avait plusieurs appels manqués et un SMS de Drew.

J'ai une heure libre maintenant. Ensuite, on quitte la ville. Tu veux que je passe?

Le message avait été envoyé sept heures auparavant. Elle fit défiler les appels manqués et vit que Drew avait tenté de la joindre.

Elle essaya de lui téléphoner mais tomba sur sa messagerie. Il devait déjà être dans un avion à destination de… quelque part! Elle laissa un message pour s'excuser d'avoir manqué son appel et lui demandant de la recontacter dès son retour.

Bon sang! Elle n'arrivait pas à croire qu'elle avait raté l'appel. Maintenant, il avait quitté la ville pour plusieurs jours... et il lui manquait déjà. Pas seulement à cause de ses délais serrés, mais elle aurait voulu être avec lui. Le travail les séparait si souvent qu'elle aurait aimé passer une heure avec lui.

Elle rentra chez elle, dégoûtée, et réchauffa une soupe instantanée. Elle la mangea devant la télévision en révisant son emploi du temps.

Il n'y avait même pas un bon match de hockey au programme.

Quand son téléphone sonna, elle le saisit fébrilement et sourit en voyant le numéro de Drew.

— Salut ! dit-elle.

— Salut ! Grosse journée ?

— De la folie. Je m'excuse d'avoir manqué ton texto et ton appel. J'étais à l'atelier et j'avais laissé l'appareil sur mon bureau. Cette semaine, j'ai visiblement enclenché mon mode « idiote ».

Il se mit à rire.

— Pas de souci. Je me doutais que tu étais débordée.

— Je n'ai pas d'excuse, c'est moi qui t'avais demandé d'appeler. Tu es bien arrivé à destination ?

— Je suis à Toronto. Il fait froid.

— Je m'en doute. Combien de temps dure ton déplacement ?

— Je rentre vendredi. On peut se voir ?

— Je regarde mon agenda. Attends.

Son équipe ne travaillait pas le week-end, mais elle pouvait se débrouiller. Elle reprit le téléphone.

— Pourquoi pas samedi ? Tu as un match ?

— Samedi soir, mais je peux passer le matin.

Elle se mordilla la lèvre inférieure. Elle ne voulait pas se sentir pressée par le temps.

— Et lundi ?

— Je peux.

— Super ! Merci de prendre du temps pour moi.

— Pas de problème. On va y arriver.

— Je suis désolée de ne pas avoir pu te voir aujourd'hui. J'étais triste de t'avoir manqué, j'aurais voulu te voir une heure.

Les mots lui échappèrent avant qu'elle puisse réfléchir. Le mal était fait, en une sorte de confession. C'était la première fois qu'elle laissait voir ses sentiments. Elle grimaça en terminant sa phrase et se demanda comment il allait réagir.

— Ah ! Tu m'as manqué aussi, Lina. Je sais qu'on n'a pas pu passer beaucoup de temps ensemble. Nos emplois du temps nous en empêchent, mais j'avais aussi très envie de passer une heure avec toi avant de prendre l'avion.

Elle se massa le ventre, la solitude lui tordait les entrailles.

— Je m'excuse encore. Je le dis beaucoup en ce moment. Je m'éparpille. Normalement, je ne quitte jamais mon téléphone. Mais là, je l'ai posé sur le bureau et aussitôt oublié.

— Ma belle, ce n'est rien. (Elle entendit le rire dans sa voix.) Ce n'est pas comme si on ne devait jamais se revoir. Lundi, c'est ça ?

— Oui, lundi. Mais c'est dans cinq jours. Autant dire une éternité.

Elle savait que c'était ridicule. Elle aurait tant à faire d'ici là qu'elle ne trouverait même pas le temps de penser à Drew.

Pas beaucoup du moins.

— On peut prévoir un appel torride tous les soirs. Je te manquerais moins.

Son corps frémit de désir, et une pulsation lui anima l'entrejambe.

— Je n'ai jamais testé le sexe par téléphone.

— Moi non plus.

Elle s'enfonça dans les coussins du canapé.

— En un sens, j'ai du mal à te croire.

— Pourquoi ?

— Je ne sais pas. On pourrait penser que tu as tout essayé.

— Je n'avais jamais rien fait au Madison Square Garden. Je n'avais jamais reçu de fellation sur la glace. C'était une première. Je vous dois des premières époustouflantes, mademoiselle Preston !

Elle aimait quand il faisait mine de devenir très convenu avec elle.

— Nous continuerons les premières expériences ensemble, dans ce cas.

— Dommage qu'on ne soit pas en été ou au printemps. J'aurais aimé t'entraîner sur ta terrasse fleurie pour te faire l'amour.

Elle prit une profonde inspiration, l'imaginant la pousser contre le mur et la pénétrant tandis qu'une brise chaude les caressait. Les fleurs seraient ouvertes, et le parfum du jasmin les entourerait tandis qu'il lui donnerait des coups de reins, lents et fluides.

Elle se cala contre les coussins et ferma les yeux, laissant ses doigts glisser vers son sexe. Elle avait besoin de Drew, un besoin douloureux, et elle aurait voulu qu'il soit avec elle.

— À quoi penses-tu ? demanda-t-il.

— Toi et moi, contre le mur de la terrasse, en été. Je porterais une robe légère, sans petite culotte, évidemment, et tu n'aurais qu'à défaire ton pantalon pour me pénétrer.

— Tu me fais bander, Lina.

— Tu te touches ?

— Oui.

C'était excitant de parler de sexe à distance. Pas aussi bon que d'être près de lui, mais ses seins se dressaient et son sexe était humide. Elle glissa la main dans sa culotte, ses doigts frais contre sa peau brûlante.

— Que fais-tu, Lina ?

— J'ai la main dans ma culotte et je me caresse.

— Bon sang !...

— Et toi ?

— Je tiens fermement mon sexe. Rien que ton souffle court suffirait à me faire jouir. Et si je t'imagine en train de te caresser...

Elle sourit. Elle aimait sentir qu'elle le poussait au bord de l'orgasme sans même qu'il la voie.

— Je n'y peux rien. Je me sens chaude avec toi.

— Continue, sois plus chaude. Raconte-moi comment tu compenses quand je ne suis pas là.

Elle repoussa son pull et sa culotte.

— Je me caresse le clitoris et je m'introduis deux doigts en bougeant comme si c'était ton sexe.

Maintenant, elle se sentait sur le point de jouir, car ce qu'elle entendait au bout du fil la rendait folle. Elle pouvait presque l'entendre se masturber. Et ses profonds soupirs rauques étaient les meilleurs des aphrodisiaques.

— Un jour, quand on sera ensemble, je te montrerai comment je me branle. Et en même temps tu te donneras du plaisir et tu jouiras pour moi.

— Oui, je veux te voir te masturber.

— Putain, oh putain, je vais jouir, Lina !

— Oui, oh oui, Drew, je jouis !

Elle ne put se retenir et cria pour lui. Il lui retourna la faveur quand il atteignit l'orgasme, grognant dans le téléphone.

Pendant un instant, ils n'entendirent plus que le souffle court de l'autre.

— J'ai besoin d'une minute, ne quitte pas, dit-il.

— D'accord.

Elle tremblait quand elle se leva pour aller dans la salle de bains. Elle revint et but une gorgée de thé, soulageant sa gorge sèche.

Waouh ! Elle avait la tête qui tournait, mais elle souriait.

— Tu es toujours là ? demanda-t-il.

— Oui.

— C'était sympa.

— C'est vrai.

— Pas autant que si j'avais été avec toi, mais ça me permettra de patienter.

— Maintenant, je suis sûre de dormir cette nuit. Je craignais de rester debout à tourner en rond. Merci, Drew.

— On se reparlera demain soir après le match, si tu es partante.

Elle sourit.

— Et comment !

— Bonne nuit, Lina.

— Bonne nuit, Drew.

Elle raccrocha et reposa son téléphone en regardant les papiers administratifs qu'elle avait laissés tomber. Un travail capital jeté négligemment à terre pour s'adonner au sexe par téléphone.

Elle gloussa et s'accroupit pour ramasser les feuillets et les réorganiser.

Parfois, même le travail important pouvait être mis de côté le temps d'une super pause-sexe.

Chapitre 24

Carolina ne put réprimer un sentiment de fierté et d'émerveillement quand son frère endossa ses vêtements. Il avait une silhouette de mannequin et, même s'il détestait cela, il savait marcher sur un podium. La coupe était parfaite et n'aurait besoin de presque aucun changement.

— Bon sang, mon mec est canon ! déclara Evelyn en s'asseyant près de Carolina.

La styliste sourit.

— Et tu dois avoir une crise d'hormones.

— Et comment ! Mais je le trouverais sexy même sans être enceinte.

Quand ses assistants eurent entraîné Gray dans le dressing pour qu'il se change, Evelyn regarda Carolina.

— Tu as fait un travail fabuleux. Je vais devoir commander tous ces modèles pour Gray ! Il est tellement sexy dedans. J'allais dire : comme s'ils étaient faits pour lui, mais c'est le cas.

Carolina se mit à rire.

— Ils lui vont bien, c'est vrai. Je suis contente de la tournure des événements.

— Tu as raison. Où en est ton niveau de stress ?

— Eh bien, pas aussi mauvais que je l'aurais cru ! Les choses se passent bien, et je tiens plus ou moins mon emploi du temps.

Carolina regarda le dressing et, ne voyant pas son frère reparaître, elle sortit son carnet.

— Gray doit être prisonnier d'aiguilles, et j'ai quelques projets de robe de mariée que je voudrais te montrer.

Evelyn écarquilla les yeux.

— Vraiment ? Déjà ? Je ne pensais pas que tu aurais le temps de travailler dessus avant que ta collection soit lancée.

Carolina haussa les épaules.

— Ça me détend et ça me distrait un peu de toute la folie de la Fashion Week. Et quand une idée me vient je ne peux pas me retenir de travailler dessus.

Elle montra les dessins à Evelyn.

— Ce ne sont que des projets. Des idées que je n'ai pas encore finalisées.

Elle retint son souffle pendant que sa belle-sœur passait les trois croquis en revue. Elle les étudia soigneusement, puis revint sur chacun, ce que Carolina apprécia.

Evelyn posa la main sur le carnet et regarda son amie. Elle ne cachait pas son excitation.

— Elles sont ravissantes, Carolina. Mais comment n'en choisir qu'une ? Peut-on porter trois robes de mariage ?

Carolina soupira et rit.

— Je suis tellement contente qu'elles te plaisent.

— Qu'elles me plaisent ? Je les adore. Toutes les trois ! Mon Dieu, elles sont incroyables ! Je n'arrive pas à croire que tu les aies créées dans le peu de temps que tu as eu depuis Noël.

Carolina les regarda et proposa de subtils changements.

— Tout ce que tu veux, comme tu le veux, je peux tout adapter. On peut même mélanger une partie d'un modèle et l'intégrer à un autre. Et chacun pourra s'adapter sans souci à l'augmentation de ton tour de taille.

Evelyn sourit.

— Ce sera bienvenu, j'ignore combien j'aurai pris d'ici à mai !

— Comment te sens-tu, d'ailleurs ?

— Jusqu'ici, étonnamment bien. Pas de nausées matinales. Je suis un peu fatiguée, mais ton père me donne de la marge. Il m'a déjà recommandé d'engager un assistant pour m'aider parce que je ne dois pas trop travailler.

— Eh bien, tu portes son petit-enfant ! Je doute qu'il te fasse travailler douze heures par jour !

— J'ai vu le docteur, il m'a assuré que c'était sans danger de poursuivre mes fonctions enceinte, tant que je m'en sens capable, et je suis ravie de cette nouvelle. Mais je pense que ton père va me surveiller sans répit, autant que Gray !

Carolina acquiesça.

— Et ma mère, compléta-t-elle.

— Oui.

— Comment tes parents ont-ils pris la nouvelle ?

— Ils étaient aux anges, déclara Evelyn avec un grand sourire. Ils sont surexcités par le bébé et le mariage. Nous irons tous ensemble le week-end prochain à Washington, avec les parents de Gray et les miens, pour parler préparatifs de mariage. Je prendrai des notes, je me doute que tu n'auras pas le temps de venir.

— Merci. Je t'aiderai dans les préparatifs dès que la Fashion Week sera finie.

— Honnêtement, Carolina, rien ne presse. Je crois qu'avec l'aide de ta mère il ne restera plus grand-chose à faire pour toi et moi. Cela me soulage beaucoup !

Carolina se mit à rire.

— Tu as raison !

— Revenons à ces robes. Tu peux me faire des copies ?

— Bien sûr, je te les enverrai par mail.

— Et tu ne les donneras à personne d'autre avant que je me décide ?

— Absolument. Tu es ma première, et ma seule, cliente pour une robe de mariée.

Evelyn posa une main sur son cœur.

— Je suis honorée, Carolina. J'aime tellement ces robes. Mais je crois que je suis déjà tombée amoureuse d'une.

— Laquelle ?

Evelyn revint à la deuxième.

— Celle-là, avec les bords festonnés et le bustier en cœur. C'est moderne, classique et traditionnel à la fois. Avec la taille Empire, il n'y aura aucun problème avec mon ventre rond. C'est celle qui me reste en tête.

— Je suis contente. Je pense que ce genre de robe t'ira à ravir.

— Je le crois aussi. Mais je veux toutes les revoir pour être sûre.

— Je te les envoie, et tu pourras demander l'avis de ma mère et de la tienne.

— Oh, bonne idée, merci !

Gray apparut enfin, et Carolina conclut vivement :

— Mais pas au futur marié.

— Certainement pas.

— De quoi parlez-vous ? demanda Gray.

— De robes de mariées, répondit Evelyn, mais tu ne peux pas voir.

— D'accord. Mais, tu sais, je suis un bon juge pour la mode.

Evelyn se leva.

— Pas pour cette robe-là ! Tu devras attendre la surprise.

Carolina se leva aussi.

— Merci d'être venu me servir de mannequin.

Il l'embrassa sur la joue.

— Tu n'étais pas au courant ? C'est ce que je préfère.

Elle rit.

— Oui, je n'en doute pas. C'est pourquoi j'apprécie particulièrement. Mais tu es libre jusqu'au défilé.

— Tu as le temps de déjeuner avec nous ?

Pas vraiment, mais pour son frère et sa belle-sœur elle allait le prendre.

— Absolument.

Elle annonça à son équipe qu'elle serait de retour une heure plus tard. Ils firent comme si ce n'était rien, ce qui était sans doute vrai. Ils avaient tous une tâche assignée et n'avaient pas besoin d'être supervisés. C'était pourquoi ils étaient si épatants. De son côté, elle sentait qu'elle devait être toujours la meilleure en tout, mais c'était sans doute sa nature obsessionnelle qui resurgissait.

—Allez, Carolina ! Le monde de la mode et de ta collection ne s'écroulera pas si tu prends le temps d'un sandwich avec nous, insista Gray en l'entraînant vers la porte.

Il avait raison, évidemment.

Ils descendirent la rue commander des sandwichs chez son traiteur préféré. Carolina et Evelyn en partagèrent un, car ils étaient énormes. Elles partagèrent aussi une salade de fruits.

—Comment vont les choses avec Drew ? demanda Gray.

—Oh, très bien !

Elle ignorait comment avoir une telle conversation avec son frère.

—Alors, il te traite bien ?

—Oui.

Gray secoua la tête.

—Je n'arrive toujours pas à croire que vous êtes en couple.

Carolina regarda Evelyn qui lui adressa un coup d'œil impuissant.

—Eh bien, si ! En quelque sorte. Je ne sais pas. On se fréquente, pour le moment.

Elle grimaça en disant ces mots maladroits.

Gray fronça les sourcils.

—Qu'est-ce que tu veux dire par là ?

Evelyn posa une main sur celle de son compagnon.

—Je pense que ça veut dire que ta sœur préférerait que tu t'occupes de tes affaires.

Gray regarda Evelyn, puis Carolina.

—Qu'est-ce que j'ai fait ? J'ai juste pris des nouvelles. Je n'ai pas demandé des trucs comme s'il était bon au lit.

Carolina se prit la tête entre les mains.

—C'est de pire en pire.

—Oh, très bien ! J'abandonne. Je n'en parlerai plus.

—Désolée, répondit Carolina. Mais ça me met… mal à l'aise, parce que vous êtes si bons amis.

—Alors ça veut dire qu'il y a des problèmes entre vous, et tu penses que si tu te plains de lui devant moi je vais m'énerver et lui mettre un coup de poing.

Carolina se mit à rire.

—Non. Enfin, si. C'est possible. Ou peut-être pas. Mon Dieu, j'espère que tu ne ferais pas ça ! Ce serait si immature.

Gray lui lança un regard de travers.

—Bon, d'accord ! Il n'y a pas de problèmes en ce moment, et on s'entend très bien. On s'amuse bien, mais je ne peux pas définir ce qu'il y a entre nous, Gray, parce que franchement je ne sais pas. On est bien ensemble, mais on est tellement investis dans nos carrières que j'ignore où ça nous mènera, ou même si ça durera.

—Et, si ça ne va plus et que vous rompez, tu as peur que ça ne se répercute entre Drew et moi.

—Oui. Et je ne veux pas que ça se produise. Je ne voulais pas que tu sois au courant du tout.

Gray s'appuya contre son dossier.

—Me couper de cette partie de ta vie parce que tu penses que ça peut affecter mes sentiments pour mon meilleur ami, c'est nul, Carolina.

Elle poussa un soupir frustré.

— Pour moi aussi. Toi et moi, on a toujours été proches. Il n'y avait rien que je ne pouvais te confier.

— Jusqu'à aujourd'hui.

Elle hocha la tête.

— C'est parce que je sais aussi à quel point tu es proche de Drew. Ma relation avec lui va affecter tes rapports avec lui, et ça ne devrait pas.

— Tu n'y peux rien. C'est l'un de mes meilleurs amis depuis des années. Mais tu seras toujours ma sœur, quelqu'un de ma famille, et rien ne surpasse cela, pas même l'amitié.

Les paroles de Gray n'auraient pas dû lui faire monter les larmes aux yeux, et pourtant elle les sentit poindre. Il avait raison. Le lien entre eux avait toujours été puissant et il le resterait toujours. Quelle folie de croire que quoi que ce soit, ou qui que ce soit, puisse s'interposer !

Elle tendit le bras et lui saisit la main.

— Merci. Mais j'ai grandi, je suis une femme. Et si ça ne marche pas entre Drew et moi sache que j'ai agi selon mes choix. Je peux gérer cette histoire, d'accord ?

Gray acquiesça.

— D'accord.

Chapitre 25

Trick passa le palet à Sayers, Drew était en position et, malgré les coups d'épaule d'un défenseur déterminé à le tenir à l'écart, il avait décidé de rester devant le filet.

Quand Sayers lui envoya le palet, il se tourna et tira.

Le gardien reçut le coup entre les gants.

Merde !

Inspirant l'air à s'en brûler les poumons, Drew patina à toute vitesse vers le filet de son équipe. Ils étaient menés d'un point, et il restait du temps dans le troisième tiers-temps. Ils pouvaient battre Philadelphie ou au moins revenir à égalité, et reprendre le jeu en main. Il ne leur manquait que de marquer une fois. Ils étaient si proches que Drew pouvait le sentir.

Mais, pour cela, il fallait amener le palet de l'autre côté de la patinoire. Kozlow, leur meilleur défenseur, changea de position et partit en avant, plaquant un attaquant de Philadelphie contre la bande. Drew voulait rejoindre la mêlée, il en avait désespérément besoin, mais il tint sa position, glissant rapidement tandis que Kozlow gagnait le palet et le faisait glisser sur la patinoire.

Trick était là pour le récupérer, il tourna et s'élança alors que le temps passait trop vite au goût de Drew.

Il savait qu'il ne restait qu'une minute ou deux. S'ils obtenaient l'égalité, ils joueraient les prolongations.

Drew récupéra la passe de Trick, mais le défenseur lui infligea une mise en échec avec l'épaule. Il lutta, mais un autre défenseur passa et récupéra le palet.

Merde! Il plaqua ses patins dans la glace et se précipita à sa poursuite, mais Kozlow et Ebers étaient là.

Les allées et venues du palet continuèrent pendant ce qui parut une éternité, et la défense tint bon, empêchant Philadelphie de marquer, tandis que les attaquants ne parvenaient pas à mettre le palet dans le filet adverse.

Lorsque la sonnerie finale retentit, Drew n'avait rien entendu de plus désagréable.

Ils avaient perdu, à un putain de point près. Il aurait préféré être ridiculisé par une défaite cuisante que de perdre de si peu. Ils étaient passés tout près tant de fois, mais ils n'avaient jamais su rassembler assez d'attaque pour l'emporter.

Encore une fois.

Il restait un match avant de rentrer, et il priait pour qu'ils remportent enfin une victoire, sinon les choses s'annonçaient mal pour l'équipe.

Merde, merde, merde, merde!

Il était sorti avec ses coéquipiers après le jeu, mais aucun d'eux n'était d'humeur à parler ou à faire la fête. Ils regagnèrent leurs chambres tôt.

Drew alluma la télévision, mais il ne trouva rien qu'il ait envie de regarder.

Il prit son téléphone pour appeler Carolina, mais il était tard et il ne voulait pas l'empêcher de dormir.

La Fashion Week approchait, et elle devait enchaîner les heures de travail.

Il se contenta de lui envoyer un SMS en disant qu'il allait dormir tôt et qu'il l'appellerait quand il arriverait à Chicago le lendemain.

Où il jouerait encore en extérieur…

Une nouvelle chance.

Ou un nouveau risque de perdre.

Non! Il passa les doigts dans ses cheveux et se leva, bien décidé à penser positivement. Il regarda par la fenêtre la nuit enneigée qui enveloppait Philadelphie, et il sentit le vent lui glacer les os.

Ils ne pouvaient tout de même pas perdre tous les matchs à l'extérieur. Ils allaient finir par comprendre où était le problème et le résoudre, gagner leurs matchs extérieurs, et toute cette phase ne serait qu'un souvenir.

Un souvenir lointain et désagréable.

Il frissonna et se coucha devant un vieux film ringard. Il voulait juste un fond sonore pour ne pas se sentir trop seul. Il regarda son téléphone. Pas d'appel de Carolina : soit elle était trop occupée à travailler, soit elle dormait.

Il voulait l'appeler, entendre sa voix sexy. Il aurait voulu qu'elle lui dise que tout allait bien se passer.

Mais elle ne pouvait pas lui affirmer cela. Parce qu'elle ne contrôlait pas son destin. Lui seul le pouvait. Lui seul et son équipe pouvaient tirer cette putain de saison de ce merdier et redresser la barre.

Il aurait tout de même voulu savoir comment ils allaient faire, quel tour de magie secret permettrait de changer une équipe brillante à domicile et minable en extérieur pour en faire des gagnants absolus.

Il ferma les yeux et se concentra sur la réalisation de ce vœu.

Au point où ils en étaient, les capacités techniques de l'équipe ne semblaient pas en cause. Il ne restait que la volonté, l'espoir et les prières.

Chapitre 26

Carolina n'arrivait pas à croire que la Fashion Week était si proche.

Elle ne se sentait pas prête, mais l'heure était venue. Les dernières touches avaient été apportées. Prête ou non, elle ne pouvait plus rien changer.

Le dernier élément important à gérer était de faire avancer sa campagne de publicité en images, et elle avait besoin de Drew pour cela.

Elle lui avait envoyé un SMS sur la route, l'avait appelé plusieurs fois. Elle avait travaillé sans relâche, douze heures par jour, et leurs appels avaient été brefs, mais elle devait avouer qu'elle avait apprécié de l'entendre. Il semblait déprimé depuis ses défaites à l'extérieur, et elle était si absorbée par son travail qu'elle doutait d'avoir su lui remonter le moral, mais elle essaya de lui envoyer des messages concernant ses matchs, qu'elle avait étonnamment trouvé le temps de regarder.

Elle était accro et ne pouvait s'en empêcher même si elle se répétait qu'elle avait du travail. Même Stella vint un soir manger un plat tout prêt devant la télévision avec elle. Trick et elle continuaient à coucher ensemble, mais elle soutenait qu'il n'y avait rien de plus entre eux.

— Pas d'attachement émotionnel ? avait demandé Carolina.

Stella avait ri.

— Je suis trop occupée pour ça, et je suis certaine que Trick est du genre à avoir une nana dans chaque port. Mais ça me va très bien puisque mon premier amour est la danse, pas les mecs. Les amoureux collants, c'est pas mon type.

— Trick n'a pas l'air collant.

— Il ne l'est pas, avait confirmé Stella en ouvrant un biscuit chinois de divination. C'est pour ça que je continue à coucher avec lui.

Carolina aurait voulu faire preuve d'autant de laisser-aller dans son… histoire avec Drew. Mais c'était plus profond, plus compliqué. C'était peut-être dans sa tête, ou parce qu'elle associait Drew à sa nouvelle collection. Peut-être que c'était pour cela qu'elle restait proche de lui.

Elle s'interrompit le temps de revoir l'éclairage et la musique du défilé. Est-ce qu'elle faisait vraiment cela ? Entretenait-elle l'intérêt de Drew parce qu'elle avait désespérément besoin de lui comme mannequin ? Elle ne pouvait pas être aussi superficielle. Et puis Drew avait accepté de l'aider avant qu'ils couchent ensemble. C'était lui qui l'avait draguée, avec obstination d'ailleurs. Elle aurait pu dire non, avec fermeté, et il aurait tout de même accepté de défiler.

N'est-ce pas ?

Elle se mordilla la lèvre inférieure en réfléchissant.

Non, ce n'était pas que ça. Elle pensait à lui tout le temps. Il y avait autre chose. Ses pensées le concernant étaient souvent entremêlées de fantasmes torrides, du souvenir de ce qu'elle ressentait avec lui, mais aussi du nœud au creux de son estomac, et de la vision de Drew portant ses vêtements.

Elle posa la tête dans ses mains. *Quel bazar!* Elle détestait penser qu'elle l'utilisait. Mais n'avait-il pas fait la même chose avec elle, quelques années auparavant?

Oh, pitié, elle avait tourné la page depuis longtemps! Il s'était excusé et elle avait pardonné. C'était le passé, et elle n'allait plus y penser.

Son téléphone sonna, et elle décrocha avec le sourire.

— Salut, Stella!

— Je meurs de faim. Tu as fini ton travail du jour?

— Non, mais je suis épuisée. Et affamée. J'ai besoin d'une pause.

— Super! Une pizza, ça te dit? Il y a un match de hockey ce soir, le dernier des Travelers avant leur retour en ville. Tu veux le regarder avec moi?

— Bien sûr.

— Géant! J'apporte les pizzas. Dans une demi-heure?

— D'accord. On se retrouve chez moi.

Elle remballa ses affaires et rentra chez elle, s'arrêtant à une boutique en bas de la rue pour faire quelques courses. Cinq minutes plus tard, Stella sonna en bas de chez elle. Elle ouvrit la porte et sentit un parfum succulent de pizza.

— J'ai l'estomac qui gargouille, déclara-t-elle en faisant entrer son amie.

— Le mien aussi. Tu as de la chance qu'il reste de la pizza, j'ai failli tout manger en venant.

Elles préparèrent assiettes et boissons, puis s'installèrent devant la télévision. Le match commençait, et Carolina se concentra sur Drew, ressentant des frémissements dans le ventre, comme toujours quand elle le voyait patiner.

Les deux femmes mangèrent et discutèrent, surtout à propos du match.

— Pas étonnant qu'ils perdent, fit remarquer Stella. Il y a un problème avec Mangino. Il est blessé ?

Carolina lui adressa un regard de reproche.

— Tu crois vraiment que je connais la vie du gardien des Travelers ?

— Eh bien, tu sors avec Drew ! Il aurait pu te donner des infos inédites.

— Et toi, tu couches avec Trick.

Stella haussa les épaules.

— On baise, c'est tout. Avec Drew, y a autre chose.

Carolina cligna des paupières.

— Comment ça : « y a autre chose » ?

— Oh, je t'en prie ! Tu l'as invité dans ta famille pour Noël, il t'a enlevée pour un Nouvel An romantique… C'est une relation sérieuse, ma grande, pas un plan cul.

— C'est aussi le meilleur ami de Gray.

— Et alors ? Quel rapport avec votre histoire ?

— C'est pour cela que je l'ai invité au ranch.

Stella avala une énorme bouchée de pizza et mastiqua.

— Oui, oui, marmonna-t-elle.

— Je suis sérieuse. Mes rapports avec Drew sont les mêmes qu'entre Trick et toi.

— Conneries ! C'est totalement différent. Tu as les yeux qui brillent quand tu parles de lui. Même quand tu le regardes à la télé. On dirait que tu es amoureuse.

Le mot était lâché, celui auquel elle évitait de penser.

— Je ne suis pas « amoureuse ».

— Dis ce que tu veux, mais tu es amoureuse.

— Tu ne sais pas mieux que moi ce que je ressens, Stella. On s'amuse, c'est tout, et on se voit souvent à cause de ma collection de mode.

Stella agita la main.

— Du déni, encore du déni. De quoi as-tu peur ? Ce n'est pas un mauvais gars. Il est carrément canon, il te traite bien, vous vous marrez bien ensemble, et de toute évidence le sexe est dément puisque vous passez du temps au lit. Alors, c'est quoi, le problème ?

Carolina fronça les sourcils.

— Le problème, c'est que ma carrière commence et que la dernière chose dont je peux m'encombrer est une histoire sérieuse. Oui, il est comme tu le dis, mais il n'y a pas de place pour l'amour dans ma vie.

— Eh bien, si tomber amoureux est un tel inconvénient à tes yeux, c'est bien triste ! Tu veux que j'ouvre une bouteille de vin pour qu'on pleure sur tes malheurs ?

Carolina se leva.

— Qu'est-ce qui te prend, Stella ? Pourquoi tu insistes autant ?

Apparemment indifférente à sa remarque, Stella resta à sa place.

— C'est pas moi qui m'énerve et hurle mon déni sur un truc évident. La question est plutôt de savoir pourquoi toi, tu t'énerves contre moi !

Stella avait raison. Carolina se comportait comme une garce. Elle prit une profonde inspiration.

— Je suis désolée.

— Pas de souci, je te connais, et je sais que l'idée de l'amour te terrifie.

— Je ne suis pas amoureuse, protesta Carolina en prenant bien soin de ne pas crier.

— D'accord. Je te crois. Maintenant, assieds-toi et finis ta pizza pendant qu'on regarde le match.

Carolina grignota une nouvelle part, mais elle avait l'estomac noué, et la pizza lui semblait avoir un goût de carton. Elle regarda Drew, au contact serré d'un joueur de Chicago, et son cœur bondit. C'était un jeu dur et physique. Coups d'épaule, pénalités..., et les Travelers finirent par perdre.

Encore.

Elle se sentit mal pour Drew. Quatre défaites d'affilée en extérieur.

— Eh ben, c'était à chier ! lâcha Stella.

Carolina regarda les joueurs répondre aux journalistes après le match. Drew apparut, et elle lut toute sa déception sur son visage. Elle souffrait pour lui, elle aurait voulu être près de lui, pour le prendre dans ses bras et lui dire de ne pas renoncer, que son équipe viendrait à bout de leur problème en extérieur.

Elle aurait voulu lui dire qu'elle croyait en lui.

Elle se tourna vers Stella qui la regardait.

— C'est évident : je tiens à lui.

— Je sais, ma belle.

— Cette défaite... (Elle observa l'écran.) Le regarder devant les journalistes, avec ce visage. Mon Dieu, Stell, ça me tue de le voir souffrir comme ça.

— Ce qui veut dire que tu ressens quelque chose pour lui. Je comprends.

— Mais je ne sais pas exactement ce que je ressens ni si c'est très profond. Je n'ai pas pris le temps d'analyser. Je ne veux pas y penser. Dans ma tête, je n'ai la place que pour le lancement de ma collection. Si j'ajoute autre chose, je vais exploser.

— D'acc', je comprends. Mais après le lancement de ta collection tu pourras peut-être enfin décider si tu l'aimes ou non.

Carolina lui sourit.

— Peut-être.

S'il la fréquentait toujours.

C'était le pire putain de match que Drew ait disputé de sa vie. Il savait que ses coéquipiers ressentaient la même chose. Il avait reçu deux pénalités, dont une de cinq minutes pour s'être battu, ce qui était la merde totale. Le match avait été physique, alors ils l'avaient joué à la dure, en donnant tout, mais ce n'était encore pas assez.

Avery jouait blessé, et cela se voyait. Il avait laissé passer quatre buts, ce qui ne lui ressemblait pas. Mais leur autre gardien n'était pas meilleur que lui. C'était le travail de l'équipe de faciliter le rôle d'Avery pendant que le muscle de sa cuisse se remettait, et c'était un échec.

Merde!

Ils devaient trouver un moyen de gagner en extérieur. Ils le savaient tous, et l'entraîneur le leur martelait à la fin de chaque tiers-temps, de chaque match.

Ils formaient une bien meilleure équipe que ce qu'ils montraient, et ils devaient trouver le problème.

Il n'avait pas la tête au sport dernièrement. Il savait que c'était en partie sa faute, et il était temps qu'il prenne ses responsabilités.

Il avait perdu sa concentration, et il savait pourquoi.

Carolina. Il lui courait après depuis la pré-saison et lui avait consacré toute son attention, à elle et non au jeu, ce qu'il payait, ce que l'équipe payait.

Il devait se dédier davantage au hockey, et moins à Carolina. Même si l'idée de la voir moins souvent lui nouait le ventre.

Certains joueurs pensaient que sortir avec une fille pendant la saison portait malheur. Il n'en faisait pas partie. Lorsqu'il jouait, il était à fond dans le match, et il assurait. Mais il devait admettre que, cette saison, il s'était plus concentré sur Carolina que sur le jeu et que cela se ressentait pendant les matchs.

Il était temps de changer cela. C'était douloureux, mais sa carrière était sa vie, et il ne laisserait rien la mettre en danger, peu importait pour quoi…, pour qui.

Il se doucha, s'habilla et prépara son sac.

Il trouva un SMS de Carolina.

J'ai regardé le match. Dur. Mais tu peux y arriver, je crois en toi.

Il sourit et lut le message suivant.

Il faut prévoir un rendez-vous pour tes derniers essayages, pour parler de ma campagne de pub et décider d'une date pour les photos. On peut se voir à ton retour ?

Il regarda l'écran pendant de longues minutes puis répondit.

J'ai beaucoup de boulot à faire pour l'équipe. On est nuls, l'entraîneur veut plus d'entraînements. Je te recontacte pour en reparler.

Il savait que Carolina avait besoin de lui, mais son équipe aussi.

Et il devait choisir ses priorités. Pour le moment, c'était l'équipe. Sa carrière.

Carolina devrait attendre.

Chapitre 27

Carolina avait envoyé à Drew de multiples messages, l'avait appelé plusieurs fois, mais il ne cessait de répéter qu'il était occupé par le hockey, qu'il n'avait pas le temps pour sa campagne de publicité.

Il était venu pour les derniers ajustements un jour où elle n'était pas là. Elle était dans la salle de la Fashion Week pour prendre des photos et parler à l'organisateur. Ses assistants s'étaient occupés des retouches, et il était déjà reparti à son retour.

Il ne lui avait pas dit un mot. Il n'avait pas appelé, n'avait pas dit qu'il passerait, et ils n'avaient pas pu aborder le sujet de la campagne publicitaire.

Son photographe était prêt, il ne lui manquait que le mannequin. Mais il était soudain peu disposé à coopérer.

Les photos qu'elle avait prises comme tests s'étaient révélées phénoménales. Avec un photographe professionnel, le résultat serait spectaculaire. Une demi-journée, quelques heures, elle ne lui en demandait pas davantage pour finaliser le projet.

Elle faisait les cent pas dans son atelier alors que tout le monde était parti. Elle savait que Drew la laisserait tomber. Elle aurait dû choisir quelqu'un d'autre. Il n'était pas trop tard pour changer. Mais, bon sang, la campagne était si parfaite dans sa tête, et elle ne pouvait se la représenter qu'avec le corps et la tête de Drew.

Peut-être était-ce parce que leurs rapports étaient personnels, parce qu'elle avait couché avec lui. Il y avait beaucoup de mannequins séduisants qui conviendraient parfaitement.

Elle tapota son carnet avec un crayon, fixant du regard la page blanche sans avancer. Elle sortit l'emploi du temps des Travelers. Pas de match ce jour-là, mais son téléphone était étonnamment silencieux, en ce qui concernait du moins les appels de Drew. Tous les autres lui envoyaient des SMS, l'appelaient, pour des détails de dernière minute, y compris pour demander des invitations à un défilé qui n'était que dans trois fichues journées. Comme si cela ne suffisait pas à lui serrer la poitrine et à lui couper le souffle ! Mais la seule personne dont elle voulait des nouvelles n'appelait pas.

Elle composa son numéro, plusieurs sonneries passèrent, puis elle bascula sur sa messagerie et elle crut que ses veines allaient éclater. Elle savait, d'après son emploi du temps, qu'il avait une série de matchs à domicile, il était donc en ville et allait y rester un moment, y compris pour le défilé. Dieu merci !

S'il avait prévu de venir…

Elle prit son manteau et ferma le studio, puis elle appela un taxi et lui donna l'adresse de Drew.

Elle paya mais lui demanda d'attendre le temps d'aller sonner à la porte. Quand Drew répondit, elle fit signe au chauffeur qu'il pouvait partir.

— C'est Carolina.

— Oh, d'accord ! Attends, je t'ouvre.

Elle leva les yeux au ciel tandis que la porte s'ouvrait en bourdonnant. Elle entra et alla droit à son appartement. Il avait déjà ouvert, appuyé contre le chambranle. Il n'avait pas de tee-shirt, juste un pantalon de jogging bas sur les hanches. Il avait les cheveux mouillés, légèrement bouclés sur la nuque. Malgré son profond agacement, elle ne put réprimer la vague de désir qui l'envahit quand elle suivit du regard, d'instinct, les gouttelettes qui sillonnaient sa poitrine.

Elle se força à lever les yeux et vit qu'il souriait.

— Quelle bonne surprise !

— Tu ne répondais pas au téléphone.

Il fronça les sourcils.

— Je devais être sous la douche. Ou à l'entraînement. Je suis rentré il y a vingt minutes et je suis allé à la douche aussitôt. Désolé. Entre.

Elle retira son manteau, et Drew alla passer un tee-shirt dans la chambre avant de revenir.

— Tu bois quelque chose ? Une bière, un soda, de l'eau ?

— De l'eau, c'est bien, merci.

Il se comportait de manière si formelle... Il ne l'avait pas prise dans ses bras ni embrassée. Cela ne lui plaisait pas. C'était comme s'il avait reculé de dix pas dans leur relation, et elle ne comprenait pas ce qui se passait.

Il lui tendit son eau et prit une bouteille pour lui.

— Assieds-toi, dit-il en désignant le canapé.

Elle s'assit et but une gorgée.

— Que se passe-t-il, Drew ?

— Comment ça ?

— Tu ignores mes appels et mes SMS. Tu m'ignores. Tu es passé pour tes derniers essayages et tu ne me l'as même pas dit.

— Ah oui, ça ! Je n'avais que quelques minutes, et tu n'étais pas là. Ton équipe s'en est occupée, et j'ai dû filer. Je te l'ai dit : je suis occupé par les matchs et les entraînements.

— Je dois prévoir une séance photo, et le temps manque.

Il ne dit rien. Elle l'observa et vit la tension sur ses traits, dans sa manière de se tenir.

— Dis-moi ce qui te perturbe, dit-elle. Les matchs à l'extérieur ?

— Tu n'es pas venue parler de hockey, si ?

— Je suis venue parler de toi, de ce qui s'est passé depuis la dernière fois qu'on s'est vus. Tu n'as pas cessé de m'éviter.

— Pas du tout.

Elle inclina la tête et haussa un sourcil d'un air sévère.

— Allons, Drew, sois honnête : si tu as changé d'avis pour la campagne de publicité, dis-le.

Il se leva et arpenta la pièce, regardant plus par la fenêtre qu'en direction de Carolina. C'était mauvais signe. Carolina resta sur le canapé, car il était évident qu'il ne voulait pas qu'elle s'approche de lui. Cette idée la transperça comme une lame.

— Je ne sais pas. Le boulot devient dur, tu sais. On a perdu des matchs et on cherche à comprendre ce qui cloche dans l'équipe. Je n'ai pensé qu'à ça dernièrement.

— Je comprends. Quand ça ne marche pas au boulot, ça peut consumer…

Il s'arrêta et la regarda.

— Tu ne m'en veux pas ?

— Pourquoi le ferais-je ? J'avais juste besoin de savoir où tu en étais. Et maintenant je sais ce que tu ressens. Mais le problème est que je suis pressée pour la campagne de publicité. Tu en es ou pas ? Je préférerais que tu en sois. Il suffira de quelques heures de photos, Drew, et j'ai vraiment besoin de toi.

Elle lui présentait tout clairement et lui expliquait à quel point elle comptait sur lui.

Il la regarda, et elle attendit.

— Je ne… peux pas en ce moment, Carolina. Je dois tout consacrer à l'équipe.

— Mais tu viendras pour le défilé, oui ?

Il ne répondit pas.

— Drew, tu dois le faire. Tu es au programme. Il est trop tard pour te remplacer.

— Oui. Bien sûr. J'ai fait les essayages, non ? Je serai là pour le défilé.

Elle ne l'avait jamais entendu si peu enthousiaste. Elle ne s'attendait pas à ce qu'il soit surexcité, mais…, bon sang, elle avait passé un an à préparer l'événement. Et soudain, trois jours avant, il envisageait d'annuler ?

— Tu aurais pu dire non dès le début, tu sais ? Ce n'était même pas mon idée de te faire participer, c'est venu de Gray.

Il lui adressa un sourire espiègle.

— Alors, toi, tu ne voulais pas ?

Elle poussa un soupir d'agacement.

— Je n'ai pas dit ça. Mais c'est trop tard. J'ai besoin que tu me confirmes que tu seras là.

Il haussa les épaules.

— Je viendrai. Pour le défilé, en tout cas, parce que je te l'ai promis.

Il lui avait également promis qu'il participerait à la campagne publicitaire. Autrement dit, elle ne pouvait pas se fier à ses paroles. Il parlait sans émotion, il s'écartait d'elle une nouvelle fois. En un sens, c'était plus douloureux que la brusque rupture à l'époque de la fac. Peut-être parce que cela la touchait davantage.

Elle se leva, réprimant la blessure intérieure qui la meurtrissait comme une couverture hérissée d'aiguilles. Elle refusait de prendre le sujet trop à cœur. C'était un choix professionnel qu'il faisait, rien de personnel.

— D'accord, tu as un emploi du temps trop chargé pour les photos. Je chercherai une autre idée.

— Attends.

Elle s'arrêta en espérant qu'il avait changé d'avis.

— Écoute, j'allais chercher quelque chose à manger, peut-être un cheeseburger. Tu veux venir avec moi.

Elle ne put s'obliger à sourire.

— Je déteste les hamburgers. Merci, mais non. J'ai beaucoup de travail, je vais prendre un taxi et rentrer.

Elle remit son manteau et se dirigea vers la porte.

— Carolina, je suis désolé.

Elle ne voulait plus le voir, elle ne pouvait même plus parler, et elle s'énerva de sentir une boule dans sa gorge qui lui donnait envie de pleurer.

Elle devait rester professionnelle, et ne pas agir comme s'il lui brisait le cœur.

Mais, bon sang, il venait pourtant de le faire ! Il l'avait laissée tomber, et elle ne pouvait pas contrôler ses sentiments.

C'était le risque quand on devenait proche de quelqu'un, elle aurait dû le savoir et l'éviter. Elle aurait dû entretenir une relation purement professionnelle avec lui ; alors, elle n'aurait pas le sentiment que la terre s'effondrait sous ses pieds à cet instant.

Elle prit une profonde inspiration et se retourna.

— Ne dis rien. Ce n'est pas grave.

Elle passa la porte et la referma rapidement, avant de faire quelque chose de stupide comme d'éclater en sanglots en lui demandant pourquoi il n'accordait aucun intérêt au projet le plus important de sa vie.

Un taxi tourna à l'angle, elle l'appela et il s'arrêta. Elle s'estima heureuse de ne pas devoir attendre vingt minutes sous sa fenêtre qu'un véhicule arrive. Elle donna son adresse puis s'affala contre le siège pour se demander quel mannequin serait le meilleur pour sa campagne publicitaire.

Elle n'avait pas le temps de s'apitoyer, pas le temps de penser à elle. Elle devait avancer sur ce projet. Le travail avant tout.

Une fois de retour dans son appartement, elle alluma son ordinateur et ouvrit le dossier des photos de mannequins, observant les visages, étudiant les corps, les visualisant dans ses sous-vêtements.

Elle devait reprendre complètement sa première idée. Sans Drew ce serait absurde. Elle devait trouver autre chose, de tout aussi excitant.

Elle chercha son calepin dans son sac et le posa sur la table, puis elle ferma les yeux et laissa son imagination dériver.

Seul problème : elle avait la tête absolument vide.

Drew se laissa aller contre l'encadrement de la fenêtre et regarda Carolina monter dans un taxi et s'éloigner.

Quel connard il était ! Cela ne lui aurait coûté que quelques heures de l'aider pour sa campagne. Il avait déjà fait la première partie. Il savait à quoi s'attendre. Et, une fois que ce serait fini, elle aurait ce qu'elle voulait, et il pourrait se reconcentrer sur le hockey.

Mais, bordel, quelle image lui offrirait-il en guise de publicité ? Certainement pas celle d'un gagnant. Pas cette saison, en tout cas. Il valait mieux qu'elle choisisse autre chose, qu'elle opte pour un mannequin réputé dont le visage suffirait à faire vendre des millions d'articles.

Il s'avachit sur le canapé. Il se sentait vidé, fini, comme un perdant minable. Il n'avait plus ressenti cela depuis longtemps. À l'université, quand il luttait pour s'en sortir, il avait fallu le coup de pied au cul de Bill Briscoe pour lui rappeler pourquoi il était là, et toutes les choses qui valaient qu'il se batte pour elles.

Bill lui botterait de nouveau le cul s'il le voyait assis dans le noir à se morfondre, alors qu'il devrait se demander quel était le problème dans son jeu, ou dans celui de son équipe.

Au lieu de cela, il reprochait ses échecs à la femme qui comptait pour lui. Mais il tombait de plus en plus bas, et il ne pouvait pas se rattraper autrement qu'en utilisant Carolina comme une excuse pour tout ce qui merdait cette saison.

Bill l'aurait sûrement secoué pour avoir de telles idées.

Il sentit son estomac se nouer et regretta de ne pas pouvoir demander conseil à Bill.

Il sortit son téléphone et composa le numéro de Ginger Briscoe. Elle répondit à la troisième sonnerie.

— Oh, bonjour, Drew ! Comment vas-tu ?

— Je vais bien, madame Ginger. Et vous ?

— On fait aller.

Il ne voulait pas poser la question, mais il devait savoir.

— Comment va Bill ?

— Attends une seconde, Drew.

Il entendit quelques bruits, dont une porte qui se fermait.

— Il dort, et je ne voulais pas le réveiller en parlant. Ce n'est pas très bon, Drew. Les docteurs parlent de la semaine prochaine, deux semaines au maximum.

Drew prit une profonde inspiration.

— Je suis désolé.

— Il n'y a pas de quoi l'être. Son temps est arrivé. Les gentils docteurs ont fait tout ce qu'ils pouvaient, mais il n'y a plus de recours. Il est entre les mains de Dieu, maintenant.

— Est-ce qu'il souffre ?

— Non, mon petit. Il a reçu des médicaments. Il dort beaucoup, il me sourit souvent, et je me joins à Haven et à lui pour m'asseoir et rire en repensant à tous les bons moments qu'on a vécus avec tous les garçons.

Drew peina à déglutir malgré la boule dans sa gorge.

— Je vais passer demain.

— Viens. Je sais qu'il aimerait te voir avant… Enfin, il sera content de te voir.

— Je vous rappellerai, madame Ginger.

Drew raccrocha et alluma son ordinateur pour réserver un vol pour Houston, puis il appela son entraîneur pour lui dire qu'il ne serait pas à la séance du lendemain pour raison de famille. Il expliqua la situation, et l'entraîneur comprit. Drew promit d'être de retour le jour d'après.

C'était important de voir Bill, de pouvoir lui dire au revoir tant qu'il était là.

Le lendemain matin, il prit l'avion et loua une voiture, puis il rejoignit la résidence du docteur Anderson. Il resta assis dans sa voiture, sur le parking, pendant un quart d'heure, puis il trouva le courage de descendre.

Il avait besoin de voir Bill. Il voulait le voir, mais il ne savait pas s'il en était capable.

Il aimait ses parents, il aimait son père, mais Bill avait toujours été un second père pour lui. Il lui avait confié ses peurs les plus profondes et les plus inavouables. Bill Briscoe l'avait accompagné aux pires moments de sa vie, il l'avait poussé quand il perdait espoir de devenir l'homme, et l'athlète, qu'il avait besoin d'être.

Et seul dans l'entrée, en face de l'ascenseur, Drew avait besoin d'être cet homme.

Il ravala un soupir et appela l'ascenseur pour se rendre à l'étage de Bill. Il traversa le couloir, enveloppé par le nuage sinistre des odeurs de médicaments, de maladie et de désespoir. Lorsqu'il atteignit la chambre de Bill, il comprit que s'il ne se reprenait pas il s'effondrerait en entrant.

Heureusement, Haven ouvrit la porte, et son beau visage agit comme un baume apaisant sur son âme torturée. Elle écarquilla les yeux et lui sauta au cou.

— Drew, je suis tellement contente de te voir !

Il l'entoura de ses bras et la serra contre lui.

— Moi aussi.

Elle ferma la porte.

— Papa sera tellement heureux que tu sois venu. Gray est passé la semaine dernière. Garrett aussi. Trevor était là l'autre jour. Je te jure, il n'y a pas un jour sans que l'un de ses protégés de l'université vienne le voir. Vous revoir tous signifie beaucoup pour lui.

— Il a été très important pour nous tous. J'espère qu'il le sait.

Elle lui pressa la main.

— Il le sait.

— Il est réveillé ou c'est un mauvais moment ?

— Ça va ça vient, il prend beaucoup de médicaments. Mais entre.

Elle poussa la porte en signe d'invitation.

— Regarde qui j'ai trouvé dans le couloir !

Ginger était assise près du lit et lisait un livre.

— Drew !

Avec un grand sourire, elle se leva et le serra dans ses bras.

Il l'embrassa à son tour et ferma les yeux.

— Madame Ginger...

— Merci d'être venu, murmura-t-elle avant de le lâcher. Bill, tu es réveillé ? Drew est là.

Drew regarda Bill : il avait encore perdu du poids depuis la dernière fois qu'il l'avait vu. Il semblait frêle dans son lit, la peau cireuse, comme pendante sur les os. Bill avait toujours été vif, robuste, plein de vie. Le regarder allongé ainsi le frappait comme un coup de couteau dans l'estomac. Drew dut se forcer à sourire quand Ginger s'écarta pour qu'il puisse approcher.

Bill avait les yeux fermés, et Drew lui prit la main.

— Eh, Bill !

Il entrouvrit les paupières, confus.

— C'est moi, Drew.

Billa cligna des paupières.

— Drew ? Salut, Drew.

Puis il sourit.

— Eh, c'est Drew Hogan !

— Maman, et si on allait manger un morceau en bas ? intervint Haven. Ça t'ennuie, Drew ?

— Pas du tout. Je vais rester un moment.

Lorsque Haven et Ginger furent parties, Drew se tourna vers Bill.

— Comment vous sentez-vous ?

Bill était un peu plus alerte et il pressa un bouton pour lever la tête du lit.

— Eh bien, je suis mourant ! C'est nul.

Drew émit un petit rire. Il avait toujours aimé son sens de l'humour.

— Oui, c'est sûr. Je suis désolé.

— On n'y peut rien. Mais on me donne de bons médicaments, je ne souffre pas, et je me sens comme une célébrité. Des gens passent continuellement. D'ici peu, les paparazzis vont débarquer en croyant que George Clooney est à l'hôpital.

— Et vous feriez la couverture des journaux à scandale.

— Ça serait dingue. J'espère que Ginger me donnera un coup de peigne pour la photo.

Drew ne s'attendait pas à cela. Il ne savait pas à quoi s'attendre d'ailleurs, mais pas au même Bill qu'à l'époque. Il était content d'avoir fait le déplacement. Il tira la chaise et s'installa.

— Comment va la saison ? demanda Bill en cherchant visiblement à changer de sujet.

— C'est mauvais. On est bons à domicile, mais on ne gagne pas un match en extérieur.

— Et… pourquoi ça ?

— Je n'en sais foutrement rien, Bill. On essaie de comprendre. Notre gardien fait son possible avec une blessure, mais toute la responsabilité ne lui revient pas. Nos attaquants ne valent rien non plus en extérieur. Nos statistiques en déplacement sont minables. On se croirait en vacances.

Bill croisa les doigts sur son ventre.

— Peut-être que tu essaies trop. Tu perds quelques matchs à l'extérieur, tu te bloques là-dessus et ensuite tu te persuades que tu ne peux pas gagner à l'extérieur. Et ensuite ça devient une espèce de malédiction.

Bill s'interrompit tandis que sa réserve d'oxygène lui remplissait les poumons.

— Tu es tendu et tu fais de nombreuses erreurs, plus que d'habitude. Surtout si tu es toujours aussi bon à domicile. Ça veut dire que les mécanismes de ton jeu sont bons. Hormis la blessure du gardien, c'est évident que l'équipe est solide, non ?

— Oui.

— Pas d'autre problème ou tension, avec l'entraîneur, avec les coéquipiers ?

— Rien.

— Alors contentez-vous de jouer comme à domicile. Vous finirez par gagner. Arrête de te comporter comme si chaque match devait être le dernier de la saison, comme si tout dépendait de lui. Joue, c'est tout.

— C'est si simple quand vous en parlez.

— Parce que c'est simple. Ce n'est pas une question de vie ou de mort, tu sais.

Drew grimaça et pressa doucement sa main frêle.

— Vous avez raison.

— Eh, je ne cherchais pas ta pitié, gamin !

— Je sais, mais vous avez raison quand même. On est obsédés par le pire qui peut arriver.

— Alors débloquez ça et jouez chaque match comme un simple match. Parce que c'est juste un jeu, une soirée. C'est le sport que tu aimes, et je crois que tu as oublié comment l'aimer.

— C'est vrai aussi.

Bill sourit.

— J'ai toujours raison, gamin.

Drew posa les mains sur les siennes.

— Je vous aime, mon vieux.

— Je sais. Je t'aime aussi. Et ne crois pas qu'une fois parti j'arrêterai de veiller sur toi, parce que je serai toujours là. Sois heureux.

Drew sentit les larmes lui monter aux yeux.

— J'espère que vous le serez.

Il ne voulait pas imaginer à quel point Bill lui manquerait. Ils avaient souvent parlé au téléphone.

Bill l'appelait après les matchs pour le féliciter ou lui reprocher ses erreurs. À la fac, il l'avait aidé à rester sur le droit chemin. Ensuite, ils étaient devenus amis pour la vie. Il avait toujours compté sur lui pour lui offrir les meilleurs conseils.

Qu'allait-il faire sans lui ?

Bill finit par s'endormir, et Drew resta assis près de lui jusqu'à ce que Ginger et Haven reviennent.

— Vous avez pu parler ? demanda Ginger.

— Oui, une grande discussion.

Elle passa un bras autour de lui.

— Je suis contente.

— Je devrais y aller.

— Je t'accompagne.

Haven le serra dans ses bras, et Ginger le conduisit à l'ascenseur.

— Il est très fort.

Elle hocha la tête.

— Il a de bons moments. Il lutte jusqu'au bout. Mais il sait très bien que c'est la fin. Il l'a accepté.

— Eh bien, vous êtes près de lui, et je n'ai jamais vu de femme plus forte que vous !

Ses yeux brillèrent de larmes.

— Tout ira bien. Rentre chez toi et ne t'inquiète pas pour nous.

Il la serra contre lui.

— Je vous aime.

— Nous aussi, mon petit.

Il s'écarta et lui prit les mains.

— Si vous avez besoin de quoi que ce soit, appelez-moi.

— Promis.

Il allait s'en aller mais s'aperçut qu'il en était incapable. Il finit par s'asseoir sur une chaise de la salle d'attente. Haven le trouva là une demi-heure plus tard.

— Eh, je ne savais pas que tu étais encore là !

Il leva les yeux vers elle.

— Je n'arrive pas encore à partir.

Elle acquiesça et s'assit près de lui.

— Je sais ce que tu ressens. Je devrais avoir repris le travail. Maman a dit qu'elle m'appellerait quand… quand l'heure approchera. Mais ce sont ses derniers jours. Je ne peux pas m'en aller.

Il lui prit la main et la pressa entre ses doigts.

— Je suis désolé, Haven.

— Moi aussi. Merci d'être venu. C'est important pour maman et moi que les gars et toi veniez voir papa. Ça a été merveilleux pour lui de mesurer combien il compte pour vous, assez pour que vous preniez le temps de venir, alors que vous êtes tous si occupés.

— Aucun de nous n'est trop occupé pour ton père. Il est important pour nous, il l'a toujours été.

Elle inclina la tête et lui sourit.

— On a passé de bons moments à la fac, pas vrai ?

— En effet.

— Mais vous me meniez la vie dure !

— Quoi ? Je ne t'ai jamais rien fait. C'était Trevor.

— Arrête, vous cherchiez tous à me provoquer sans pitié. Surtout Trevor qui essayait de m'acheter pour que je fasse son travail.

— Ah oui, il n'a jamais été très scolaire !

Elle se mit à rire.

— C'est clair. Mais regarde-le, un tombeur et une star !

— Une véritable légende.

Elle rit.

— J'espère pouvoir un jour brandir un micro sous son nez pour le mettre aussi mal à l'aise qu'il est humainement possible !

— C'est vrai que tu es dans le journalisme et lui est sportif. C'est une possibilité.

— Si tout va bien avec ce nouveau boulot que je convoite, ce serait même probable.

— Ah oui ? Quel nouveau boulot ?

— La chaîne sportive !

— Sans déconner ?

Elle sourit avec malice.

— Sans déconner. Je ne veux pas trop en parler au cas où ça ne se ferait pas, mais je croise les doigts.

Haven était sublime. Grande, voluptueuse, avec des cheveux courts noir corbeau et les yeux bleus les plus éblouissants qu'il ait jamais vus. Elle maîtrisait tous les sujets, et elle connaissait autant le sport que n'importe quel mec.

— Tu serais parfaite pour ce poste, Haven. J'espère que tu l'auras.

— Merci.

— Tu en as parlé à ton père ?

— Oui, il est très enthousiaste, mais triste à l'idée de ne pas me voir au début de ma grande carrière de journaliste sportif.

Il lui pressa encore la main.

— Il veillera sur toi, ma belle.

Ses yeux s'emplirent de larmes.

— Je le sais.

Il ne voulait pas monopoliser son temps et il devait reprendre l'avion. Il finit par se lever.

— Je dois y aller.

Haven le serra contre elle.

— Merci d'être venu aujourd'hui.

— On s'appelle ? demanda-t-il en la prenant dans ses bras.

— Entendu.

Il descendit au parking, prit sa voiture de location puis s'aperçut qu'il regardait fixement l'hôpital, toujours incapable de partir, de quitter Bill pour la dernière fois. Il finit par laisser tomber ses clés sur ses genoux et libéra les larmes qu'il avait retenues jusque-là.

Chapitre 28

— Je n'arrive pas à croire qu'on y est, Carolina, c'est enfin ta grande journée.

Carolina inspira profondément, consciente que ce serait sans doute la dernière occasion de la journée où elle parviendrait à respirer. Elle regarda ses assistants et hocha la tête.

— Oui, et je n'y serais pas arrivée sans vous.

Edward remonta ses lunettes sur son nez.

— C'est vous qui avez tout mené, mais je mentirais en disant que je ne suis pas aussi excité que vous d'être ici.

— Vous allez tous les avoir, Carolina, ajouta Tierra. Comme Edward, je suis tout excitée.

— Merci à vous deux. Maintenant, tout le monde en tenue ! La maquilleuse est arrivée ?

Tierra hocha la tête.

— À l'instant. Les coiffeurs aussi. Et Jessica fait le tour des mannequins.

Au moins, quelque chose se passait bien.

— Eh, ma belle !

Elle se tourna et serra son frère dans ses bras.

— Tu es venu !

— Bien sûr.

— Maman et Evelyn sont là ?

— Oui. Maman est tellement survoltée qu'elle ne cesse de parler.

Carolina sourit.

— Super ! Je vais aller la voir.

— Ne t'en fais pas pour elle, tu as suffisamment à faire. En plus d'Evelyn, tout le monde est à son service, et elle est au paradis. Elle rencontre de grands stylistes, des journalistes people… Et elle va assister à la grande première de sa fille.

Carolina sentit son estomac tressauter à l'idée des personnes présentes dans le public. D'autres créateurs, les directeurs de grandes revues de mode…

Elle saisit le bras de Gray.

— Je crois que j'ai besoin de m'allonger.

Il rit.

— Ne flanche pas ! Que dois-je faire ?

— Tu vois la jolie brunette là-bas ? Dis-lui qui tu es, elle va t'indiquer quoi faire et où aller.

— D'accord.

Il l'embrassa sur la joue et s'éloigna.

Carolina prit un instant pour se concentrer puis elle fila vers le portant de vêtements, surveillé par un membre de son équipe. Aidée de quelques assistants, elle sortit les tenues de leurs sacs et entreprit de repasser le moindre pli tandis que les maquilleurs et coiffeurs s'occupaient des mannequins.

— Tous les mannequins sont là, déclara Jessica, sauf Drew Hogan.

Carolina ferma les paupières et compta jusqu'à dix. Elle donna son téléphone à la jeune femme.

— Il y a son numéro. Appelle et demande-lui où il est.

Son défilé serait un cauchemar sans Drew. Il devait porter trois de ses tenues pour homme. Il lui avait promis de venir. Il s'était déjà dégonflé pour la campagne de publicité, il n'allait tout de même pas l'abandonner une fois de plus, si ?

— Pas de réponse, annonça Jessica en lui redonnant le téléphone. J'ai appelé deux fois.

Merde !

— D'accord, merci, Jessica.

La peur lui donna l'impression d'avoir une boule de plomb au creux de l'estomac. Qu'allait-elle faire s'il ne venait pas ? Elle regarda l'heure sur son téléphone. Une heure avant le défilé. Restait à faire les coiffures, le maquillage et l'agencement des mannequins sur le podium.

Elle se serait arraché les cheveux, mais paniquer ne résoudrait pas le problème. Elle avait des mannequins remplaçants, prêts à prendre la place des malades et des absents.

Elle trouva Tierra.

— Envoie Gerard à la coiffure et au maquillage, et prépare-le pour les tenues de Drew.

La jeune femme acquiesça et se dépêcha d'obéir.

Carolina avait des millions de choses à préparer, mais ses pensées allaient vers Drew.

Il l'avait laissée tomber.

Encore.

Elle n'y pouvait rien. Elle passa les mannequins en revue. Ils étaient presque tous prêts et enfilaient leurs tenues. Le responsable plateau lui donna des instructions, et elle franchit le cordon de sécurité pour s'occuper des derniers détails. Avec sa mère parmi les spectateurs, la surveillance était accrue, et les services secrets avaient prévu un double effectif étant donné la foule attendue. Même Gray et elle étaient escortés pour l'occasion, mais elle les ignorait sans grand mal. C'était déjà stressant de les savoir là, des corps de plus dans un espace exigu.

Elle entendit un brouhaha et se retourna. Drew courait vers elle, les joues rouges, en sueur.

— Désolé !

— Que s'est-il passé ?

— Mon foutu taxi est rentré dans la voiture de devant à trois pâtés de maisons d'ici. La circulation était un cauchemar. J'ai fini par descendre et j'ai couru pour venir.

— Oh, Drew, je suis désolée, tu n'avais pas à faire ça !

— Si, bien sûr. Je t'avais promis de venir, non ?

Il regarda tous les mannequins qui s'habillaient.

— J'arrive trop tard ?

Il était en nage, les cheveux humides après sa course. Et, honnêtement, le résultat était parfait.

— Non.

Elle le prit par le bras et l'entraîna vers les coiffeurs et maquilleurs.

— Du gel sur ses cheveux, donnez-lui un air de dur. Pas trop de maquillage, juste pour atténuer les rougeurs. Sinon, il est prêt.

— Un coup de déodorant ne serait pas de trop, ajouta-t-il avec un sourire.

Elle rit.

— Comme tu veux ! On se voit sur le podium.

Il était venu. Il n'avait pas tout gâché. Carolina sentit son cœur se gonfler de joie. Un souci de moins !

Les mannequins s'organisèrent rapidement en ligne, Drew avait revêtu un ensemble fantastique, et tout était prêt. Carolina prit une profonde inspiration pour se calmer et expira lentement. Quand elle reçut le signal, elle entra sur scène.

— Bonsoir. Je m'appelle Carolina Preston et je suis incroyablement heureuse d'être ici ce soir pour le défilé de Carolina Designs. C'est un rêve que je nourris depuis longtemps et je suis ravie de lui donner enfin vie ce soir. J'espère que le spectacle vous plaira.

Elle se tourna et regagna les coulisses sous des applaudissements polis. Elle ne s'était pas attendue à une foule en délire. Elle ne l'avait pas encore mérité. Mais elle espérait que ses créations prouveraient qu'elle était une styliste de talent.

La musique commença, et elle envoya le premier mannequin sur le podium. Elle surveilla les passages sur un écran et ressentit une étrange impression, comme si elle accouchait.

Les hommes passèrent d'abord, sublimes dans des pantalons confortables et des chemises boutonnées. Drew arriva enfin en tenue de week-end, en pantalon à cordon et sous-pull à col ouvert. Il sourit une fois au bout de la piste, se retourna et… oh, mon Dieu, cette façon de marcher ! Toute en assurance et en arrogance. Personne n'aurait su aussi bien mettre cette tenue en valeur que lui. Puis Gray, en costume, offrit une image inoubliable.

Les hommes se précipitèrent pour se changer puis reparurent, un ballet tout en précision. Tout allait bien. Gray arbora un ensemble décontracté mais très élégant, et il était magnifique. Drew, en jean et chemise, la fit saliver.

Chaque pièce de sa ligne masculine avait été parfaitement présentée. Elle espéra que tout se passerait aussi bien pour la collection féminine qui allait suivre.

D'abord, sa veste en cuir camel et minijupe brodée de perles. Elle se sentit fière en voyant un mannequin présenter sa création sur le podium du Lincoln Center. Suivirent une jupe aux imprimés sombres et mouvants avec un pull très ajusté, un pantalon taille basse et un manteau aux genoux…

Les tenues défilaient, Carolina nouait nerveusement les bras autour d'elle, les yeux brillants de larmes. Elle espérait, au plus profond d'elle-même, que ses pièces recevraient un bon accueil.

Lorsque Esme s'avança dans sa robe sublime, elle entendit des exclamations dans l'assistance et elle sut qu'elle avait touché le public. Lorsque la top model disparut, des applaudissements nourris la saluèrent. Les hommes reparurent, puis les femmes, et ils firent face à la foule, debout, qui applaudissait de toutes ses forces.

Elle avait réussi. C'était fini. Cela avait été si bon qu'elle se moquait de ce que les autres en pensaient.

— C'est à votre tour, dit Edward en lui pressant les bras. Votre grand moment ! Allez-y.

Elle hocha la tête, regarda ses assistants, qui l'avaient soutenue depuis le début.

— Merci, pour tout.

— Allez ! insista Tierra en riant.

Carolina sortit des coulisses à la suite d'Esme. Tous les mannequins l'applaudirent. Lorsqu'elle atteignit le bout de la piste, elle s'inclina, prit la main d'Esme et chuchota un « merci » inaudible. Esme sourit, et elles regagnèrent les coulisses main dans la main.

Son équipe lui fit la surprise de l'attendre avec du champagne. Les journalistes se succédèrent, puis sa mère et Evelyn la rejoignirent.

— Oh, Carolina, tu m'as coupé le souffle ! déclara Evelyn.

— C'était encore mieux que ce que j'avais espéré, déclara sa mère en la serrant dans ses bras. Tes créations sont incroyables. Je suis tellement fière de toi !

— Merci, maman.

Elle reçut quelques journalistes et parla avec des rédacteurs de mode qui lui adressèrent des commentaires très favorables. L'une d'eux, responsable de l'un de ses magazines préférés, déclara qu'elle adorerait l'interviewer et préparer un article sur elle. Carolina dut retenir des cris hystériques et se contenta de hurler dans sa tête.

— Alors… ça s'est bien passé.

Elle se tourna vers son frère et Evelyn.

— Merci de m'avoir aidée. Tu étais éblouissant aujourd'hui.

Evelyn posa la main sur la poitrine de Gray.

— Oui, n'est-ce pas ? Tu sais, je vais te commander un costume pour lui.

— Je serais ravie de lui en faire un. C'est la maison qui offre, bien sûr !

— Comment veux-tu que Carolina Designs te rapporte quelque chose si tu donnes tes créations ? !

— Uniquement pour mon frère fantastique !

— Je suis vraiment fier de toi, Carolina. C'est toi qui es fantastique.

Venant de Gray, c'était un compliment presque incroyable.

— Merci.

— Je suis d'accord avec Gray. Tu es une styliste du tonnerre, déclara Drew en s'approchant d'elle.

— Merci. Et encore merci d'avoir couru trois pâtés de maisons pour arriver à l'heure. Tu n'étais pas obligé.

Il haussa les épaules.

— Désolé d'avoir été en retard.

Gray fronça les sourcils.

— Qu'est-ce qui s'est passé ?

— Le taxi a embouti la voiture devant, on a été bloqués dans les embouteillages, et je ne trouvais pas d'autre taxi. C'est du délire dehors. Qui aurait cru que les vêtements étaient si populaires ?

Evelyn se mit à rire en regardant Carolina.

— Les hommes, ils ne comprennent rien.

— Rien à la Fashion Week en tout cas. Mais j'apprécie tes efforts. Tu ne t'es pas blessé ?

— Non, je vais bien. Je suis furieux contre le conducteur, qui m'en voulait de descendre. Il voulait que je paie la course.

— Vraiment ? s'étonna Evelyn, les yeux écarquillés.

— Oui. Je lui ai dit d'aller se faire voir et je l'ai invité à me suivre s'il le voulait. J'ai expliqué que j'étais en retard et que s'il n'avait pas conduit en zigzag dans les embouteillages il ne serait pas rentré dans la voiture de devant, ce connard.

— Mec, il te faut un verre, conclut Gray.

Drew se mit à rire.

— Tu n'as pas idée !

— Allons en prendre un. Carolina, tu peux déjà te libérer ?

Elle regarda autour d'elle. Il y avait encore des tas de journalistes, ses assistants, ses mannequins.

— Désolée, je ne peux pas. Mais allez-y.

— D'accord, on te retrouve plus tard. Pour le dîner ?

— Absolument. Je vous envoie un SMS quand je suis dispo.

Ils partirent, avec sa mère, Drew et les agents des services secrets, ce qui aéra un peu la pièce. L'équipe et elle rangèrent les vêtements et nettoyèrent soigneusement les lieux. Tierra et Edward allaient suivre le camion avec les tenues.

— Je vais finir ici puis je vous retrouverai au studio, leur dit-elle.

— Non, pas question. Prenez du temps pour vous détendre, ordonna Tierra. Vous l'avez bien mérité. Aujourd'hui est un événement qui se fête. On se chargera de l'inventaire.

— Ensuite, Tierra et moi allons ouvrir une bouteille de champagne et on s'offrira un repas extrêmement cher… sur votre compte ! ajouta Edward.

Carolina se mit à rire.

— Vous l'avez bien mérité tous les deux. Profitez. Merci encore.

Quand elle eut tout fini, elle envoya un texto à Gray qui lui indiqua qu'ils étaient encore au restaurant. Elle parvint à se glisser dans un taxi malgré la foule rassemblée et s'éloigna.

Dès son arrivée, Evelyn lui donna une coupe de champagne.

— Je voudrais bien boire avec toi, mais je dois malheureusement m'en tenir à l'eau pétillante.

— Levons nos verres, lança sa mère. Pour Carolina Designs. Que ce jour soit le début de nombreuses et merveilleuses années de magnifiques créations.

Carolina rougit en voyant les verres se lever vers elle.

— Merci, maman.

Elle but une gorgée d'un délicieux champagne et, pour la première fois de la journée, s'autorisa un soupir de soulagement.

— Contente que ce soit fini ? demanda Drew.

— Absolument, furieusement heureuse ! précisa Carolina.

— Mais ce n'est que le début, ma chérie, ajouta sa mère. Maintenant, ton vrai travail commence.

D'après les SMS et mails qu'elle avait reçus, Carolina songea qu'elle avait vu juste. Elle avait eu des demandes d'interviews et des commandes de personnalités très importantes qui voulaient porter ses créations, dont une ou deux actrices nommées aux Oscars qui voulaient discuter de leur future tenue pour la cérémonie. L'une d'elles voulait la robe d'Esme.

Nom de Dieu !

— Je crois que je vais avoir du travail ! C'est merveilleux, épatant et incroyable !

— Je crois que la première chose à faire, c'est d'appeler l'ancien styliste pour qui tu travaillais et de lui mettre le nez dedans ! s'exclama Drew.

Carolina se mit à rire.

— Ce ne serait pas professionnel du tout.

Mais elle sourit en pensant à cette idée.

— Drew n'a pas tort, même s'il ne faut évidemment pas l'appeler. Il n'a pas su apprécier ton talent. Mais regarde-toi ! déclara sa mère en souriant.

— Merci à tous. Je n'y serais pas arrivée sans vous.

— C'est ton talent qui a permis tout ça, Carolina. Rien de plus.

Elle regarda Drew.

— Merci.

Ils avaient fini de manger, et sa mère devait prendre un avion.

— Malheureusement, on doit y aller aussi, dit Evelyn. Une histoire de course de voitures ou je ne sais quoi que mon fiancé prétend avoir à faire en Floride.

Elle leva les yeux au ciel et fit un clin d'œil.

— Merci infiniment d'avoir été là pour moi aujourd'hui, dit Carolina. Ça me touche énormément.

Elle serra sa mère, son frère et Evelyn dans ses bras, et ils partirent, escortés par les agents.

— C'est plus calme, maintenant, dit Drew.

— En effet.

Il fit signe à leur serveur.

— Tu devrais grignoter quelque chose. Tu as mangé quelque chose aujourd'hui ?

— Pas que je me rappelle.

— Alors ça veut dire non.

Le serveur attendit que Carolina étudie le menu. Elle se sentit soudain affamée et elle choisit du poulet au riz et aux asperges.

— Tu n'as pas besoin de rester là pendant que je mange.

— Tu cherches à te débarrasser de moi ?

— Pas du tout. Mais je sais que tu as déjà mangé. Je suis sûre que tu es débordé.

— Je n'ai pas de match aujourd'hui, je suis tout à toi.

Elle lui sourit.

— Merci.

— À ce propos, je te dois des excuses.

— Pourquoi ?

— Pour t'avoir laissée tomber.

Confuse, elle fronça les sourcils.

— Tu es venu, malgré ton accident de voiture. Mon Dieu, Drew, tu as couru trois pâtés de maisons.

— Non, je ne parle pas de ça mais de la campagne publicitaire.

— Oh !

— J'étais obsédé par les matchs en extérieur, je me demandais ce qui clochait et je cherchais quelque chose, n'importe quoi, n'importe qui, à accuser à ma place. (Il la regarda.) Je t'ai accusée, toi.

— Moi ? Pourquoi ?

Il haussa les épaules.

— Parce que tu étais une excuse pratique. Parfois, dans le domaine du sport, on dit que fréquenter une femme pendant la saison porte malheur.

— Oh, et tu penses que je suis ton porte-malheur !

— Quelque chose comme ça.

— Très bien.

Voilà, il allait rompre avec elle. Au moins, il était honnête et donnait une raison à son attitude de ces derniers temps. Elle ne comprenait pas très bien, mais c'était toujours mieux que de disparaître sans explication.

— Le problème, c'est que tu n'y étais pour rien. Tout venait de moi. (Il désigna sa tempe.) C'était dans la tête, et ça y est toujours. Je ne sais pas quel est le problème qui empêche l'équipe de gagner en extérieur, mais c'est moi qui le cause.

— C'est bon à savoir.

Il lui prit la main.

— Je suis désolé de t'avoir abandonnée, Lina. Je suis désolé de ne pas avoir été présent quand tu avais besoin de moi. Je me suis comporté comme un connard égoïste et j'espère que tu pourras me pardonner.

Oh…, ce n'était pas un discours de rupture ! C'étaient des excuses, et elle ne s'était pas attendue à cela venant de Drew.

— Il n'y a rien à pardonner.

— Je sais que tu as dû te dépêcher de trouver quelqu'un d'autre pour tes photos.

— Drew, je…

— Et c'est arrivé au milieu des préparatifs d'un événement capital dans ta vie, ton grand lancement.

— Drew, vraiment, je…

— Ça fait de moi le petit ami le plus merdique du monde.

« Petit ami » ? Il se considérait comme son petit ami ? Ils n'avaient jamais défini leur relation.

— Tu es mon petit ami ?

— Je ne sais pas. Amant ? Celui qui est amoureux de toi ? Choisis comment tu veux m'appeler, je suis nul pour ça.

Elle réprima un hoquet et frissonna. Il l'aimait ?

— Tu m'aimes ?

— Merde ! Je t'ai dit que j'étais mauvais à ça. (Il lui prit la main.) Oui. Je t'aime. J'aurais dû te le dire plus tôt, Lina. Je ne mérite pas ton amour après ce que je t'ai fait. Je n'étais pas là quand tu avais besoin de moi. Je t'avais promis de ne plus te laisser tomber. Je ne suis pas du genre à revenir sur mes promesses. Est-ce que tu pourras me pardonner ?

Elle était tellement dépassée par ses paroles qu'elle ne put que le regarder, silencieuse.

— Je ne pensais pas que ça se passerait comme ça. Dis quelque chose. Botte-moi le cul, envoie-moi me faire voir. Ou dis que tu me pardonnes. Quelque chose.

Elle rit.

— Désolée, j'étais stupéfaite. Bien sûr, je te pardonne. On traverse tous des périodes qui sont difficiles émotionnellement, et parfois on s'en prend à ceux auxquels on tient. Et je n'ai pas encore fait les séances photo.

— Non ?

— Non. J'ai décidé de reporter après la Fashion Week. J'ai trouvé quelqu'un d'autre pour le faire, mais Drew, personne ne peut vraiment te remplacer. Pas dans ma tête. Je ne peux voir que toi sur mes publicités. Tu es l'homme parfait pour ça. J'espérais encore que tu changes d'avis et c'est peut-être pour ça que j'ai repoussé après le défilé. Je gardais l'espoir que tu te ravises.

Il leva les mains de Carolina et les embrassa.

— Je suis un con.

Elle se mit à rire.

— Mais non ! D'accord, parfois un peu. Mais parfois, moi aussi. Je peux être trop absorbée dans mon travail. Mais ces derniers mois, ce qui m'a consumée, quelquefois au détriment de mon travail, c'est toi. Je t'aime, Drew. Je pense à toi tout le temps.

Il se leva et contourna la table pour la rejoindre, puis il la prit dans ses bras et l'embrassa à lui couper le souffle et à lui donner des vertiges. Bien qu'ils soient dans un restaurant bondé, il continua à l'embrasser, lui enveloppant la tête de ses mains, jusqu'à ce qu'elle soit persuadée qu'il était bien amoureux d'elle, car aucun homme n'embrasserait ainsi une femme en public à moins d'avoir des sentiments sincères pour elle. D'ailleurs, des applaudissements et commentaires retentirent parmi les sifflets. Lorsqu'il s'écarta, il les ignora et la regarda en souriant.

—Je t'aime, Lina.

Elle se passa la langue sur les lèvres, songeant que la journée ne pourrait être meilleure.

—Je t'aime aussi, Drew.

Le serveur lui apporta son plat. Curieusement, elle qui était affamée un instant plus tôt n'avait plus très faim. Elle mangea tout de même, face à Drew.

—Tu me regardes manger, fit-elle remarquer.

—Oui, et alors?

—C'est un peu déconcertant.

Il saisit la fourchette et lui prit un peu de riz.

—Alors je vais te nourrir. C'est mieux?

Il glissa la fourchette entre ses lèvres. Elle referma la bouche et s'aperçut qu'il la regardait intensément.

—Maintenant, ça devient cochon.

—Arrête, tu vas me faire bander.

Elle rit, le repoussa et finit son repas.

Ils quittèrent le restaurant et se rendirent à l'appartement de Carolina.

— Quand a lieu ton prochain match ? demanda-t-elle alors qu'il ouvrait la porte devant elle.

— Demain soir.

— Extérieur ou domicile ?

— Extérieur. New Jersey.

Il l'aida à retirer son manteau, et elle se tourna face à lui.

— Au moins, cette soirée est à nous.

Il l'entoura de ses bras.

— Oui, et ça fait trop longtemps qu'on n'a pas été tous les deux. Tu m'as manqué.

— Toi aussi. Maintenant, embrasse-moi, déshabille-moi et fais-moi l'amour.

— C'est parti.

Il lui adressa un demi-sourire sexy et rusé, une expression qui lui avait manqué, qui lui retournait les entrailles et la faisait fondre.

Il lui effleura les lèvres des siennes, puis l'embrassa plus fort, pénétrant ses lèvres de sa langue. Elle noua les doigts sur sa nuque pour l'attirer plus près d'elle, désirant ses mains et sa bouche contre sa peau, cette connexion qu'ils ressentaient toujours autant physiquement qu'émotionnellement.

Sa manière de la toucher, de glisser les mains contre son corps comme s'il la découvrait pour la première fois, la surexcitait toujours. Les pointes de ses seins se dressèrent brusquement et frémirent tandis qu'il glissait les doigts le long de ses hanches et lui caressait les fesses.

Il fit courir les lèvres sur son menton, son cou, et ses mains remontèrent vers la fermeture de sa robe. Elle frissonna quand il la descendit.

— Tu as froid ?

— Un peu.

— Viens, allons dans ta chambre.

Il lui prit la main et l'emmena avec lui, puis il s'arrêta près du lit. Il la fit tourner et descendit le tissu de sa robe sur ses épaules avant de lui embrasser le haut du dos. Elle eut la chair de poule, mais cette fois ce n'était pas dû au froid. Elle retira ses manches longues, et la robe glissa à terre.

— Ça, c'est une tenue qui me plaît, déclara Drew.

Elle baissa les yeux sur son soutien-gorge et sa culotte de dentelle et satin, aux teintes pêche et crème, complétés par ses talons hauts. Elle s'assit sur le lit et tendit la jambe vers lui pour qu'il lui retire ses chaussures. Il en enleva une et lui massa le pied.

— Oh, mon Dieu, c'est si bon !

— Tu es restée debout toute la journée. (Il retira l'autre escarpin, gardant le talon aiguille entre les doigts.) Comment les femmes parviennent-elles à marcher sur ces choses ?

— Il faut souffrir pour être belle, et les talons font de jolies jambes.

Il jeta la chaussure sur le sol et lui massa le pied.

— Tu pourrais porter des chaussons à tête de lapin, tes jambes seraient toujours aussi irrésistibles.

Il passait d'un pied à l'autre, et la douleur et le plaisir réunis valaient tous les préliminaires du monde.

— Tu pourrais continuer une heure entière, je n'aurais rien à redire.

— Tu as besoin d'un bain chaud. Tu dois être épuisée.

— Et le sexe ?

Il sourit.

— Patience.

Il se dirigea vers la salle de bains.

— Drew, attends.

— Quoi ?

— D'accord pour le bain chaud, mais uniquement si tu le prends avec moi.

— Je te rejoindrai à condition qu'il n'y ait pas de bulles.

Elle se mit à rire.

— Marché conclu.

Elle le suivit dans la salle de bains. Elle adorait sa grande baignoire avec jets intégrés. Elle s'assit au bord et les mit en route.

— Tu devrais l'apprécier aussi.

— J'apprécierai surtout d'être avec toi… nue.

Elle secoua la tête.

— Les hommes ne pensent qu'à ça !

— C'est la faute de mon pénis.

Il se déshabilla, et Carolina retira ses sous-vêtements avant de relever ses cheveux. La baignoire était presque pleine, et Drew lui tint la main pendant qu'elle entrait dans l'eau. Il la suivit. C'était chaud, agréable, et Drew avait raison : c'était exactement ce dont Carolina avait besoin après une longue journée stressante. De l'eau chaude, des jets qui tourbillonnaient contre son corps endolori, et l'homme qu'elle aimait qui lui massait les épaules avec talent.

— Alors, qu'en penses-tu ? demanda-t-il.

— Mmh, murmura-t-elle, c'est fabuleux !

Drew se mit à rire.

— Non, pas le massage, mais je suis content que ça te plaise. Je parlais de ton succès du jour.

— Oh, eh bien, ce n'est pas encore gagné ! Mais je crois que je pourrais y arriver.

Elle se tourna face à lui et l'enveloppa de ses jambes.

— Pour la première fois, je ressens une confiance que je n'avais jamais connue, je crois en moi comme jamais. Enfin, j'ai toujours su que j'en étais capable, je croyais en mes créations, sinon je n'aurais jamais risqué ma réputation dans cette collection. Mais être reçue comme je l'ai été ce soir par le public, je ne sais pas, Drew, je ne m'y attendais pas.

Il l'embrassa sur le bout du nez.

— Tu dois davantage croire en toi. Vous êtes une putain de rock star, mademoiselle Preston !

Elle sourit.

— L'idée me plaît. Je devrais peut-être l'ajouter à mes cartes de visite.

Il s'étendit dans l'eau.

— Ça rendrait bien.

Elle se rapprocha et se plaça sur ses genoux, puis elle saisit l'éponge, la plongea dans l'eau et la passa sur la poitrine puis les épaules de Drew.

Elle sentit son sexe durcir sous elle, et sourit.

— Tu pars au quart de tour.

— Tu es nue et mouillée, et ton sexe va et vient sur le mien. Qu'est-ce que tu croyais ?

Elle lâcha l'éponge dans l'eau et leva les doigts pour laisser tomber des gouttelettes sur le sommet de son crâne. Il rit et secoua la tête en l'aspergeant d'eau.

Il l'attira contre lui et l'embrassa jusqu'à ce qu'elle se sente toute chose. Elle frotta ses seins contre sa poitrine, ses pointes dressées à en être douloureuses.

Elle plongea la main sous l'eau et lui saisit le sexe, puis elle le plaça contre le sien, et il lui saisit le poignet.

— Lina, je n'ai pas de préservatif.

— Et moi, je t'aime. Tu m'aimes. J'imagine que cela signifie qu'on est engagés l'un envers l'autre. Je prends la pilule et je n'ai jamais couché avec quelqu'un sans protection.

Il l'observa, le regard sérieux.

— Pareil. Je ne veux être avec personne d'autre que toi. Je n'ai été avec personne d'autre depuis la nuit où je t'ai revue, quand Gray m'a invité.

Son ventre se tordit.

— Drew.

— Je veux que tu sois sûre.

— Je le suis. Je te veux en moi.

Elle se redressa puis le fit entrer en elle, contemplant son expression qui changeait, son regard qui s'emplissait d'un désir brûlant tandis qu'il la regardait.

— Bon sang, Lina, tu es si bonne, c'est tellement bon ! (Elle se déhancha en le sentant grandir en elle.) Merde, pas comme ça !

Il l'enlaça et la tira de l'eau.

Il sortit de la baignoire, les jambes de Carolina nouées autour de lui, et il l'allongea sur le mince tapis.

— Je veux te sentir. Toi, seulement toi. Ta chaleur et l'humidité de ton sexe.

Il plongea en elle, et elle se cambra contre lui.

— Oui, comme ça, Drew, encore.

Leurs bouches s'unirent, mélange de lèvres et de langues, et il la pénétra plus fort puis s'arrêta.

— Sens-moi, Lina. Sens mon sexe en toi. Tu me donnes envie de jouir.

Elle le sentait, plus que toutes les fois auparavant. Son sexe gonflait, bougeait, la poussant au bord de la folie. Leurs regards se croisèrent, leurs cheveux et leurs corps humides, des gouttes tombant sur elle au rythme de ses coups de reins.

Elle se cambra pour se coller à lui, recherchant un contact plus proche. Elle se contracta et frissonna alors qu'il se calait fermement contre elle. Quand elle jouit, il l'embrassa, et elle sentit ses grognements contre ses lèvres, qui lui faisaient perdre la tête, puis il jouit en elle.

Ils n'avaient jamais vécu une pareille expérience, une union aussi épanouissante tant au niveau émotionnel que physique. Drew la serra contre lui, passant la main sous elle pour l'attirer encore alors qu'elle criait et que l'orgasme la propulsait dans la folie, encore et encore.

Vidée de son énergie, épuisée, elle resta sous lui, mordillant sa lèvre inférieure, passant la paume sur la ligne douce de ses épaules alors qu'il enfonçait la tête contre son cou.

— Je transpire, dit-il. On devrait retourner dans le bain.

Elle sourit.

— Sans doute, mais cette fois j'ai plutôt envie d'une douche.

Il l'aida à se lever et la suivit sous la douche.

— Tu es tellement sexy quand tu es mouillée.

Elle avait plongé la tête sous l'eau avant d'émerger, d'ouvrir les yeux et de croiser ce regard qu'il posait sur elle, un regard qui l'enveloppait de chaleur et faisait frémir son sexe de désir.

Il la poussa contre le mur de la douche et l'embrassa jusqu'à ce qu'ils soient entourés de vapeur. Il passa la main entre ses jambes et massa d'avant en arrière jusqu'à ce qu'elle gémisse.

— Je veux te baiser de nouveau.

— Oui, murmura-t-elle, à bout de souffle.

Il lui écarta les jambes et se glissa en elle.

Elle était prête, frissonnante d'excitation, et il lui leva les bras en donnant des coups de reins, frottant contre son clitoris.

Bon sang, elle était déjà sur le point de jouir, en sentant ses lèvres rouler contre elle, leurs corps si proches ! Mais il se retira et se mit à genoux pour lui caresser le sexe de sa bouche.

Elle baissa les yeux et vit l'eau couler contre son corps et gouttant sur lui alors qu'il léchait et suçait son point sensible.

— Drew, oui, j'aime ça.

Elle posa la tête contre le mur de la douche tandis qu'il faisait rouler la langue contre elle et la faisait gémir, hurler et frissonner sous un nouvel orgasme fabuleux.

Lorsqu'il se redressa, il l'embrassa en une étreinte dévastatrice qui prolongea les sensations.

Il leva sa jambe et la pénétra.

— Ton vagin se contracte encore. Il se resserre autour de moi et me donne envie de jouir en toi avec force.

Elle aimait quand il lui parlait pendant l'amour, sa manière ouverte et honnête de partager ce qu'il ressentait.

— Tu me rends folle. Tout ce que tu me fais !

Il lui saisit les fesses et la serra contre lui en lui faisant l'amour si lentement que l'impatience était douloureuse. Il la pénétrait pour se retirer à demi jusqu'à la mener au bord de l'orgasme, les doigts crispés sur ses épaules pour se projeter en avant et sentir son sexe. Elle en voulait encore, elle avait besoin de le prendre en elle. Lorsqu'il donna de violents coups de reins, elle gémit et lui mordilla la lèvre inférieure.

Il grogna en retour, perdu comme elle dans la passion bestiale qui l'animait. Il la repoussa contre le mur et accentua ses coups de reins, la pénétrant violemment jusqu'à ce qu'elle hurle quand une vague libératrice s'abattit sur elle. Drew s'abandonna également, allant et venant furieusement jusqu'à ce que l'orgasme le saisisse à son tour, enfonçant les doigts dans sa chair alors qu'il déversait sa semence.

Elle avait les jambes tremblantes. Drew posa les mains contre le mur pour les soutenir tous les deux.

— Heureusement qu'on est sous la douche, parce que je suis de nouveau en sueur, fit-il remarquer.

Elle rit.

— Oui, c'est pratique.

Elle inclina la tête en arrière pour que l'eau mouille ses cheveux, puis elle prit son shampooing.

— Laisse-moi faire, dit Drew en prenant la bouteille pour verser le liquide dans sa main.

— Oh, quelle délicate attention !

Elle se tourna, et Drew couvrit ses cheveux de shampooing. Elle se sentait indécente, le crâne titillé par le délicieux massage qu'il lui offrait doucement.

— Tu pourrais venir chaque jour me faire ça ?

Il marqua une pause.

— Oui.

Elle se rinça puis ouvrit les yeux. Il la regardait fixement, une expression indescriptible sur son visage.

Ils devaient parler de certaines choses. Mais tout était si nouveau entre eux, depuis leur déclaration d'amour. C'était encore si fragile, et elle ne voulait pas risquer de briser leur lien. Elle se contenta de se pencher en avant pour l'embrasser, puis elle rit.

— Mon esclave à shampooing personnel. J'aime cette idée !

Il rit également, brisant la tension. Ils finirent de se laver, se séchèrent et s'habillèrent, puis ils s'enlacèrent sur le canapé.

Elle pourrait prendre l'habitude de l'avoir près d'elle chaque fois qu'il était en ville.

Mais ils en parleraient une autre fois. Pour le moment, il leur suffisait de s'aimer.

Une étape à la fois.

Chapitre 29

La peur qui nouait le ventre de Drew refusait de se dissiper. L'équipe et lui avaient eu droit à un discours d'encouragement d'enfer dans les vestiaires, comme quoi ce match n'était pas différent des autres, mais tous savaient que c'était faux.

Encore un putain de match à l'extérieur.

Dès qu'ils entrèrent sur la patinoire, il leur sembla que l'équipe du New Jersey savait déjà qu'elle allait gagner. Il n'y avait rien de tel que d'entendre la foule de ses fans scander ses encouragements d'un côté des gradins.

D'ordinaire, il ignorait les huées des adversaires. C'était bien naturel de vouloir que leur équipe gagne, et les Travelers leur faisaient obstacle. Heureusement, le New Jersey n'était pas loin, et beaucoup de fans irréductibles avaient fait le voyage ; lors des présentations, les hurlements réconfortants enveloppèrent les joueurs.

Ils auraient besoin de toute l'énergie que les fans pouvaient leur transmettre ce soir.

« Ce n'est qu'un match, comme tant d'autres. » Il essaya de se souvenir des conseils de Bill, bien ancrés dans sa tête, et se concentra sur son jeu et non sur le lieu où il était.

Il se plaça en ligne face aux défenseurs du New Jersey, et, lorsque le palet tomba, le déclic se fit. Il était temps de jouer, et il rejeta tout le reste au fond de son crâne. Il n'entendait plus la foule, encouragements ou huées. Seul comptait le palet à propulser dans le filet.

Il était synchronisé avec Trick ce soir, ils enchaînaient les passes, et quand Drew marqua le premier point il était remonté, submergé par l'idée que les Travelers pouvaient renverser la tendance.

Du moins jusqu'à ce que l'équipe du New Jersey marque trois minutes plus tard.

Merde !

Mais ils reprirent la lutte, Trick entraînant le palet dans une faille. Drew, le dos baigné de sueur, patinait comme si sa vie en dépendait vers le but adverse. Il récupéra le palet, le passa à Trick, et son ami le propulsa droit entre les jambes du gardien.

Un nouveau but, et Drew sentit l'énergie qui montait. Personne ne pourrait les arrêter ce soir. Ils allaient gagner le match.

À la fin du deuxième tiers-temps, ils étaient à égalité. L'entraîneur leur affirma qu'ils étaient incroyables, qu'ils jouaient mieux que le New Jersey. Il n'y avait aucune raison pour qu'ils ne l'emportent pas.

Drew partageait cet avis. La cuisse d'Avery était presque guérie, et, malgré les deux buts qu'il avait laissés passer, ses réflexes étaient bien meilleurs que ces dernières semaines. Son pourcentage de blocages venait de monter en flèche ce soir, surtout face à des adversaires au jeu offensif. Les défenseurs étaient sauvages, et les attaquants déterminés. Ils étaient plus unis que jamais. C'était leur grande nuit.

Quand Drew et Trick quittèrent la glace pour un instant de repos, Sayers et Litman les remplacèrent avec un tel enthousiasme que leurs patins semblaient en feu. Ils envoyèrent le palet droit dans les buts, entre deux défenseurs, et toute l'équipe hurla de joie.

Drew et Trick les imitèrent dès leur retour sur la patinoire et ils se retrouvèrent avec deux buts d'avance à une minute et demie de la fin. Il leur suffisait d'éviter les pénalités et de garder une bonne défense. Ils ne pouvaient pas perdre.

Drew se tourna vers les fans des Travelers qui avaient fait le déplacement. Ils étaient minoritaires, mais ils étaient déchaînés et diablement bruyants. Il se nourrit de ce son et accompagna Trick en attaque, à deux contre un défenseur. Ils luttèrent pour prendre le palet contre la bande, et Trick s'en empara avant de glisser vers le filet. Drew resta en position pendant que son ami, entouré de défenseurs, lui passait le palet.

Il tira, mais le gardien bloqua. Un défenseur de New Jersey rattrapa le palet et le passa. Avec les secondes qui défilaient, les Travelers pouvaient se reposer sur leur défense.

Leurs adversaires tentèrent quelques tirs, mais ils manquèrent le filet.

La sonnerie retentit.

Bon Dieu, les Travelers venaient de gagner un match extérieur !

L'équipe se rassembla au centre de la patinoire et fêta la victoire comme s'ils venaient de remporter un championnat. C'était une sacrée victoire, et ils avaient tout donné pour l'obtenir. C'était un sacré poids qui s'envolait, et Drew espéra que la malédiction était rompue, qu'ils pourraient jouer tous les matchs, extérieurs ou à domicile, comme ils en étaient capables.

Les vestiaires résonnèrent de multiples conversations, puis les médias accoururent et ne manquèrent pas de souligner que c'était enfin leur première victoire en extérieur de la saison, en développant tout ce que cela impliquait. Drew, comme ses coéquipiers, calma leurs ardeurs en affirmant que ce n'était qu'une victoire parmi d'autres. Mais tous savaient que c'était plus que ça et que cela signifiait beaucoup pour l'équipe. Cela leur redonnait confiance, et Drew était persuadé que cette victoire allait changer les choses.

— Hogan, lança un assistant dans les vestiaires, tu as de la visite.

Drew fronça les sourcils.

— Qui ça ?

— Une nana canon, elle dit s'appeler Carolina.

Drew leva les yeux au ciel quand des ululements et des sifflements retentirent.

Carolina, ici ? Dans le New Jersey ?

— J'arrive.

— Carolina est venue te voir en extérieur ? demanda Trick. Ça doit être du sérieux.

Drew regarda son ami, qui s'apprêtait à prendre une douche.

— C'est sérieux. Je suis amoureux d'elle.

Trick l'observa longuement puis sourit.

— Eh bien, putain ! Félicitations, mec.

— Merci.

Il s'habilla et sortit du vestiaire. Carolina portait un jean moulant, des bottes qui montaient jusqu'aux genoux et un long manteau rouge. Il n'avait jamais rien vu d'aussi beau.

Il l'attira contre lui et plaqua les lèvres sur les siennes, pour le plus grand bonheur des journalistes encore présents, qui prirent des photos. Il s'en moquait.

Elle lui sourit.

— Excellent match.

Il la mena dans un couloir, loin des photographes et des caméras.

— Je n'arrive pas à croire que tu sois venue, dans le New Jersey.

— Une relation fonctionne dans les deux sens, Drew. Je ne peux pas exiger qu'il n'y ait que toi qui me rendes service. Je dois aussi te soutenir quand je peux. Je t'ai dit que je croyais en toi, et, que tu perdes ou que tu gagnes, je comptais bien être présente pour t'encourager.

Il sentit son ventre se tordre et son cœur grossir.

— Merci. Ça compte beaucoup pour moi.

— Tu as été là quand j'ai eu besoin de toi. Et même quand je ne suis pas physiquement près de toi je suis toujours ta plus grande fan.

Il lui effleura les lèvres des siennes.

— Je t'aime, Carolina.

— Je t'aime aussi. Quand rentres-tu à New York ?

— Le bus part dans une demi-heure.

— Parfait. Quand tu seras rentré, si tu n'as pas prévu d'aller fêter la victoire avec l'équipe, je connais un super restaurant de hamburgers.

— Tu détestes les hamburgers. Et les œufs, je crois.

— C'est vrai. Mais ils font aussi du poulet. Et toi, tu aimes les burgers, et c'est un sacrifice qu'une petite amie peut faire pour son homme quand il vient de gagner un super match.

— Ça me paraît génial.

Quelques heures plus tard, ils se retrouvèrent dans un petit établissement charmant. Drew dévorait un cheeseburger, et Carolina dégustait un sandwich au poulet.

— Alors, ça sera comme ça ? demanda-t-il.

— Comment ça ?

— Une relation, avec toi qui fais des sacrifices.

Elle rit.

— Eh, je n'ai jamais dit que je prendrais un cheeseburger. Mais oui. On fera des sacrifices tous les deux.

Il lui prit la main.

— Et on fera aussi tous les deux des erreurs.

— Sans doute.

— Mais je ne te ferai jamais de mal. Et tu sais, tu peux tout me dire, même si tu te sens mal à l'aise.

Elle fronça les sourcils.

— Que veux-tu dire ?

— La nuit dernière, quand tu as dit que je pouvais venir chaque jour te laver les cheveux. Tu n'avais pas l'air à l'aise.

— Oh, ça !... Je ne voulais pas te gêner, ou insister sur quelque chose de nouveau entre nous. On venait seulement de se dire qu'on s'aimait. Je ne voulais pas avoir l'air de t'inviter à emménager ou je ne sais quoi.

Il s'essuya la bouche avec une serviette.

— J'avais compris. Tu veux qu'on apprenne d'abord à se connaître.

Elle se mit à rire.

— Je sais, ça paraît stupide. On se connaît depuis ce qui semble être une éternité. Ce n'est pas comme si on avait besoin de… sortir ensemble pour se découvrir.

— Mais tu veux prendre ton temps.

Elle ne dit rien, réfléchit et le regarda.

— Tu me manques quand tu n'es pas avec moi. Je pense à toi tout le temps. Je veux que tu dormes près de moi, je veux m'éveiller entre tes bras le matin.

— Moi aussi, ça me fait envie.

— On est tous les deux tellement occupés par nos carrières, et c'est déjà dur de se voir. Si tu emménageais chez moi… Tu n'es pas obligé ni rien… Je veux dire… si tu veux garder ton espace personnel, je comprendrai.

Il repoussa sa chaise et se leva, puis il vint la soulever contre lui et l'embrasser jusqu'à ce qu'elle soit à bout de souffle.

— Je te veux dans ma vie. Quand je t'ai dit que je t'aimais, je ne voulais pas dire : « Eh, bébé, sortons quelques soirs par mois ! » Je parlais d'engagement.

Carolina cligna des paupières tandis qu'il l'enveloppait de ses bras.

— C'est ce que ça signifie pour moi aussi.

— Alors j'emménagerai avec toi. On cohabitera. Ma brosse à dents près de la tienne. Tu apprendras à prendre du temps pour te détendre, et, quand la saison sera finie, je t'emmènerai chez moi dans l'Oklahoma.

— Je ne comprends pas cette expression : « prendre du temps » ?

Il rit.

— Je parle de ces moments où tu ne travailles pas sept jours par semaine.

— Oh, ça !

Elle se pencha contre lui.

— Oui. Ce sera dur parce que je suis une droguée du travail. Mais je t'aime, et, depuis peu, être avec toi est devenu ma priorité.

— J'apprécie de l'entendre. Je ne veux pas te mettre la pression, Lina. On trouvera comment faire, tous les deux, et on fera en sorte que ça marche. Parce qu'on s'aime.

Drew avait déjà renversé tout son univers. Depuis qu'elle était adolescente, désespérément accro, lors de leur nuit de passion où il avait fait d'elle une femme, jusqu'à son retour dans sa vie quelques mois plus tôt, il avait toujours été sa seule passion. Il avait fait fondre la glace autour de son cœur si froid, et elle voulait partager sa chaleur pour toujours.

— Oui, on s'aime. On peut fonder un foyer, et trouver comment vivre ensemble.

Il lui adressa son sourire en coin qui lui retournait le cœur.

— J'aime votre façon de penser, mademoiselle Preston.

Chères lectrices,

J'espère que vous avez aimé *La Zone d'attaque*. Le prochain tome des « Idoles du stade » est *Straddling the Line*, l'histoire de Trevor et de Haven, et paraîtra bientôt chez Milady.
Nous avons tous perdu des gens que nous aimions, des gens sur qui nous comptions, que nous pensions garder près de nous plus longtemps. Le décès de son père laisse un gouffre dans le cœur de Haven Briscoe. Son père était un roc, celui qui la guidait et la conseillait. Sa carrière lui semble maintenant vide de sens, et elle n'est plus certaine que son travail de journaliste sportive lui apporte l'excitation qu'elle attendait naguère.
Mais quand elle est chargée d'un reportage sur son béguin d'université et maintenant athlète professionnel, Trevor Shay, ils se rapprochent. Trevor sait que Haven porte le deuil de son père et il compte faire tout son possible pour l'aider, tout en assurant sa double carrière en base-ball et en football américain.
L'histoire de Trevor et de Haven est très émouvante, mais également divertissante, excitante et sexy. Découvrez le premier chapitre !

Heureuse lecture !
Jaci

Découvrez la suite des Idoles du stade
(Straddling the Line)
(version non corrigée)

Bientôt disponible chez Milady Romance
Traduit de l'anglais (États-Unis) par Clara Bonneval

Chapitre premier

— Haven a des problèmes.

Trevor Shay avait espéré ne jamais entendre ces mots, surtout moins d'un an après la mort du père de Haven, Bill.

Bill Briscoe avait été plus qu'un loueur de chambres à l'époque de l'université. Lui et sa femme, Ginger, avaient été des parents de substitution, surtout pour Trevor qui avait besoin d'être guidé plus que les autres.

Il était maintenant assis dans le salon de Ginger, dans une maison qu'il avait à l'époque considérée comme son second foyer.

Trevor avait toujours compté sur l'assurance de Ginger, sur son sourire, son optimisme, qui semblaient lui assurer que tout allait bien se passer.

Mais elle semblait inquiète.

Il lui prit la main.

— Qu'y a-t-il ?

— Elle n'est plus la même depuis la mort de Bill. Tu connais Haven. Elle a toujours été enjouée, et nous pensions qu'elle se ferait à l'idée de ce décès inévitable. (Ginger prit une profonde inspiration.) Comme nous avons tous dû le faire.

Trevor lui pressa la main.

— Ce n'est pas comme si nous ignorions ce qui allait se passer. Bill nous avait tous préparés, il s'était assuré que nous ne serions pas surpris. Il n'a jamais pensé à lui.

Trevor vit les larmes lui monter aux yeux et regretta de ne pouvoir les faire disparaître.

—Je sais, madame Ginger. Je sais. Moi aussi, il me manque.

Elle prit un mouchoir.

—Il me botterait les fesses s'il me voyait pleurer sur lui. Mais Haven a une belle vie et un avenir brillant qui l'attend. Elle a trouvé un travail comme journaliste sportive dans une chaîne.

Trevor sourit.

—J'en ai entendu parler.

—C'est une chance incroyable pour elle. Il faut qu'elle en profite. Je lui ai dit que son père aurait été fier d'elle.

—C'est vrai.

—Mais qu'est-ce qu'elle fait ? Elle envisage de démissionner pour revenir vivre avec moi.

Trevor se cala contre son dossier et fronça les sourcils.

—Revenir ici ? Pourquoi ?

—Je ne sais pas. Elle a parlé d'accepter un poste à la télévision locale.

—Est-ce vraiment ce qu'elle veut ?

—Je ne crois pas. (Ginger se pencha en avant.) Trevor, je ne sais pas quoi faire. Elle n'a même pas donné sa chance à ce nouveau travail. Je crois qu'elle a peur, et sans son père elle se sent seule pour la première fois de sa vie.

—Elle n'est pas seule, madame Ginger, elle vous a, vous.

—Je sais. Et crois-moi, je ne me sens pas mise à l'écart. Je sais que Haven m'aime. Je sais aussi qu'elle s'inquiète de me savoir seule ici. Je ne veux pas qu'elle commette une erreur et gâche le meilleur poste dont elle pourrait rêver, à cause de moi, et à cause de ses craintes.

Elle s'interrompit pour prendre une inspiration.

— J'espérais que tu pourrais me conseiller, m'expliquer ce que je dois lui dire pour qu'elle garde son emploi.

Trevor réfléchit un instant.

— Laissez-moi voir ce que je peux faire.

— Merci. Je sais que tu es célèbre dans le monde du sport, et je ne sais pas si tu peux vraiment l'aider, mais, mon Dieu, j'apprécierai n'importe quelle idée, tout ce que tu pourras faire.

Une pensée traversa l'esprit de Trevor. Il avait de l'influence, il pouvait faire cela. Il était prêt à tout pour Ginger, pour honorer la mémoire de Bill. Haven avait besoin d'aide, et il était dans une position idéale pour proposer une solution.

Quelques heures plus tard, installé dans l'avion qui le ramenait à Saint-Louis, il avait décidé tous les détails de son plan. Les médias le harcelaient pour faire un reportage sur sa vie et sa carrière. Après tout, peu d'athlètes s'adonnaient à plusieurs sports, et peu le faisaient avec talent, en tout cas. Il avait refusé pour plusieurs raisons.

Il se cala contre son dossier et sourit.

Maintenant, il était temps de mettre Haven sous les projecteurs. Et personne ne pouvait organiser cela mieux que lui.

Haven tenta de générer assez de salive pour déglutir en pressant le bouton de rappel. Elle avait manqué le coup de fil de son patron.

Elle savait ce qui allait se passer.

Elle allait se faire virer, moins de six semaines après avoir obtenu un travail de rêve.

Elle aurait préféré pouvoir démissionner. Cela aurait eu l'air plus glorieux sur son CV ! Mais quelle importance ? Sa carrière de journaliste était finie, non ?

« N'abandonne jamais. Quoi que tu fasses, Haven, ne baisse pas les bras tant que tu n'es pas sûre d'avoir donné tout ce que tu pouvais. »

Les paroles de son père résonnaient à ses oreilles, et la culpabilité lui retourna l'estomac jusqu'à la nausée, interrompant son geste pour rappeler.

Il était trop tard pour supplier qu'on lui laisse son poste. Elle avait déjà refusé trop de propositions de déplacements, se contentant des informations locales avant d'aller s'asseoir dans son appartement de New York pour se morfondre à propos de ce qui lui manquait, sa maison, sa mère…

Son père.

Cette carrière n'était pas pour elle. Elle avait fait une erreur en acceptant ce travail. Elle n'était pas taillée pour les exigences du journalisme sportif, les voyages, l'emploi du temps trépidant, les athlètes arrogants…

Qu'est-ce qui lui avait pris ? Son père l'avait quittée il y avait moins d'un an.

Elle ne pouvait pas le faire.

Sois courageuse, Haven. Tu peux tout faire, être qui tu veux. Sois heureuse, c'est tout.

Des larmes lui piquèrent les yeux, et elle les chassa en repensant à toutes les conversations qu'ils avaient eues pendant les dernières semaines, qui tournaient en boucle dans sa tête.

Sois heureuse.

Elle ignorait comment l'être sans entendre le rire de son père, sans le voir sourire, sans pouvoir l'appeler au téléphone chaque jour.

Qui irait-elle voir quand elle aurait besoin de conseils ?

Elle aimait sa mère, et pour les histoires de sentiments, d'hommes, etc., elle s'était toujours tournée vers elle.

Mais son père…, c'était son pote ! Il lui avait tout appris sur le sport, alors qu'elle était assise près de lui pendant qu'il regardait du football américain, du base-ball, du hockey, et tous les sports possibles. Il lui avait appris le nom des balles et des coups au base-ball, les différences entre une attaque en *post pattern* et une *shovel pass* en football américain. Ils étaient allés ensemble à Saint-Louis pour voir des matchs de hockey, et elle n'avait jamais été aussi excitée qu'en regardant les joueurs pousser le palet sur la glace.

Elle avait appris à aimer le sport grâce à son père.

Elle avait voulu ce travail à cause de lui.

Et maintenant elle allait être renvoyée parce qu'après sa mort elle n'avait plus l'énergie d'assurer un travail qu'elle désirait depuis des années. Et, cette fois, elle ne pouvait s'en prendre qu'à elle-même.

— Désolée, papa.

Elle appuya sur le bouton de rappel.

— Haven, j'attendais ton coup de fil.

Elle grimaça en entendant la voix puissante et intransigeante de son patron, Chandler Adame.

— Bonjour, Chandler. Désolée, j'étais débordée.

— Eh bien, libère-toi ! J'ai une mission pour toi.

— Une… mission ?

Il ne la renvoyait pas ?

— Oui. Tu connais Trevor Shay, pas vrai ?

— Trevor… Oui, je le connais.

— Super. Tu vas faire sa bio. Un reportage complet sur la vie de Trevor Shay, sa vie personnelle et professionnelle. On le lui demande depuis des années, et il vient enfin d'accepter. Et il a demandé que ce soit toi qui le fasses.

— Moi ?

— Oui. Il dit qu'il te connaît, depuis la fac.

— Heu… oui. Je le connaissais à l'université.

— Alors c'était une putain d'idée de t'embaucher, Haven. Fais ton sac, tu le retrouves chez lui à Saint-Louis pour tout organiser. D'abord, tu prépares le texte et la mise en scène, on s'occupera des caméras plus tard.

Venait-elle de tomber dans un univers parallèle ? Elle n'avait pas été renvoyée. Au lieu de cela, elle venait d'être chargée d'un reportage sur l'une des plus grandes stars du sport au monde.

— D'accord, bien sûr. Merci, Chandler.

— De rien. Je t'envoie les détails par mail, avec mes attentes. Haven, ce boulot va te prendre un moment, alors fais de la place sur ton agenda !

— C'est comme si c'était fait.

Elle raccrocha, s'assit et regarda fixement par la fenêtre de son minuscule appartement, stupéfaite de ne pas avoir été mise à la porte. Elle regarda les cartons qu'elle avait déjà à moitié remplis. Elle était prête, mentalement, à retourner en Oklahoma près de sa mère, là où étaient ses racines.

Là où se trouvaient les souvenirs de son père.

Maintenant, elle devait revoir ses projets.

Pourquoi avait-elle accepté ? Ce n'était plus ce qu'elle voulait faire.

Si?

Elle s'assit au bord du lit.

« Suis tes rêves, Haven. »

Elle entendait encore sa voix, clairement, dans sa tête. Peut-être qu'il essayait de lui dire quelque chose. Elle ne savait plus si c'était son rêve, mais elle avait accepté ce travail.

Avec Trevor Shay. Elle ne l'avait pas revu depuis l'enterrement de son père. Elle se demanda comment il réagirait en voyant qu'elle était chargée de cette mission.

Il l'ignorerait sans doute, comme à la fac.

Non, un moment... Il l'avait spécifiquement nommée. Il avait accepté le reportage, et, cette fois, elle ne le laisserait pas agir comme si elle n'existait pas.

Elle se leva et alla chercher sa valise dans son placard.

Trevor Shay et elle. *Bon sang!* Elle était tellement dingue de lui à la fac, quand elle lui servait de tutrice d'études. Toutes ces nuits passées, épaule contre épaule, où elle avait fait tout son possible pour le convaincre de se concentrer sur ses livres alors qu'elle aurait préféré qu'il la remarque elle, en tant que femme.

Mais il avait surtout cherché à la convaincre de faire ses devoirs à sa place.

Maintenant, elle prenait les commandes.

Elle regarda ses cartons en se demandant si elle devait les déballer.

Elle allait les laisser et voir comment ce travail se présenterait. Si les choses se passaient mal, si elle ne retrouvait pas sa passion après quelques jours, elle appellerait Chandler pour se désister.

Mais elle devait essayer. Pour son père.

Découvrez aussi chez Milady Romance :

SENSATIONS

Le 29 avril 2016

- **J.B. Salsbury**, Fight, *Corps à corps*

SLASH

Ce mois-ci

- **Mia Topić**, *Fairfield, Ohio*

ÉMOTIONS

Le 29 avril 2016

- **Kristen Ashley**, Rock Chick, *À la diable*

SUSPENSE

Le 29 avril 2016

- **Laura Kaye**, Hard Ink, *De plus en plus mâle*

The Fell Types are digitally reproduced by Igino Marini.
www.iginomarini.com

Achevé d'imprimer en février 2016
Par CPI France
N° d'impression : 3016096
Dépôt légal : mars 2016
Imprimé en France
81121692-1